혼밥 자작 감행

혼밥 자작 감행

밥도 술도 혼자가 최고!

쇼지 사다오

정영희 옮김

시공사

차례

일러두기

- 1987년 1월부터 《주간 아사히》에 연재 중인 〈저것도 먹고 싶다. 이것도 먹고 싶다〉에서 발췌한 내용을 책으로 엮었습니다.
- 국립국어원의 외래어 표기법을 따르되 관용적 표기와 괴리가 큰 경우, 두 가지 표기를 병기했습니다. 예시) 크로켓(고로케), 웨이퍼(웨하스)
- 단행본·잡지·신문은 겹화살괄호(《 》)로, 연재물·시·영화·방송은 홑화살괄호(〈 〉)로 묶었습니다.
- 모든 주는 옮긴이 주입니다.

고
독
편

혼자 먹어도
맛있는 건 맛있다

자작 감행

혼자 따라 혼자 마시다 가끔 이런 생각이 든다.

'자작 참 좋구나.'

자작할 때는 병맥주보다 도쿠리(목이 잘록한 술병) 쪽이 좋다. 도쿠리를 집어 든다. 적당량을 술잔에 따르고 원래 있던 곳에 도쿠리를 내려놓는다. 엄지와 검지로 술잔을 쥔다. 흘리지 않도록 조심하며 술잔을 입 쪽으로 가져간다. 그와 동시에 입술도 술잔을 마중 나간다. 쭉 들이켠다.

일련의 이 느긋한 동작들이 좋다. 약간 적적한 부분이 좋다. 고독이 느껴지는 부분이 좋다. 어딘가 내버려진 느낌이 좋다. 마지막의 '어딘가 내버려진 느낌'이 특히나 좋다. 이런 것들을 제대로 맛보기 위해서는 '군중 속에서 혼자 마신다'는 것이 전제가 되어야 한다. 군중 속에서의 혼술. 그런데 이게 생각만큼 쉽지는 않다.

일단 단골 가게에서는 혼술 자체가 불가능하다. 친분이 있는 또다른 단골이 하나둘 들어오기 때문에 혼술은커녕 금세 잡다한 술자리가 되고 만다. 처음 가는 술집에 홀로 들어가 전혀 모르는 사람들 틈에서 행하는 자작. 이것이야말로 자작의 묘미다.

이 사실을 잘 알면서도 처음 가는 이자카야에 혼자 들어간다는 건 긴장되는 일이다. 처음 가는 스시집에 혼자 들어가는 것만큼이나 긴장되는 일이다. 가게 안의 상황은 어떤가? 가게 분위기는 어떤가? 단골손님만 오는 가게인 건 아닌가? 만약 그런 가게라면 나처럼 혼자 들어간 손님은 이런저런 억측에 시달릴 수 있다. 친구가 없나 봐, 불러주는 사람도 없나 보지?, 성격도 나쁠 것 같아, 이런 억측들 말이다. 그렇지만 때는 이미 만추. 깊어진 가을만큼이나 자작과 어울리는 계절도 없지 않은가.

자작을 감행하기에는 역시나 노포가 좋다. 이자카야 체인 같은 곳은 자작하기에는 별로다. 미리 생각해 둔 가게가 있다. JR 나카노역 인근 '다이니 치카라 슈조(第二力酒藏)'다. 이 가게 앞을 몇 번인가 지나친 적이 있는데 포렴 안쪽으로 활기찬 가게 분위기가 엿보였다.

저녁 6시 5분. 가게 앞에서 크게 심호흡을 한다. 안으로 들어간다. 가게 안은 시끌벅적. 벌써부터 대단한 활기다. 좌석이 70개도 넘을 것 같은 큰 가게다. 손님은 절반 정도 들어차 있다. 중앙의 카운터석에 여섯 자리가 줄지어 비어 있다. 제일 가운데 자리에 앉는다. 술을 마시던 손님이 새로 들어온 나를 무심코 쳐다본다.

'친구는 많소이다. 혼자 오고 싶었던 거지.'

이런 의사를 눈에 담아 시선을 돌려준다.

"어서 오세요."

카운터 자리를 담당하는, 안경을 쓴 아주머니가 기본 안주와 물수건을 내준다. 사람 좋아 보이는 인상이다. 메뉴를 본다. 평소라면 맥주부터 시작하겠지만 오늘은 자작하러 왔으니 사케를 주문한다. 안주로는 가다랑어회와 토란조림을 시킨다. 그러자 안경 아주머니가 이렇게 말한다.

"토란은 기본 안주로 벌써 나갔는데, 괜찮겠어요?"

기본 안주 그릇을 보니 제법 큼지막한 토란이 네 조각이나 있다. 평소라면 다른 안주를 시켰겠지만 오늘은 자못 대범하게 "괜찮소" 하고 고개를 끄덕인다. 그러자 안경 아주머니는 '성격 좋으시네' 아마도 이런 의미의 웃음을 보여준다. 이리하여 나는 '친구도 많고, 성격도 좋은' 손님이라는 사실을 주변에 널리 알리는 데 성공했다.

도쿠리가 왔다. 오늘의 술은 긴시 마사무네(キンシ政宗)로 한 병에 340엔. 도쿠리를 들어 올린다. 잔에 따른다.

가게 안을 한참 훑어봤지만 혼자서 온 손님은 한 명도 없다. 가게 안 여기저기, 수다가 한창이다. 고대해 왔던 쓸쓸함, 고대해 왔던 고독감이다. 그런데 안경 아주머니는 짐짓 딱하다는 얼굴로 내 일련의 동작을 지켜보고 있다.

술잔과 술병에도 신경을 쓰는 가게였다.

'아닙니다. 친구 있어요.'

그런 의사를 담아 안경 아주머니를 바라봤지만 아무래도 이해한 것 같지는 않았다.

토란조림이 도착한다. 이번 접시에도 토란 네 조각이 들어 있다. 합계 총 여덟 조각이다. 내 주변은 온통 토란투성이가 되고 말았다. 안경 아주머니는 토란투성이가 된 손님을 지그시 바라본다.

'내가 주의를 줬을 때 다른 걸로 바꿨으면 좋았잖아? 고집스런 사람인가 봐. 성격도 별로일 것 같고.'

이렇게 생각하고 있다는 기색이 느껴졌다.

그때 손님 한 명이 새로 들어왔다. 50대 초반 정도? 회사원 느낌이

드는 남자였다. ㄷ자 모양의 카운터, 내 맞은편 쪽에 앉아 메뉴를 살펴보기 시작했다. 어딘가 고독의 그늘이 느껴지는 남자였다. 나와는 달리 정말로 친구가 없는 사람일지도 모른다.

남자가 안경 아주머니를 부른다. "이 열빙어구이, 1인분에 몇 마리죠?" 하고 묻는다. 잠시 있다가 "이 전갱이구이, 크기는 어느 정도죠?" 하고 묻는다. 또 잠시 있다가 "이 참게튀김, 1인분에 몇 마리죠?" 하고 묻는다.

성격이 별로일 것 같다는 판단이 들었다. 역시나 이런 사람에게는 친구가 없을 수밖에 없겠다, 그렇게 생각하던 그때, "어이~!" 하는 반가운 소리를 내며 그 남자의 친구가 들어왔다.

자작으로 마실 때는 첨울해지지 않도록 유의한다.

오후의 백반집

오랜만에 백반집에서 식사를 했다. '식사는 역시 백반집이 최고지.' 새삼스레 그런 생각을 했다. 백반집에서의 한 끼는 마음이 편하다. 느긋한 마음으로 식사를 즐길 수 있다.

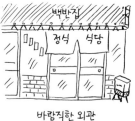
바람직한 외관

작업실 근처에 예전 스타일의 백반집이 몇 군데 있다. 상황에 따라 이 집도 가고 저 집도 가는데, 이번에 간 백반집이 나와 제일 잘 맞는 백반집이었다.

최근의 백반집은 맥도날드나 스카이락(패밀리 레스토랑이자 중식당 등 다양한 체인점을 운영하는 대규모 요식업체) 같은 곳에 밀려 고전을 면치 못하고 있다. 메뉴도 달라졌다. 돼지고기 김치 볶음, 낫토와 무를 넣은 샐러드처럼 요즘 스타일의 메뉴를 도입하고 있다. 그런 면에서 이번에 간 백반집은 그런 것들을 일절 배제하고, 전통적인 백반집 메뉴만을 고수하고 있었다. 고등어 된장 조림 정식, 생선구이 정식(꽁치와 전갱이, 생물과 반건조 중 선택할 수 있다), 전갱이튀김 정식, 낫토, 날계란, 시금치나물, 긴피라(우엉, 당근, 연근 등을 채 썰어 간장과 설탕 양념으로 볶은 반찬), 구운 김 등등.

메뉴는 물론이거니와 고전적인 백반집이라면 반드시 지켜야 할 정도가 있다. 다음과 같은 조건들이다.

① 우선은 출입문. 반드시 수동일 것. 백반집에 자동문이라니, 당치도 않다.

② 테이블. 멜라민 코팅 제품이거나 비닐 식탁보가 깔려 있을 것.

③ 의자. 철 파이프 구조에 커버는 비닐. 색깔은 초록 혹은 감색이 적당.

④ 메뉴. 칠판에 흰 분필로 쓴 메뉴. 글씨는 못 써야 함. 달필이라니, 당치도 않다.

⑤ 가게 주인(남편). 무뚝뚝함. 다소 언짢아 보임. 약간 삐딱한 느낌.

⑥ 가게 주인(아내). 남편과 동일.

⑦ 복장. 티셔츠에 앞치마 차림. 앞치마에 얼룩은 필수. 요리사 모자는 착용 불가.

⑧ 인테리어. 대형 포스터 달력이나 명언이 인쇄된 달력. 달력 밑으로 업소용 한 말짜리 식용유 깡통이 두 통 정도 쌓여 있으나 이는 인테리어용이 아니다.

⑨ TV 필수. 스포츠 신문 필수. 만화 잡지 필수.

⑩ 손님이 들어왔을 때 "어서 오세요" 같은 인사 금지.

⑪ 손님이 주문을 마쳤을 때 "알겠습니다" 같은 리액션 금지.

지키고 싶은
백반집의 비품

개폐식
젓가락통

뒷면↑

비닐 식탁보

철 파이프

비닐

알루미늄 재떨이

지켜내는 게 쉽지는 않겠지만 반드시 지켜주길 바라는 조건들이다.

그 가게에 들어간 시각은 오후 2시 조금 전. 이 백반집은 앞서 언급한 조건을 전부 준수하고 있는 가게였다. 자리에 앉고 주문을 했다.

"고등어 된장 조림 정식 하나, 낫토 하나, 시금치나물 하나."

옆에 서서 주문을 받던 안주인은 앞서 언급한 조건 중 ⑪번 조건을 충실히 준수하며 아무 말 없이 사라졌다.

고등어 된장 조림 정식 680엔, 낫토 100엔, 시금치나물 150엔. 나를 제외하면 손님은 한 명뿐이었다. 수염을 기른, 티셔츠 차림의 덩치 큰 남자는 신문을 보며 고기 채소 볶음 정식으로 보이는 것을 먹고 있다. 4인용 테이블이 두 개, 2인용 테이블이 두 개뿐인 작은 가게였다. 깡통이 하나뿐이긴 했지만, 전화기 옆으로 업소용 식용유 깡통도 제대로 자리 잡고 있었다.

내가 앉은 자리는 도로를 바라보고 있는 2인용 테이블이다. 오가는 행인을 볼 수 있는 자리다. TV가 내 머리 위쪽에 있었기 때문에 화면이 보이지는 않았지만, 아무래도 12번 채널에서 시대극을 하고 있는 듯하다.

안주인은 ⑥번 조건도 완벽히 준수하며 완성된 고등어 된장 조림 정식을 가져다준다. 오! 고등어가 크다. 보통 가게의 1.5배 크기다. 정신을 차리고 보니 톳이 담긴 작은 그릇이 있다. 내가 주문하지 않은 반찬이다. 덩치 큰 남자 쪽을 보니, 똑같은 반찬 그릇이 거기에도 있다. 아무래도 서비스 반찬인 모양이다.

일단 낫토부터 섞는다. 그릇도 크고 양도 많다. 그릇 안쪽에는 겨자가 발려 있다. 간장을 떨어뜨린 후 찰싹 달라붙어 있는 겨자를 젓가락으로 떼어 넣고는 정성껏 휘젓는다. 느긋한 마음으로 휘젓는다. 낫토를 천천히 휘젓고 있는, 백반집 오후의 조용한 한때다. 오후 2시, 이 시간에 낫토를 휘젓고 있는 사람은 나뿐이지 않을까. 이런 생각을 하면서 낫토를 휘젓는다. 시금치나물에도 간장을 떨어뜨린다. 준비 완료.

우선은 된장국부터 한 모금 마신다. 오, 뜨겁다. 깜짝 놀랄 정도로 뜨겁다. 내용물은 채 친 무뿐이다. 이번엔 고등어 된장 조림이다. 스시집에서는 전어만 먹어봐도 그 가게의 실력을 알 수 있다고 하는데, 백반집에서 그에 해당하는 메뉴는 고등어 된장 조림이다. 실력, 이 정도면 충분하다. 심지어 크기까지 크다. 시금치도 잘 삶았다. 아삭아삭하니 맛있다. 서비스로 나온 톳조림에는 곤약, 당근, 유부까지 들어 있다. 무료로 제공하는 서비스 반찬임에도 마음을 담아 제대로 만든 요리라는 걸 금방 알 수 있다.

무심코 주방 쪽을 보니, 일을 끝낸 바깥양반이 주방 구석에 서서 내 머리 위의 TV 화면을 응시하고 있다. 50대 초반 정도, 약간 까다로워 보이는 인상이다. ⑤번 조건을 준수하며 시대극을 감상 중이다. 그 옆으로는 안주인이 ⑥번 조건을 착실히 준수하며, 남편과 마찬가지로 시대극을 감상하고 있다. 백반집에서의 식사가 조용히 흘러간다. 내 머리 위의 시대극도 조금씩 흘러간다.

"저기서 붙잡힐 것 같아."

안주인이 혼잣말처럼 중얼거린다. 바깥양반도 혼잣말처럼 그 말에 수긍한다. 이렇게 백반집의 오후가 조용히 흘러가고 있다.

백반집 주인의 바람직한 용모

기대감이 없는 음식

먹을 것이 눈앞에 놓여 있다. 고기든 생선이든 어묵이든 뭐든 상관없다. 두부, 튀김, 유부초밥, 단무지, 뭐든 좋다. 그걸 보면 다들 '맛있겠다'라고 생각한다. '맛없을 리 없어. 맛없으면 가만 안 둘 거야'라고 생각한다. 아무튼 맛있었으면 좋겠다는 기대를 한다. 처음부터 맛이 없기를 기대하는 사람은 없으니까. 그러나 여기에 전혀 다른 기준 하나가 더 있다. '맛이 있든 맛이 없든 별로 상관없다'는 기준이다. '처음부터 아무런 기대도 하지 않는다'는 대응 방식. 그런 게 있을까 싶겠지만 그런 게 있다, 의외로.

슈퍼에서 사 온 양갱. 슈퍼에서 사 온 멘치카쓰. 슈퍼에서 사 온 메론빵. 온통 슈퍼만 언급해서 미안하기는 하지만, 일반적인 예를 들고자 한 사정 때문임을 알 만한 사람은 다 알 테다.

'기대감이 없는 음식'의 대표적인 존재가 바로 어육으로 만든 분홍 소시지다. 분홍 소시지를 눈앞에 두고 "맛있을 거야. 맛없으면 가만 두지 않겠어!" 이렇게 소리치는 사람을 나는 지금까지 한 명도 보지 못했다. 하긴, 분홍 소시지만 그런 게 아니라 눈앞에 먹을 것을 두고 뭔가 호통치는 사람을 지금까지 본 적이 없긴 하지만.

아무튼, 새삼스러운 마음으로 분홍 소시지를 먹어본다. 역시나다. 특별히 맛있지도 않고, 특별히 맛없지도 않다. 그리고 그렇다는 사실에 아무런 불만도 없다. 그저 한결같이 입을 오물거릴 뿐이다. 특별히 맛있지도, 맛없지도 않지만 일단은 입을 움직인다. 그러므로 입의 운동이다. 왜 그런 말도 있지 않나. 특별히 재밌지는 않지만 다리 운동을 위해서라도 걸어봅시다. 말하자면 일종의 움직임을 위해 먹는 음식이 바로 분홍 소시지다. 가끔은 입도 운동을 시켜주는 게 좋다고 본다. 음식을 먹는 데 써먹기만 하고, 매일같이 실무뿐이지 않나. 가끔은 여유롭게 산책을 하듯, 입에게도 그런 시간을 누리게 해주자. 그러나 입 속에 아무것도 없는데 오물거리고 있으면 사람들이 이상하게 생각할 테니 입 안에 뭔가 넣어주는 편이 좋다. 이럴 때 분홍 소시지가 안성맞춤이다.

살다 보면 '뭔가 좀 지루한데' 싶은 시간이 찾아오게 마련이다. 인생이란 해야 할 일의 연속이다. 하나를 끝내면 다음 일이 기다리고, 그 일을 마치면 또 다음 일이 이어진다. 해야 하는 일이 끊임없이 이어지다 보면 갑자기 진저리가 난다. 싫은 생각이 밀어닥친다. 그런 생각이 든 순간 마음의 끈이 해이해진다. 순간 멍해진다. 모든 게 시들해진다. 이럴 때의 포즈라는 게 대체로 정해져 있는 편인데, 의자에 앉아 왼손으로는 턱을 받치고 꼰 다리는 흔들흔들 흔들고 오른손 집게손가락으로는 테이블을 탁탁 두드린다. 그리고 나도 몰래 내뱉듯 중얼댄다.

"뭔가, 지루하구먼!"

나는 이 '뭔가 지루한' 한때를 의외로 좋아한다. 사실 소중히 생각한다. 아무튼 뭔가 시들하고 지루할 때, 다행스럽게도 우리에게는 '심심풀이'라는 단어가 준비되어 있다. 나는 주로 심심풀이에 먹을 것을 이용한다. 뭔가 시들한 한때를 위해 분홍 소시지를 심심풀이로 애용하고 있는 것이다. 처음부터 맛에 기대하지 않는다는 점이 지루할 때의 음식으로 잘 어울린다. 재해 같은 비상사태를 대비한 비상식량이 존재하듯, 지루할 때를 대비해 분홍 소시지를 냉장고에 늘 비축하고 있다. 뭔가 지루하다는 기분이 들면 즉각 냉장고로 향한다. 그러고는 분홍 소시지(얇은 것) 하나를 꺼낸다. 그리고 껍질을 벗긴다. '껍질을 벗긴다'는 말에 좋은 인상을 갖고 있는 사람은 별로 없다. 벗긴다는 말을 듣자마자 성가신 일이 생길 것 같다는 생각이 든다. 그리고 실제로 성가신 일이 생긴다.

사과 껍질을 벗기고, 양파 껍질을 벗기고, 분홍 소시지 껍질을 벗긴다. 특히 소시지 껍질이 성가시다. 껍질을 벗길 시작점을 제대로 명시해 둔 제품도 있긴 하지만 아무 설명이 없는 제품도 많다. 어디를, 어떻게 해서 껍질을 벗기라는 건지 설명이 전혀 없다.

일단은 맨손으로 해결해 보려고 한다. 하지만 당해낼 수가 없다는 판단이 든다. 오랜만에 송곳니를 꺼내 들고(물론 실제로 꺼내 들 수는 없지만) 물어뜯는다. 벗겨 내려갈 시작점을 만든다. 요즘 같은 세상, 소비자의 불편에 민첩하게 대응하지 않는 기업이라니 상상조차 되지 않

는다. 게다가 하겠다고만 들면 방법은 얼마든지 있다. 게다가 간단하게 해결 가능한 문제다. 그런데 왜 분홍 소시지 업체는 이 문제를 해결하지 않는 걸까?

내 추측에, 분홍 소시지는 지루할 때를 대비한 식품이기 때문이다. 일부러 시간과 노력을 들이게 만들어 고객의 심심풀이에 협력하고자 하는 의도라고, 나는 생각한다.

분홍 소시지가
캐릭터 도시락으로

지금은 이런 시대다.

찌그러져서 한잔

아침 9시부터 영업하는 이자카야. 다시 한 번 쓰겠지만, 아침이다. 아침 9시.

아침 9시는 회사원들이 '자, 이제 시작해 볼까'라는 마음으로 옷매무새를 가다듬고 하루를 시작하는 시간이다. 그런데 어딘가에서는 맥주를 벌컥벌컥 들이켠다. "여기 닭꼬치 세 개 시켰는데? 빨리 좀 줘요!"라고 외치는 사람이 바로 그 시간에 있다는 이야기다.

그런 술집이 설마 있겠어? 다들 의심하겠지만 그런 술집이 있다. 정말로. 아카바네에 자리 잡고 있는 '마루마스가(まるます家)'. 이 집은 옛날부터 '아침부터 영업하는 이자카야'로 유명했다. 아침 9시에 문을 열어, 그대로 밤 9시 반까지 쉴 새 없이 영업하는 가게다. 이런 곳이야말로 '찌그러져서 한잔'을 취미로 하는 자의 메카다. 이런 곳이 메카가 아니라면 도대체 어디가 메카란 말인가.

나는 이자카야에서 찌그러져 있는 것을 취미로 삼고 있다. 이자카야에 혼자 들어가 다들 즐겁게 왁자지껄 마시는 모습을 어두운 눈초리로 흘깃흘깃 바라본다. '괜찮아. 나야 뭐 어차피…'라고 생각하며 기가 살짝 죽은 채 술을 마신다. 그런데 이게 즐겁다. 어두운 눈매를 하고 있는 내 자신이 몹시 귀엽다. 이런 이상한 취미의 소유자다. 그런데 취미라는 것은 점점 깊은 곳으로 빠지게 마련이므로 '이자카야에서 혼자 마신다'만으로는 만족하지 못하게 되어 '이자카야에서 대낮부터 마신다'고 하는, 한층 더 과격한 조건에 끌리게 된 것이다.

그런 까닭에 마루마스가에 가보기로 했다. 아무리 그렇다고는 해도 아침 9시는 선뜻 내키지가 않는다. 오후 2시. 이 정도면 적당하지 않을까, 혼자 찌그러져 있기에 적당한 시간이지 않을까? 혼자 판단하며 전차에 몸을 싣는다.

JR 아카바네역에 내린다. 뭐, 당연한 이야기기는 하나 어쨌든 대낮이니 온 세상이 밝다. 날씨는 맑고 화창하다. 하늘은 눈부시게 푸르다. 회사원, 은행원, 영업 사원 들이 넥타이를 맨 채 분주히 거리를 오가고 있다.

구시가지의 상점가를 몇 분 정도 걷다 보면 마루마스가에 도착한다. 포럼은 없고, 둥그런 조명이 나란히 매달려 있다. 그 밑으로 유리로 된 미닫이 출입문이 있다. 문 앞에 서긴 했으나 등 뒤로 세상 사람들이 쏘아대는 비난의 눈길이 찌릿찌릿 느껴진다. 하지만 나는야 주눅을 즐기려고 온 자가 아닌가. 등 뒤가 찌릿찌릿, 마음이 설렌다.

미닫이문을 연다. 오! 하고 있다! 다들 마시고 있다!

가게 중앙으로 규동집 스타일의 ㄷ자형 카운터가 두 줄로 있고, 이미 스무 명 정도의 붉은 얼굴들이 주욱 앉아 있다. 지금 막 "캬~!!" 소리를 내며 생맥주 잔을 내려놓는 사람, 도쿠리를 기울여 쫄쫄쫄 술을 따르는 사람, 무절임을 아삭아삭 씹고 있는 사람도 있다.

"여기, 기다리신 오징어 다리요~"

홀을 맡고 있는 아주머니가 힘차게 외친다. 서빙을 하는 아주머니들이 상당히 활기차다.

"네! 데운 사케 한 병이요. 지금 갑니다~"

"3번 손님, 유도후(육수에 두부, 다시마를 넣고 끓여 간장 소스에 찍어 먹는 일본식 두부전골) 나왔습니다~"

다시 한 번 말하지만, 지금은 오후 2시다. 오후 2시에 뜨거운 사케 한 병이다. 3번 손님은 오후 2시에 뜨거운 유도후를 시켰다.

넥타이를 맨 사람은 딱 한 명뿐이다. 가이드북에 따르면, 근방에 사는 정년 퇴직자, 야근을 마치고 퇴근하는 사람, 택시 운전사 등이 많이 찾는 가게라고 한다. 테이블은 네 개가 있는데, 요 근방에 사는 사람처럼 보이는 중년 여자 혼자서 테이블석에 앉아 장어덮밥을 먹고 있다.

시작부터 300엔짜리 사케로 달리기로 한다. '찌그러져서 한잔'에는 맥주보다 사케 쪽이 어울린다. 안주는 스스로 '찌그러진 3종 세트'라고 칭하고 있

S씨의 ㅇㅇㅇ 3종 세트란?

는 오징어젓갈, 돼지 내장 찜, 고등어 된장 조림을 주문한다.

술이 도착하면 자작으로 따른다. 최대한 등을 구부정하게 만들어 자작으로 따라 마시자. 어둡게, 우울하게 찌그러져 보자. 하지만 곤란하게도, 가게 안의 분위기가 너무나도 밝다. 다들 즐겁게 마시고 있다. 홀을 맡은 네 명의 아주머니들도 밝다. 지독히도 밝다.

"네에~ 빙어튀김 한 접시이~ 주문 들어가요오~"

주문받은 메뉴를 독특한 가락에 실어 주방에 전달한다.

"네에~ 사케 한 벼엉~ 많이 기다리셨죠오~"하며 손님 앞에 내려 놓는다. 넷 모두 상냥했고 손님을 친근하게 대했다.

음성과 얼굴은 변조했습니다.

"어라?! 오늘은 두 병으로 끝? 몸 상태가 별론가 보네에~" 이러기도 했고 "이 전골 국물, 남으면 이따가 밥 넣어서 죽으로 끓여드릴게~" 이러기도 했다. 다른 이자카야와 조금 다른 분위기를 자아내고 있었다.

뭐, 좋다. 주변은 주변이고, 나는 나다. 자, 이제부터 비뚤어질 거다. 바깥은 지금 대낮이다. 세상 사람들은 열심히 일을 하고 있단 말이다.

이렇게 스스로를 타이르며 눈빛도 어둡게 만들어본다. 어떻게든 찌그러져 있어보려고 하는데 "네에~! 사케 한 벼엉~ 기다리셨죠오~"하고 홀 아주머니가 싱글벙글 다가온다.

"어때요? 술이 너무 뜨겁지 않아요? 너무 뜨거우면 미지근한 걸로 바꿔드릴게."

'드릴게' 부분이 묘하게 우아하면서도 애교가 넘친다. 황송한 마음에 "어… 예예. 이걸로 좋습네다"라며 발음도 살짝 꼬인다. 그러면서 '시타마치(도쿄의 옛 상업 지역으로 주로 서민들이 거주했다) 사람들의 따뜻한 정은 아직도 그대로구나'라는 방향으로 생각이 발전해 나간다. 그러다 이윽고 '다들 이렇게 서로 격려하며 살아가고 있구나! 인간이라면 긍정적으로 앞을 보며 살아야지! 그렇고 말고!'라며 갑자기 힘이 솟는다. 그 바람에 도쿠리 속 술을 기다란 도자기 잔에 콸콸콸 따라 단숨에 쭉 비운다. 그러고 나니 힘이 더 솟는다. 배포도 갑자기 커져서 사케를 또 한 병 주문한다.

"거기에 잉어회(못 믿겠지만 메뉴에 있다)도 추가."

이렇게 난데없이 고급 안주도 시키고 말이다.

'마루마스가에 가서 찌그러져서 한잔.' 아무래도 오늘의 작전은 실패인 듯싶다.

'마루마스가'에서 밝게 변한 S씨

산 정상에서 즐기는 행락 도시락

행락(行樂)의 계절, 가을.

이 소리를 들으면 "그렇구나. 행락의 계절, 가을이구나"라고 입 밖으로 꺼내보게 된다. 나도 몰래 두 손을 높이 뻗어 기지개 같은 것도 켜게 된다.

해방감이라고 해야 할까? 그런 울림이 '행락의 계절, 가을'이라는 말에는 있다. 그 말을 듣고 갑작스레 고개를 떨군다거나 풀이 죽는 사람은 별로 없을 것이다. '행락의 계절, 가을'이라는 말에는 즐거운 이미지가 있기 때문이다. 그도 그럴 것이 '행(行)'에다가 '락(樂)'이다. 행락이라는 단어에는 즐겁다(樂)라는 글자가 정확하게 들어가 있다. 아무튼 어딘가로 가는 거다. 가서(行) 즐기고(樂) 오는 거다.

다카오산(도쿄 도심에서 가까워 연중 많은 사람들이 찾는 산)이 머리에 떠오른다. 이 계절이면 어디든 좋을 테지만, 만만하기로는 다카오산이 딱이다. 다카오산 하면 케이블카다. 눈 밑으로는 단풍이, 저 멀리로는 굽이굽이 이어진 산등성이가 펼쳐지겠지. 눈앞으로 고추잠자리

같은 것들이 한들한들 날아다녀도 좋겠다.

다카오산에 간다. 머지않아 정상이다. 그렇다면 도시락이다. 아침에 집을 나와 전차로 다카오역까지 이동. 거기서 케이블카를 타고 올라가 다시 산길을 걸어 정상에 도착하면 딱 점심때가 된다. 그러니 도시락이다.

에키벤(철도역이나 기차 안에서 판매하는 도시락) 같은 도시락은 집에 가져와서 먹어도 에키벤이다. 그러나 행락 도시락은 집에 가져와서 먹으면 행락 도시락이 되지 못한다. 집 근처 공원에 나가서 먹어도 행락 도시락일 수가 없다. 행락 도시락에는 일정한 거리 이동이 필요하기 때문이다. 일정한 거리 이동과 눈앞에 펼쳐진 풍경이 필요하다.

드디어 다카오산 정상 도착. 전망 좋은 벤치에 앉아 행락 도시락을 연다. 멀리 내다보이는 산맥들이 아름답다. 발밑으로는 참억새와 코스모스, 꽃무릇이 만발이다. 하늘을 올려다보니 눈부시게 푸른 가을 하늘에 새하얀 구름이 떠간다. 이런 곳에 고추잠자리가 날아와 주면 완벽할 텐데. 이런 순간을 위한 행락 도시락이라면, 약간 분발해 백화점 식품관에서 파는 2,000엔 정도의 고급 도시락이었으면 한다.

도시락 포장을 풀고 뚜껑을 연다. 역시나 2,000엔짜리는 다르다. 호화롭고 알록달록하고 반찬도 잔뜩 들었다. 보통 도시락에서는 쉽게 볼 수 없는 오리고기도 들어 있고, 전복 같아 보이는 것도 들어 있고, 송이…는 아니지만 송이 모양 어묵도 들어 있다. 서둘러 젓가락을 대거나 그런 짓은 하지 않는다. 2,000엔짜리 도시락은 잠시 시간을 갖고 찬찬히 살펴보게 된다.

산 정상에서 먹는 행락 도시락의 장점은 편안한 마음으로 여유롭게 먹을 수 있다는 데 있다. 이게 만약 벚꽃 놀이 도시락이었다면 조금은 마음이 급해진다. 때로는 고개를 들어 꽃을 봐줘야 하고, 누군가의 노래에 박수도 쳐줘야만 한다. 게다가 박수를 쳐야 하기 때문에 그때마다 젓가락을 내려놓을 수밖에 없다. 야구를 관람하며 먹는 도시락이라면, 도시락도 신경 쓰이지만 눈앞의 야구 경기가 더 신경 쓰인다. 극장에서 전통 공연을 관람하며 먹는 도시락도 마찬가지다.

이게 참 좋아~

몇 번을 봐도 같은 풍경

에키벤이라면 차분하게 먹을 수 있지 않냐고? 그게 또 그렇지가 않다. 창밖 풍경이 신경 쓰인다. 게다가 열차 밖 풍경은 눈이 핑핑 돌 정도의 속도로 끊임없이 바뀐다. 반면 산 정상에서 먹는 행락 도시락 은 차분한 마음으로 집중하며 먹을 수 있다. 어찌 됐건 풍경이 바뀌지 않으니까. 몇 번을 봐도 변함이 없다. 몇 번을 봐도, 조금 전 봤던 풍경 이 그대로 거기에 있다. 그렇기 때문에 도시락에만 전념할 수 있다.

일단은 도시락 전체를 찬찬히 바라본다. 그리고 내용물 위치를 바로잡는다. 들고 다니면서 한쪽으로 쏠린 부분이 있다면 원래 위치로 되돌려 놓는다. 얇은 소고기 몇 장이 포개져 있다. 흐트러진 부분이 있다면 살짝 정리하고, 그러는 김에 소고기가 몇 장인지도 세어본다. 밥은 연어알로 덮여 있다. 흔들리는 바람에 알이 몰린 부분과 성긴 부분이 생겼다면 젓가락 끝으로 고르게 펴서 평평하게 펼쳐준다. 다시마를 박고지로 감싼 다시마 마키가 있다면 젓가락으로 집어 올려 속을 들여다본다. '청어가 들어가 있구나' 하고 확인해보는 시간을 가진다.

보기만 해도 즐거워지는
행락 도시락!

편의점 도시락이었다면 이런 행동은 절대로 하지 않는다. 하지만 산 정상에서 먹는 행락 도시락이라는 것과 2,000엔이라는 가격 때문에 이렇게 된다.

오프닝 세리머니는 이걸로 끝내고 행락 도시락의 고정 멤버인 표고조림부터 시작한다. 젓가락으로 집어 올려 찬찬히 살펴본다. '어쩜 이리 잘 도려냈을까.' 십자 모양으로 낸 칼집에 깊이 감탄한다. 이번에는 뒤집어 버섯의 뒷면을 본다. 표고버섯 뒷면에 가는 주름이 새겨져 있다는 것은 누구나 다 아는 사실이다. 그런데도 보게 된다. 누구라도 다 그렇게 한다. 그리고 그게 어떤 기분인지도 이해가 된다. 도시락에는 꽃처럼 모양을 낸 당근도 있고 연근과 우엉조림도 들어 있다. 그러나 이런 것들을 뒤집어 보거나 하지는 않는다. 뒷면도 앞면과 똑같기 때문이다. 표고버섯만이 앞면과 뒷면이 완벽하게 다르다. 겉과 속이 다르다. 아마도 그런 부분이, 그가 표고버섯의 뒷면을 돌려보게 만든 원동력이 되어주었으리라(그가 누구인지 잘은 모르겠지만).

유심히   흠….

평소에는 이런 걸 유심히 보거나 하지 않지만

홍백 가마보코(생선살로 만든 어묵의 일종. 붉은색과 흰색의 조합으로 멋을 낸 가마보코를 홍백 가마보코라 한다)도 들어 있다. 이건 붉은 것부터 먹을까, 흰 것부터 먹을까. 어느 것부터 먹는 게 좋을까. 산신(山神)님이 하라는 대로 하자.

아, 이런 곳에 은행 열매가!
아, 이런 곳에 밤이!

아, 저런 곳에 엉겅퀴가!

아, 고추잠자리가!

아, 가을 바람!

어느 사이엔가 젓가락질을 멈추고 말았다.

생맥으로 혼술

'생맥으로 혼술' 해본 적 있으신지?

혼술로 마실 때는 사케일 경우가 많다. 미소라 히바리(일본을 대표하는 여가수) 씨의 노래 중 "홀로 술집에서 마시는 술은~"이라는 가사가 있는데, 이 가사 속에 나오는 술도 사케일 거라고 생각한다. '술집에서 맥주로 혼술'은 어쩐지 와닿지가 않는다. 히바리 씨의 노래로 돌아가면 "홀로 술집에서 마시는 술은" 다음에 "이별의 눈물 맛이 난다"는 가사가 이어진다. 이렇듯 혼술은 아무래도 쓸쓸한 기운이 강한 술이다. 그러므로 혼자 술집에 앉아 연신 도쿠리만 기울이기 마련이다. 그런데 이게 맥주라면, 혼자 술집에 앉아 연신 맥주병을 몇 병이나 따야 하기 때문에 배 속이 꿀렁꿀렁 거북해진다. 꿀렁대는 배 속은 "이별의 눈물 맛이 난다"는 세계와 도무지 어울리지 않는 느낌이다. 만약 그게 생맥주라면 어떨까? 더욱더 배 속이 꿀렁댈 것이기 때문에, 더욱더 이별의 눈물과 어울리지 않게 된다.

당연하게도, 생맥주는 호프집에서 마신다. 호프집에 혼자 앉아 생맥주를 마시는 사람은 "대체 거기서 혼자 뭐하고 있냐?"는 반응을 주변에서 자아내게 만든다. 그런데 말이다, 실제로 해보면 혼자서 마시는 생맥주, 이거 꽤 괜찮다. 호프집에서 생맥으로 한잔하는 거다. 게다가 낮술로.

낮술이라고는 해도 오후 3, 4시 그 언저리다. 아직 한산한 그 시간에 호프집에 앉아 생맥주 잔을 기울인다. 4인용 테이블에 여유롭게 혼자 앉아 때때로 맥주를 마시고, 때때로 안주를 집어 먹는다. 가끔은 가져온 책에 시선을 떨어뜨리며 독서 삼매경에 빠진다(주간지이기는 하지만).

저녁 6시 이후부터 시작될 떠들썩함, 그 활기참이 거짓말처럼 느껴지는 조용한 가게 안. 이렇게 고즈넉한 혼술을 즐기고 싶다면 호프집 규모가 너무 커도 곤란하다. 체육관처럼 널따란 호프집에서는 기분이 나지 않기 때문이다. 적당한 넓이에, 손님이 적당히 들어차 있는 호프집이 좋다.

간다 진보초에 위치한 'L'이야말로 바로 그런 호프집이다. 나는 이 가게에서 혼자 생맥주를 마시기 위해 열흘에 한 번꼴로 집을 나선다. 이 호프집은 내가 생각하는 '생맥 혼술'의 조건 전부를 만족시키는 가게다.

우선은 가게에 도착하기까지의 도로 경사도가 그 조건을 충족한다. L에 가기 위해서는 JR 오차노미즈역 개찰구를 나와 메이지대학으로 이어진 내리막길을 완만한 경사로 내려가게 되는데, 이 내리막길의 경사도가 생맥주를 마시러 가는 기분과 제법 잘 어울린다. 적당한 경사의 내리막길을 걸을 때 사람은 즐거운 기분이 된다. 마음도 편안해진다. 이게 만약 오르막이었다면 어땠을까? 거기에다가 로프를 붙잡고 올라갈 정도로 급경사였다면? 생맥주를 마시겠다는 마음이 싹 사라지고 말 것이다.

이 쾌적한 내리막길을 따라가다가 산세이도 서점 앞 교차로에서 오른쪽으로 방향을 튼다. 거기서 1분 정도만 더 걸으면 L에 도착한다. 역에서 도보로 약 7분. 이 7분이라는 거리 또한 생맥주에 도달하기까지의 거리로 딱이다. 이게 만약 걸어서 두 시간의 거리였다면 생맥주고 어쩌고 그런 말은 꺼내지도 못했을 테니까. 적당한 땀과 적당한 피로가 생맥주를 한층 더 맛있게 만들어주는 법이다.

이 주변 일대를 걷는 사람들도 생맥주와 잘 어울린다. 대부분 대학생들이거나 앞으로 새로운 인생이 시작될 젊은 층들이 많다. 생맥주는 젊은 열기와 잘 어울린다. 그런데 이게 만약 스가모(도쿄 도시마구에 속한 지명. '할머니의 하라주쿠'라 불리는 상점가가 있어 노인층의 왕래가 많은 지역이다)였다면 어땠을까? 스가모의 사찰 주변이었다면 어땠을까? 생맥주는 됐고 '쌉쌀한 차에 달콤한 단고나 먹자'는 분위기가 되고 만다.

적당한 땀, 적당한 피로와 함께 호프집에 도착했다. 늘 앉는 2층 창가 자리로 간다. 도로 쪽으로 붙은 창가 자리이기 때문에 바로 밑으로 거리를 걷는 사람들이 보인다. 특별히 콕 집어 이 자리에 '이거다!' 할 장점이 있는 건 아니지만, 때때로 유행 중인 캐미솔 차림의 젊은 처자가 걸어가고는 한다. 그런 '캐미솔 처자' 세 명이 쪼르르 붙어 지나가기도 한다. 캐미솔 처자를 2층에서 목격하게 된다면? 그런 처자가 동시에 세 명이 지나간다면? 이 호프집에서 그런 차림을 두고 민폐라고 생각하는 사람은 별로 없을 것이다.

이날은 우선 우설 소금구이와 새우튀김을 시켰다. 생맥주 한 잔에 560엔.

이 가게의 맥주잔도 칭찬할 만한데, 생맥주에 딱 좋은 크기이기 때문이다. 너무 크지도 않고 너무 작지도 않은 크기다.

조금 전에 우설 소금구이와 새우튀김을 시켰다고 썼는데, 독자 중에는 '우설은 괜찮은 선택이지만, 생맥주에 새우튀김은 좀 아니지 않나?' 하며 비웃는 사람도 많을 것 같다. 그런 사람은 이 호프집의 새우튀김을 모르기 때문이다. 몸길이 22센티미터, 둘레 3센티미터의 새우가 당당하게 두 마리나 마카로니 샐러드와 토마토를 거느린 채, 모락모락 김을 피워 올리며 누워 있다. 뜨겁고 바삭한 그것에, 함께 나온 타르타르소스는 무시하고 별도의 소스를 뿌려, 나이프로 대담하게 썰어 입에 넣는다. 새우튀김이 이렇게나 생맥주에 어울릴 줄이야. 누구든 먹어 보면 그렇게 생각하게 될 거다.

위풍당당한
새우튀김

마카로니
샐러드

타르타르소스

문득 앞쪽을 보니, 혼자서 생맥을 즐기는 손님 하나가 꿀꺽꿀꺽 맥주를 마시고 있다. 그 역시 이따금씩 창밖으로 시선을 보내고 있다.

꽁치가 특별한 이유

꽁치를 먹다 보면 어딘가 감성적이 된다. 여러분도 그렇지 않은지?

왜인지는 몰라도, 그렇게 된다. 유독 꽁치에게만 그렇게 된다. 정어리나 전갱이라면 그런 일은 일어나지 않는다. 이런 까닭에 사토 하루오(근대 일본 문학을 대표하는 시인이자 소설가)도 〈꽁치의 노래〉라는 시를 쓸 수 있었을 것이다. 꽁치를 먹으며 "아아, 가을바람이여"라는 구절을 읊을 심경이 되었을 것이다.

한 사나이가 있어,

오늘 저녁으로 혼자 꽁치를 먹으며 생각에 잠긴다

이런 구절도 쓸 수 있었을 것이다. 정어리나 전갱이를 먹으면서는 이런 심정이 되지 않는다. 이상하지 않은가? 꽁치와 정어리, 그리고 전갱이를 비교해 보자.

아무리 곰곰이 따져봐도 꽁치와 정어리와 전갱이 사이에 큰 차이가 있다고는 생각되지 않는다. 대가리가 있고, 몸통이 있고, 곧이어 꼬리로 이어진다. 어디를 어떻게 비교해 봐도 세 마리 모두 같은 모양을 하고 있다. 그런데 왜 우리는 유독 꽁치에게만 감성적이 되는가? 어느 가을 해 질 녘, 꽁치를 먹으며 그 이유에 대해 다시 곰곰이 생각해 봤다. 그리고 결국 대답을 얻었다. 그렇구나! 그래서였구나! 탁 하고 무릎을 쳤다. 해답은 꽁치의 '길이'에 있었다.

꽁치 캔 ↗

이런 꽁치로 시를 쓰기는 어렵겠군….

꽁치는 정어리나 전갱이와 비교해 몸길이가 길다. 꽁치의 평균 신장은 25센티미터고, 정어리와 전갱이의 평균 신장은 20센티미터다. 즉 5센티미터 정도 꽁치의 신장이 더 길다. 아, 근데 그게 아니다. 생선의 경우, 신장이라는 것은 몸통 부분이 길다는 것이기 때문에 5센티미터만큼 몸통이 더 길다는 것이 보다 정확한 표현이겠다.

몸통이 5센티미터 더 길면 어떻게 될까? 정어리나 전갱이를 먹을 때보다 꽁치를 먹을 때 시간이 더 오래 걸린다. 5센티미터 길이만큼 오래 걸린다. 5센티미터 길이만큼 꽁치와 함께하는 시간이 길어진다.

5센티미터 길이만큼 함께하는 시간이 길어지면 어떻게 될까? 그 시간의 길이만큼 애정이 생겨난다. 사람도 마찬가지다. 누군가와 오래 만나다 보면 애정이 생겨난다. 누구라도 경험하는 일이다.

애정이란 뭘까? 사랑이다. 어여삐 여기는 마음이다. 상대를 이해하는 마음이다. 즉 함께하는 시간 속에 꽁치와 인간이 애정이라는 관계로 결속된다. 이렇게 되고 나면 감정이 출몰할 수밖에 없다. 〈꽁치의 노래〉를 읊은 사토 하루오의 심정이 이해가 간다. 꽁치에 관해서만큼은 사토 하루오의 독무대가 될 수밖에 없다.

'꽁치 장신설'의 타당성을 증명해 보이기 위해, 꽁치의 몸통 부분을 5센티미터만큼 잘라낸 뒤 머리와 꼬리를 다시 붙여, 정어리와 같은 길이로 만들어 먹어보기로 했다. 실제로 해보니 꽤나 볼품없는 모양새였다. 그런 꽁치를 먹어보니 과연 예상한 대로 감정이 생겨나지 않았다. 몸통이 짧아졌기 때문에 먹는 시간이 평소보다 짧았고, 감정에 빠져들 새가 없었다. 정어리와 전갱이를 먹을 때 감정이 생겨나지 않는 이유는 이것이었구나, 자연스런 추론이 가능했다.

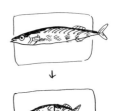

이것도 꽁치는 꽁치다!

사토 하루오가 〈꽁치의 노래〉를 쓴 배경에는 복잡한 인간관계가 있었다. 다니자키 준이치로(근대 일본 문학을 대표하는 소설가)와 그의 아내 치요, 사토 하루오 본인과 사토 하루오의 아내. 이 넷의 부도덕

한 남녀 관계 속에서 이 시는 태어났다. 다니자키 준이치로도 괴로움을 겪었다. 그의 아내 치요도 이런저런 고생을 했을 것이다. 사토 하루오의 아내도 힘든 날을 보냈을 것이며, 당연히 사토 하루오 본인도 괴로웠을 것이다. 사토 하루오는 그 괴로움을 표현하기 위해 꽁치를 빌려 왔다. 입장을 바꿔보면, 꽁치가 하루오의 심정을 대변하고 있는 것이다. 꽁치는 생선이기는 하나, 시인이 자기 인생의 중대사를 빌려 표현할 만큼 거물이었던 것이다. 그런 존재였기에 하루오는 꽁치에 매달렸던 것이다. 꽁치는 하루오에게 자신의 감정을 드러내는 의지처였다. 꽁치에게 내장이 있다는 것도 다행스러운 일이었다. 물론 정어리와 전갱이에게도 내장은 있으나, 꽁치의 내장은 세상에 특별한 것으로 인정받는 내장이다. 하루오는 꽁치의 내장에 이렇게 매달렸다.

> 박정한 아비를 둔 계집애는
>
> 조그만 젓가락을 놀리다가, 머뭇머뭇대며
>
> 아비가 아닌 사내에게 꽁치의 내장을 달라고 하는 것이 아닌가

〈꽁치의 노래〉에 대한 평가 중, 모든 이가 놓치고 있는 부분이 하나 있다. 꽁치의 조리법에 대해서다. 시 속에서 하루오는 자신이 꽁치를 어떻게 조리해서 먹었는지 명시해 놓지 않았다. 그런데 다들 '구워 먹었다'고 자기 마음대로 생각하고 있다. '풍로에 생선구이용 망을 올려 부채질을 했을 것'이라고 말하는 사람까지 있다. 〈꽁치의 노래〉 중

"그 위에 청귤 즙을 떨어뜨려"라는 부분이 있는데, 그저 이 부분만으로 구웠다고 생각하는 것이다.

또한 시 속에 연기가 등장하지 않는데도 다들 연기의 풍경을 머릿속에서 그리고 있다. "아아, 가을바람이여"라고 한탄하며 부채질을 하고 있으므로 당연히 연기가 피어오를 것이라 생각하는 것이다. 하지만 만약에 만약에 말이다, 하루오가 이때 꽁치를 조려 먹었다면 어떻게 될까?

말도 안 된다고? 아니다. 불가능한 이야기도 아니다. 누구도 이 부분을 고증한 사람은 없다. 풍로까지는 인정한다고 해도, 그 위에 냄비를 올려 꽁치를 조렸을지, 누가 알겠는가.

냄비 속에서 보글보글, 간장과 설탕 국물 속에서 꽁치가 익어가고 있다. 냄비 속에서 피어오르는 맛있는 꽁치조림 냄새. 뭐, 웃자고 해본 농담이긴 하지만.

홀로 고고하게 전골을

이제 곧 찬 바람의 계절이다. 초겨울 찬 바람에는 전골이다. 어묵에는 일본 겨자, 전골에는 찬 바람(머스터드보다 톡 쏘는 맛이 강한 일본 겨자를 '와가라시', 찬 바람을 '고가라시' 한다. 두 단어의 라임을 맞춰 나열한 언어유희).

전골 요리라 하면 여럿이 커다란 냄비 주변에 둘러앉아 와자지껄 와글와글 화목하게 하하 호호, 하여간에 밝고 어쨌든 간에 쾌활하고, 냄비에서도 김이 펄펄 끓는 풍경이 떠오른다.

이렇게 떠들썩한 전골이 있는 반면, 작은 전골냄비 앞에 오직 한 사람, 어딘가 적요하고 우울하고 우중충하고, 하여간에 어둡고 어쨌든 간에 음울하고, 냄비에서 피어오르는 김마저도 매가리가 없는 풍경이 떠오르는 전골 요리도 있다. 바로 '고나베다테(小鍋立て)'다.

고나베다테를 《고지엔》(이와나미 쇼텐에서 발간한 일본어 사전)에서 찾아보면 "작은 냄비를 화로에 올려 간단하게 요리해 냄비째 뒤적이며 함께 먹는 것"이라고 나온다. 《고지엔》에 반론을 주장할 생각은 없으나, 특별히 '화로'일 필요는 없다고 생각한다. '함께 먹는'다는 것은 혼자가 아니라는 이야기지만, 나는 고나베다테라면 혼자인 쪽이 어울린다고 생각한다. 그래도 '냄비째 뒤적'인다는 부분은 꽤 적절하다고 생각한다. 큰 전골냄비는 '둘러앉아' 각자 덜어 먹고, 작은 전골냄비는 냄비째 '뒤적이며' 먹고.

'뒤적인다'는 동작은 어쩐지 쓸쓸하다. 뭔가 어둡고 적적하고 살짝 풀이 죽은 느낌도 있고, "상관없어. 어차피 다 그런 거지 뭐"라고 툭 내뱉듯, 어딘가 비뚤어진 느낌도 있다. 그런데 이런 느낌, 나는 꽤 좋아하는 편이다.

고나베다테에는 음기(陰氣)가 어울린다. 그도 그럴 것이, 혼자서 전골냄비를 뒤적이는데 손뼉을 쳐대고 활기차게 떠들어대는 것도 이상하니까. 음기는 음기지만 그냥 음기는 아니다. 고고함의 기운이 느껴지는 음기다. 그 주변으로 청빈과 고결의 공기마저 떠다니고 있다. 그리고 문학의 향기도 떠다니고 있다. 이케나미 쇼타로(일본을 대표하는 역사 소설가)의 소설에도 자주 등장하지 않나? 어딘지 모르게 그늘이 드리운 남자, 과거를 짊어지고 사는 남자. 그런 남자에게 어울리는 것이 바로 고나베다테다.

고고한 음기의 느낌을 주변 사람들에게 어필하고 싶다면 전골의 종류도 당연히 한정될 수밖에 없다. 혼자서 등을 웅숭그린 채 잔코나베(맑은 국물에 생선, 고기, 채소 등을 큼직하게 썰어 넣고 끓여 먹는 전골 요리. 스모 선수들이 자주 먹다가 일반에 전파됐다)를 먹는 건 좀 그렇다. 요

세나베(육수에 채소, 버섯, 고기, 생선 등 다양한 재료를 푸짐하게 넣어 끓여 먹는 전골 요리)도 그다지 적절하지는 않다. 잣파지루(생선을 손질하고 난 부산물로 끓인 전골 요리)도 좋지 않다. 이름이 별로다. 김치전골도 그만 두는 편이 좋다. 매워서 연신 콜록콜록, 급기야는 "물! 물!"을 외치며 목소리를 높이게 되기 때문이다. 이래서야 고나베다테의 분위기가 엉 망이 되고 만다.

전골 요리의 경우, 마지막에 밥이나 우동 면을 넣기도 한다. 같은 전골 요리라는 이유로 고나베다테의 작은 냄비에 우동 면이나 먹다 남긴 새우튀김, 어묵 같은 걸 넣는 것도 그만두는 게 좋다. 이래서야 고나베다테가 아니라 그저 흔한 냄비 우동이 되어버리고 만다. 청빈, 고고, 고결의 고나베다테에서는 재료가 복잡하거나 어수선해서는 안 된다. 파, 배추, 시금치를 듬뿍 넣는 것도 어딘가 좀 살림에 찌든 냄새 가 나서 좋지 않다. 고나베다테는 단순해야만 한다.

유도후. 메뉴는 이걸로 충분하다. 조금 양보한다면 거기에 대구 추 가. 딱 거기까지만. 고나베다테의 재료는 두부와 대구로 끝이다.

이렇게 전골의 종류와 재료는 정해졌다. 그러나 근본적으로 더 중 요한 요소가 하나 더 남았다. 이 부분에서 실수하면 고나베다테 그 자체를 망칠 수도 있다. 그만큼 중요한 요소다. 그건 바로 냄비다. 냄비 의 형태다.

자, 집중해 보자. 예를 들어, 이자카야 메뉴에 유도후가 있다고 가

정해 보자. 가격이 600엔이라고 하니, 아마도 작은 냄비에 고나베다테 스타일로 조리된 유도후가 나올 것으로 예상된다. 맞다. 우리 예상대로 고나베다테 스타일로 나오기는 했다. 그런데 만약 그 냄비가 알루미늄으로 된 편수 냄비라면 어떻겠는가? 하숙 시절, 봉지 라면을 끓여 먹던 바로 그 편수 냄비. 그 안에 물과 두부뿐이라면? 이케나미 쇼타로 씨라면 분명 노했을 거라고 본다.

그러니까 이 냄비라는 것은 고나베다테의 절대적인 조건이다. 고나베다테 냄비라면, 냄비 양쪽에 귀처럼 생긴 것, 그걸 뭐라고 하더라… 아무튼 그 손잡이 같은 것이 양쪽에 하나씩 붙어 있어야 한다. 그런 냄비가 아니면 고나베다테는 성립하지 못한다. 절대로 성립하지 못한다.

그런데 참 이상하지 않은가? 편수 냄비로 끓인 유도후일지언정, 그것이 유도후라는 사실에는 변함이 없다. 그런데도 이케나미 쇼타로 씨는 노한다. 어쩌면 에도 시대 그 무렵(?)부터 지금까지 이어진, 고나베다테의 오래된 역사가 그 냄비에 달라붙어 있어서인지도 모른다. 그런 부분에 향수를 느끼며 먹는 음식이기 때문인지도 모른다.

고나베다테의
가장 나쁜 예

그런데 말이다, '고나베다테 같은 거 별로 안 먹어봤다'거나 아예 '고나베다테 같은 거 먹어본 적 없다'는 사람도 제법 많을 거라고 생각한다. 하지만 실은 그런 사람들도 고나베다테를 제대로 먹은 적이 있다. 깨닫지 못한 채 먹었기 때문에 몰랐을 뿐이다. 전통 료칸에 묵으면 저녁 식탁에 반드시 올라오는 일품요리가 있다. 고형 연료로 데우는 1인용 화로의 전골 요리. 그런 요리라면 먹어본 적 있을 것이다. 그게 바로 고나베다테다.

그러나 같은 고나베다테면서도 지금까지 언급해 온 고나베다테와는 분위기가 약간 다르다. 지금 유행 중인 요상한 색깔과 요상한 디자인의 유카타(여름철이나 목욕 후에 입는 간소한 무명 홑옷)를 입게 된 아버지뻘 남자가 전골 뚜껑을 열다가 "앗뜨뜨!" 하며 뚜껑을 떨어뜨리는 모습으로 고고나 고결을 추구하기란 조금 무리가 따를 테니까.

이런 냄비는
살짝 과한 느낌

내가 좋아하는 타입
(약간 두꺼운 스테인리스 제품)

모험편

가장 손쉽게
할 수 있는 모험은
'음식'이다

반찬 없이 밥 한 공기!

드디어 가을이다. 햅쌀의 계절, 가을. 일 년 중 밥맛이 최고로 좋은 시절. TV 음식 방송에서도 '아궁이에 불을 지펴 옛날식으로 지었다'며 햅쌀밥이 등장한다. 유명한 맛집 탐방 리포터가 그 밥을 한 입 먹고 이런 소리를 한다.

"우와! 정말 맛있어요! 이런 밥이라면 반찬 같은 것도 필요 없겠는데요?"

그건 또 그것대로 리포터의 진심이었을 것이다. 그런데 만약 '그 밥을 지금 당장, 반찬 없이 먹어보라'고 한다면 어떻게 될까? 당황한 나머지 허둥대다가 '농담은 그쯤 해두자'며 화제를 딴 곳으로 옮기려 들지 않을까?

그런데 나는 그만 그 지점에 뜬금없이 꽂히고 말았다. '진짜 한번 먹어볼까? 반찬 없이 밥 한 공기, 못 할 것도 없지 뭐' 하고 말이다. 바보 같은 짓에 순식간에 열정이 솟고, 그걸 또 실제로 해버린다는 점이 나라는 노인네의 특징이기도 하다.

자, 어떤 식으로 실행해 볼까. 일단 외식으로는 불가능하다. 레스토랑, 백반집, 카레집, 그 어떤 곳에서도 밥만 달라는 손님은 쫓겨날 테니까. 내가 밥을 지어서 먹는 것 외에 다른 방법은 없다.

근처 슈퍼에 가서 햅쌀을 사 왔다.

지역: 미에현

품종: 고시히카리

도정일: 2006년 9월 2일

가격: 1,650엔(2kg)

오랜만에 쌀을 씻는다. 햅쌀이니 물은 약간 바특하게 잡는다. 전기밥솥의 스위치를 누른다. 기다림도 잠시, 올해의 햅쌀밥 완성이다. 반질반질, 반짝반짝한 밥에서 모락모락 김이 피어오른다. 그 김을 헤치고 주걱을 찔러 넣는다. 미리 준비해 둔 커다란 밥그릇에 밥을 푼다. 주걱질 네 번 반 만에 고봉밥이 그득하다.

주걱으로 밥을 푼다는 건, 어딘가 부끄럽기도 하고 설레기도 하고 요염한 구석이 있어서 '사랑하는 이를 위해 식사 준비 중인 나' 이런 쓸데없는 상상을 하게 만든다. 어느 사이엔가 귀엽게 새끼손가락을 세운 채 주걱질을 하게 된다.

준비는 끝났다. 이제 본론으로 가보자. 고봉밥 한 공기를 반찬 없이 비우기. 과연 가능할 것인가? 식탁 위에 올라와 있는 것이라고는 밥이 담긴 밥그릇과 젓가락뿐이다. 황량한 풍경이다. 결의를 새로이 다지기에 딱 좋은 풍경이다.

뭉게뭉게 피어오르는 김과 함께 첫술이 지금 입 속에 들어왔다. 씹는다. 열심히 씹는다. 계속해서 씹는다. 끈질기게 씹는다. 씹는 일 외에 별다른 수가 없기에 그저 계속해서 씹게 되는 그런 느낌이다. 그리고 이때 한 가지 사실을 깨닫고 깜짝 놀란다. 젓가락으로 집어 올린 한 입 분량의 밥. 그 밥을 과연 몇 번 정도 씹는지 생각해 본 적 있는지? 40번이다. 무려 40번을 씹는다. 몇 번을 해봐도 40번이다. 중간에 반찬이 개입하지 않기 때문에 계속해서 씹게 된다. 씹는 동안 삼켜야겠다는 마음이 들지 않는다. 질리지도 않는다. 헤어지기 아쉬운 마음에 좀처럼 삼킬 기회를 포착하기가 쉽지 않다.

이쯤 되면 햅쌀밥의 맛과 냄새에 대해 무슨 말이라도 해야 한다. 우물우물 씹고만 있어서는 곤란하다. 그런 생각을 하며 우물우물 씹는다. 갓 지은 햅쌀밥에는 햅쌀 특유의 맛과 냄새랄 만한 게 확실히 있다. 물이 고여 있는 논의 냄새, 이삭을 매단 벼의 냄새, 푸른 논을 훑고 가는 바람의 냄새. 이런 냄새와 더불어 풍경이 자아내는 냄새까지도 햅쌀에 응축되어 있다. 황금빛으로 일렁이는 가을 논, 그 위를 유영하는 잠자리의 풍경 같은 것 말이다. 복합적인 냄새와 더불어 햅쌀 자체의 맛, 햅쌀 특유의 너그러운 찰기, 적당한 탄력까지 느껴진다.

뭐야, 가능할 것 같은데? 반찬 없이도 아무 문제없을 것 같은데? 밥 한 공기 뚝딱, 성공할 것 같은데? 첫술에서의 감상은 이러했다. 두 번째, 세 번째도 대체로 비슷했다.

그런데 네 번째, 다섯 번째부터 뭔가 살짝 힘들어졌다. 이대로도 괜찮긴 하지만 뭔가 그, 뭔가가 있었으면 좋겠다 싶었던 것이 여덟 번째 언저리부터였다. 나중에 알게 된 사실인데, 밥 한 공기는 대략 스무 입 정도의 분량이다. 그리고 그 절반인 열 번째 무렵부터 괴로움에 몸서리가 쳐진다.

뭔가 필요하다! 뭔가가! 실물이 아니어도 좋다. 그래, 냄새! 냄새만이라도! 장어 양념구이 냄새 같은 게 필요하다. 흔히들 그러지 않나. 장어 양념구이 냄새만으로도 밥 세 공기는 거뜬히 비울 수 있다고.

열두 번째 밥을 입 안에 넣는다. 냄새가 안 된다면 제발 사진이라도! 예를 들어 우메보시(매실을 소금에 절였다가 꾸덕하게 말린 일본식 매실절임) 사진 같은 거 말이다. 우메보시 사진을 지그시 응시하다가 적당한 타이밍에 밥 한 입 우걱우걱. 제발 그렇게라도 어떻게 안 될까?

실물이 아니어도 좋다.

지그시

사진만이라도!

열여덟 번째. 그렁그렁하게 눈물이 맺힌다. 괴롭다. 오로지 씹는다. 그냥 씹는다.

스무 번째. 결국 일어서고 만다. 냉장고 문을 열고 명란젓을 꺼낸다.

"세 알만. 딱 세 알만 먹을게. 나 좀 살려주라."

누구에게 허락을 구하는지도 모르는 채 애처로운 말이 입 밖으로 튀어나온다. 명란젓 세 알을 얹은 마지막 한 입. 너무 맛있어서 몸이 떨릴 지경이다.

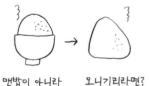

맨밥이 아니라   오니기리라면?

거장의 버터 간장밥

음식에 대해 이러쿵저러쿵 떠들어대는 노친네는 미움받는다. 하물며 '버터 간장밥'에 대해 이러쿵저러쿵 떠들어대는 노친네는 더 큰 미움을 받는다. 나도 잘 알고 있다. 하지만 버터 간장밥에 대해 이러쿵저러쿵 떠들어대고 싶다.

계란 간장밥, 버터 간장밥, 라면 국물에 만 밥. 세상 사람들은 이 세 가지 음식을 '대충 때우기 위한 3대 메뉴'라며 업신여기고 있다. 공통적으로 그 셋에 '가난'이라는 꼬리표가 어른거리고 있기 때문이다. 그래서 그런지 사람들은 그 셋을 대할 때 별로 성의가 없다. 대충 만들어서 대충 먹고 끝이다.

"버터 간장밥을 어떻게 만드냐고요? 별거 없죠, 뭐. 뜨거운 밥을 그릇에 담고, 그 위에 버터 덩어리를 올리고, 휘휘 섞어가며 버터를 녹이고, 거기에 간장 좀 넣고, 다시 또 휘휘 섞고. 아마 이런 식일걸요?"

이렇게 대답하는 사람은 오타키 히데지(일본의 국민 배우. "재미없어! 자네 이야기는 재미없어!"라는 광고 대사가 전 국민적인 화제를 불러일으켰다)

씨에게 큰소리로 꾸짖어달라고 하자.

"재미없어! 자네가 만드는 버터 간장밥은 재미없어!"

이렇게 만들어서는 버터 간장밥의 진정한 맛을 결코 느낄 수 없다. 그냥 평범한 버터밥이 되고 만다. 버터밥과 버터 간장밥은 어떻게 다른가. 도쿄 스기나미구 니시오기쿠보의 거장(=바로 나)이라면 과연 버터 간장밥을 어떻게 만들까.

우선 뜨거운 밥을 준비한다. 그 밥을 그릇에 담는다. 여기까지는 조금 전 오타키 히데지 어르신께 크게 혼이 난 사람이 말한 과정과 똑같다. '뜨겁다'는 것은 버터 간장밥의 필수 조건이다. '뜨거운 밥이 없다면 버터 간장밥을 만들지 않겠노라' 정도의 각오는 해두길 바란다.

버터는 듬뿍 넣어야 한다. '조금'과 '듬뿍'은 그 맛이 완전히 다르다. 어느 정도 듬뿍이냐면, 밥 한 그릇에 적어도 15그램 정도의 듬뿍이다. 호텔 조식에 나오는 개별 포장 버터라면 약 세 개 정도의 분량이다. 그 정도의 버터를 밥에 투하한다. 여기서 버터를 밥 위에 바로 얹는 사람이 많다. 그런 사람도 오타키 어르신께 부탁해 큰소리로 꾸짖어달라고 하자.

버터를 넣기 전, 밥 한가운데에 수직의 구멍을 판다. 하지만 이 구멍은 밥그릇 바닥까지 도달해서는 안 된다. 바닥 직전에서 멈춰야 한

버터 간장밥의 비결

바닥 직전에서 멈춤

버터

다. 그 구멍에 버터를 밀어 넣는다.

다 넣었다면 밥으로 뚜껑을 만들어 덮는다. 그런 다음 50초를 기다린다. 구멍 속에서 버터가 서서히 녹으며 구멍 주변 밥알에 스미고, 구멍 밑바닥에는 녹아내린 버터가 고이게 된다.

50초가 지났다. 뚜껑을 열어보자. 오! 버터가 밥에 잘 스몄다. 반짝반짝, 반질반질하다. 흐물흐물해진 구멍 안쪽이 살짝 무너져 있다. 바닥 쪽은 고인 버터 물로 촉촉하게 젖어 있다. 음, 이거야말로 버터의 우물이다. 아니다. 김이 피어오르고 있으니 버터의 온천이다!

공기 속으로 버터 냄새가 퍼져나간다. 버터를 프라이팬에 넣어 열로 녹였을 때와는 다른 냄새다. 편안하고 한가로운 냄새다. 목초의 냄새, 목장의 냄새. 어딘가 짐승의 지방(脂肪) 내음도 묻어 있는 원초적인 냄새. 밥에서 피어난 냄새도 큰 작용을 한다고 본다. 농경과 목축, 그 둘이 결합된 냄새다.

바로 그 순간에 똑똑, 간장을 떨어뜨린다. 그러면 또 다른 냄새로 변한다. 정말이지 좋은 냄새가 공기 중에 다시금 피어오른다. 순수한 버터와 순수한 간장이 만난 냄새, 거기에 적당한 열이 더해진 냄새. 뜸이 잘 든 밥 냄새까지 슬금슬금 더해져 지금 밥그릇 속은 그야말로 조리의 절정에 다다르는 중이다. 조리다운 조리는 하나도 하지 않았는데 말이다.

지금부터가 중요한데, 먹을 때는 간장을 떨어트려 둔 부분, 그 부분만을 요령껏 섞어서 먹어야 한다. 다 먹었다면 다시 간장을 똑똑. 그러고는 또 그 부분만을 먹는다. 그때그때 먹을 때마다 간장을 조금씩 넣어가며 먹어야 한다. 처음부터 버터와 밥, 간장을 한꺼번에 섞어버리면 그 아름다운 향이 금세 사라지고 만다. 그런 면에서 내 방식은 '우물 속 작업'이다. 그래서 다 먹을 때까지 버터의 신선한 향이 살아있을 수 있는 거다.

간장을 떨어뜨려 가며 먹다 보면 버터가 가득 들어간 한 입, 버터가 조금 들어간 한 입, 간장 맛이 진한 한 입, 간장 맛이 연한 한 입. 이렇게 매번 다른 맛을 즐길 수 있다. 그렇게 버터 우물의 벽을 조금씩 허물어가며 먹는다. 이렇게 먹어보면 다들 새삼스레 감탄하게 될 것이다. '버터투성이 밥이 이렇게 맛있는 음식이었단 말인가!' 그리고

또 하나, 간장의 중요함도 깨닫게 될 것이다. 버터와 밥만의 조합이라면 이 메뉴는 성립되지 못한다는 것, 여기에 간장이 들어가야만 지금의 이 맛이 완성된다는 사실을 다시금 깨닫게 될 것이다.

생각해 보면, 우리가 어릴 때만 해도 버터는 대단히 귀한 식재료였다. 버터가 너무 비쌌기 때문에 버터 대신 마가린을 쓰던 시대였다. 빵에 버터를 바를 때에도 그랬다. 정말 조금씩 떠서 빵 위에 올렸고, 얇디얇게 전 구역으로 펴 발라가며 먹었다. 식탁 위에 밥과 버터가 함께 오르는 일도 없었다. 그런데 지금은 이렇게 밥에 버터를 넣어서 먹고 있다. 혹시나 누가 볼까 싶어, 살금살금 먹고 있다. "가난뱅이나 먹는 밥이다." 이런 소리를 들으며 먹고 있다.

아, 맞다. 그리고 또 하나. 버터 간장밥을 다 먹고 난 뒤 맨밥에 간장만 넣어서 한 입 먹어보라. 그게 또 산뜻하니 묘하게 맛있다. 그야말로 디저트 느낌!

버터 간장밥이 이렇게 맛있다면 버터 간장 우동도 괜찮지 않을까?

← 이렇게 사색 중인 할아버지

(실제로 해 먹어봤지만 그리 맛있진 않았다.)

카레호빵 개복수술

중국식 호빵 중에 카레호빵이라는 게 있었다. 물론 지금도 있기야 있지만 최근 들어 어쩐지 눈에 잘 띄지 않게 됐구나 싶다. 피자호빵이나 갈비호빵 같은 신제품에 밀려 카레호빵이 설 자리가 줄어들고 있는 걸까.

바로 며칠 전, 갑자기 카레호빵이 먹고 싶었다. 편의점에 가봤지만 없었다. 근처의 또 다른 편의점에 가봐도 없었다. 없다고 하면 점점 더 먹고 싶어지기 마련인지라 잠시 망연자실해 있다가 근사한 아이디어를 떠올리고야 말았다.

일단은 고기호빵을 사자. 그리고 카레빵도 사자. 자, 과연 무슨 짓을 할 생각일까?

'설마 이상한 짓을 할 생각은 아니죠?'

다들 그렇게 생각했을 것이다. 맞다. 이상한 짓을 해볼 생각이다. 의학적인 행위라고 할까, 프로야구 세계의 트레이드 같다고나 할까. 그런 짓을 해볼 작정이다. 와다 교수였던가? 일본에서 처음으로 심장

이식에 성공한 사람이. 그것에 필적할 만한 일을 해보려 한다. 고기호빵에 카레빵의 내용물을 이식한다는, 세기의 위업을 달성해 보려고 한다.

일단은 고기호빵의 개복수술부터 진행할 생각이다. 배를 갈라 그 내용물을 꺼낸 다음 카레빵의 배를 갈라 그 내용물도 꺼낸다. 그러고는 고기호빵에 카레빵의 내용물을 이식할 생각이다. 마찬가지로 카레빵에 고기호빵 내용물을 이식하면 수술은 끝이다. 프로야구 세계에서 보자면 트레이드 같은 거다. 하지만 이 트레이드에는 일말의 분쟁도 없다. 금전을 주고받지도 않는다. 부동산 거래로 보자면 등가교환인 셈이다.

생각해 보면 이번 트레이드는 꽤나 규모가 큰 트레이드다. 일본 프로야구 선수가 미국 메이저리그에 진출할 때는 일본과 미국, 양국 사이의 교섭만으로 충분하다. 하지만 이번에 일본과 인도, 중국이 얽혀 있다. 게다가 그 대리인인 나까지 얽혀 있다. 하지만 그 교섭은 원활하고 부드럽게 진행될 것이다.

고기호빵과 카레빵을 각각 두 개씩 구입했다. 수술이 실패했을 경우를 대비해 예비 환자용까지 구입한 것이다. 호빵의 경우, 그것을 사러 갈 때의 보행 속도와 사서 돌아올 때의 보행 속도가 다르다고들 한다. 사서 돌아올 때의 속도가 사러 갈 때의 속도보다 1.5배 정도 빨라진다는 게 일반적이다. 또한 사러 갈 때와 사서 돌아올 때의 몸의 각도도 다르다고 알려져 있다. 돌아올 때의 각도가 사러 갈 때보다 15도가량 앞으로 기울어지는 게 일반적이다. 그리고 이 모든 것은 '최대한 따뜻할 때 먹고 싶다'는 욕구가 만들어낸 자연스러운 기술이다. 나 역시 자연스레 그 기술을 구사하며 작업실로 돌아왔다.

테이블 위에 고기호빵과 카레빵을 나란히 눕힌다. 호빵은 충분히 따끈하다. 편의점에서 작업실까지 채 2분도 되지 않는 거리이기 때문이다. 환자는 개복수술의 흔적이 몸에 남지 않길 원한다. 모든 환자가 원하는 바다. 그래서 호빵 바닥에 붙은 종이를 떼어내고 그곳을 개복하기로 한다. 그 위치라면 수술 흔적이 눈에 띄지 않을 테니까.

숟가락을 삽입해 내용물을 전부 긁어낸다. 카레빵 쪽도 같은 과정을 거쳐 서로의 내용물을 교환한다. 수술은 실패 없이 끝났다. 채 1분도 걸리지 않았다. 집도의는 이때쯤 뜨거운 차를 한 모금 마시는 게 좋다. 수술 중 고조된 마음을 진정시켜야 하니까.

이 소용돌이는 무엇을 의미하는 걸까?

하얗고 동그랗고 커다랗고 폭신폭신한 호빵에서 아련하게 김이 피어오른다. 다행히 예후도 좋아 보인다. 수술을 받았다고는 하나, 이리 보고 저리 보고 아무리 살펴봐도 고기호빵이다. 성전환에 비견될 만한 대수술을 마쳤는데도 외관상의 변화는 조금도 없다. (구)고기호빵,

(현)카레호빵을 양손으로 쥐고 입 근처로 가져간다. 아, 이건 내 개인적인 부탁인데, 호빵을 먹을 때는 꼭 양손으로 쥐어주길 바란다. 한손으로 들고 먹으면 그 맛이 반감된다. 양손으로 먹으면 최소한 두 배는 더 맛있다.

양손에 쥐고 입까지 가져왔다면 이제 최대한 크게 입을 벌린다. 그리고 한입 가득 베어 문다. 아, 이것 역시 내 개인적인 부탁인데, 베어물고 곧바로 씹어서는 안 된다. 한입 가득 베어 문 채 3초 정도는 그대로 있어야 한다. 따뜻하고 폭신한 것이 입 안에 가득 차 있다는 행복. 입도, 입술도, 마음도 따뜻해지는 행복. 입술과 마음이 따뜻해졌다면 천천히 씹으며 음미해 보자. (여기서부터가 흥미로운 부분인데) 머지않아

치아가 내용물에 도달하는 그 순간, '어라?'라고 해야 할까, '뭐야, 이 거?'라고 해야 할까, 예기치 못한 존재에 맞닥뜨린 듯 놀라게 된다. 완벽하게 고기호빵처럼 생긴 호빵에서 카레 맛이 난다. 이 위화감이 세 입 정도까지 이어진다. 그리고 그 위화감 때문에 더 맛있게 느껴진다. 또 하나 '고기호빵 내용물이 들어간 카레빵'도 놀랄 만큼 맛있다. 수술로 인한 부산물이라 할 수 있다.

여러분도 꼭 한번 도전해 보길 바란다. 이런 말 들었다고 누가 해보겠냐마는.

임페리얼 호텔에서 햄버거를

장미 나무에 장미꽃이 핀다. 아무런 문제도 없다. 맥도날드에서 햄버거를 먹는다. 아무런 문제도 없다. 임페리얼 호텔에서 햄버거를 먹는다. "네? 뭐라고요? 잠시만요. 도대체 왜 그러는 거죠?" 이런 반응과함께 당신 표정이 급격히 굳어졌을 것이다. 사실은 나도 그랬다.

임페리얼 호텔에서 햄버거를.

'에이, 그건 아니지 않나?' 잡지에서 이 문장을 발견했을 때 나도그렇게 생각했으니까.

참 희한한 일이다. '임페리얼 호텔에서 샌드위치를.' 이 문장에서는아무런 위화감도 느껴지지 않는다. 그렇다면 '임페리얼 호텔에서 핫도그'는 어떨까? 이 역시 '왜 그러는 거죠?'의 부류에 들어갈 것 같은느낌이 든다. 핫도그에게는 미안한 소리지만 차라리 그럴 바에야 햄버거 쪽이 낫지 않을까 싶다. 그렇다면 임페리얼 호텔에서 햄버거를 먹어도 괜찮은 게 아닐까? 먹고 나서 임페리얼 호텔에서 햄버거를 먹고 왔다며 남들에게 자랑할 수도 있고 말이다.

가만 있자, 그랬다가는 "왜 굳이 임페리얼 호텔까지 가서 햄버거 같은 걸 먹는 거냐?"고 조롱 섞인 반격을 당할 수도 있다. "하지만 2,625엔이나 하는 햄버거라고" 이렇게 내가 반론하면 "어리석기는. 햄버거에 2,625엔이나 쓰다니" 이렇게 바보 취급당할 수도 있다.

하지만 그 햄버거, 아무리 봐도 맛있을 것 같단 말이지. 잡지에서 본 임페리얼 호텔의 햄버거는 패티도 남달랐다. 맥도날드같이 규격화된 패티가 아니라 손으로 반죽해 만든 와일드한 녀석이었다. 육즙이 주르륵, 너무나도 맛있어 보이던 그릴 자국까지.

'먹고 싶다!'고 생각했다.

'그런데 비싸네!'라고 생각했다.

어쩌면 '임페리얼 호텔에서 햄버거를'이라는 표현 자체가 문제였던 건지도 모른다. '햄버거를 임페리얼 호텔에서'라고 바꿔보면 어떨까?

뭐랄까, 며칠째 계속되는 진수성찬에 싫증이 난 백만장자가 '가끔은 서민적인 음식을 먹어볼까?' 하는 심정으로 호텔을 찾는, 그런 뉘앙스가 생겨나는 것 같기도 하다. 내가 백만장자의 분위기만 자아낸다면 저쪽도(임페리얼 호텔도) 분명 그렇게 생각해 주지 않을까.

그래서 갔다.

그러나 모든 게 부자연스러웠다. 백만장자가 부자연스러웠고, 긴장 탓에 걸음걸이도 부자연스러웠고, 표정도 부자연스러웠다. 심지어는 의자에 앉는 것도 부자연스러워서 덜커덩 소리를 내며 앉고 말았다.

임페리얼 호텔 1층에 위치한 카페에 앉아 주문을 한다.

"햄버거 주세요."

잠시 후 햄버거가 왔다.

'아!' 하고 생각했다. '역시!'라고 생각했다. 포크와 나이프가 함께 나왔다. 순면으로 된 냅킨도 함께 나왔다. 햄버거는 접시 위에 플레이팅되어 있었다. 냅킨으로 무릎을 덮고, 포크와 나이프로 햄버거를 먹기는 처음이었다.

임페리얼 호텔의 햄버거는 '아보카도 버거'라고도 하는데, 앞으로 적게 될 햄버거 내용물의 종류와 그 순서를 일단 머릿속에 넣어두길 바란다. 밑에서부터 올라가 보자. 당연하게도 가장 밑은 햄버거 빵이다. 그 위로 양상추, 토마토, 적양파가 차례차례 쌓여 있고, 그다음은 햄버거 패티, 아보카도 다섯 조각, 햄버거 빵 순서다. 거의 10센티미터 높이로 쌓여 있기 때문에 이대로라면 금방이라도 쓰러지고 만다. 그래서 붕괴 방지를 위한 커다란 플라스틱 꼬치가 햄버거 한가운데에 꽂혀 있다. 이런 햄버거를 나이프로 썰어 먹어야 하니 앞으로 상당한 곤란이 예상된다.

삽화를 주의 깊게 봐주길 바란다. 햄버거의 좌측에서부터 3센티미터 정도 되는 위치에 나이프를 갖다 댔다고 상상해 보길 바란다. 그

(햄버거를 시키면 감자튀김과 어니언링이 함께 나온다.)

리고 그대로 수직의 힘을 가해 햄버거를 잘라낸다고 상상해 보길 바란다. 어떻게 됐는지?

맞다. 그렇게 된다. 내용물이 흩어지며 제각각 분해되고 만다. 원래 햄버거라는 음식은 손에 쥐고 한입 크게 베어 물었을 때 밑에서부터 차례대로 쌓인 내용물이 그 순서 그대로 입 속으로 들어오는 음식이다. 그런데 그게 전부 뿔뿔이 흩어진다.

접시 위에 흩어진 각각의 내용물을, 원래 쌓여 있던 순서대로 포크로 찔러 입에 넣는다. 굳이 순서대로일 필요는 없는데도 이상하게 순서에 집착하게 된다. 머스터드와 케첩이 별도로 나오기 때문에 이 소스를 빵 안쪽에 바르기 위해서는 기둥 역할을 하고 있는 꼬치를 빼야만 한다. 말하자면 이 꼬치는 햄버거라는 건축물의 대들보이기 때문에 조심스레 빼내야 한다. 신중을 기해 빼긴 했지만 그럼에도 건축물에 균열이 가해지면서 일부 내용물이 허물어져 내린다. 그것들을 주워 올려 순서대로 보수한다. 흔들림을 나이프로 눌러가며 보수한다. 한시도 긴장을 늦출 수가 없다.

이번에는 절반 이상 먹은 햄버거를 상상해 보길 바란다. 한가운데의 꼬치는 이미 사라졌고, 위태롭게 서 있는 바로 그 부분에 나이프를 댔다고 상상해 보길 바란다. 그리고 그 상태 그대로 수직의 힘을 가해 햄버거를 잘라낸다고 상상해 보라. 어떻게 됐는지?

맞다. 접시 위는 이제 뒤죽박죽이다. 때로는 순서에 집착하면서, 때로는 내 마음대로 뒤섞어 가며 입 속에 집어넣는다. 이렇게 하다 보면 매번 먹을 때마다 맛이 달라진다. 그래서 재밌다. 늘 먹던 방식과는 다르게 햄버거를 먹어본다는 것. 이것도 꽤나 즐거운 일 아닌가.

우동과 소바를 한꺼번에

올 여름도 덥다. 어제도 더웠고, 오늘도 덥고, 내일도 더울 것이다. 그러다 보면 슬슬 언짢은 기분이 올라온다. 짜증이 밀려온다. 답답하다. 뭔가 복수 같은 게 하고 싶다. 뭔가 저질러버리고 싶은 기분이다. 세상에 물의를 일으켜 분풀이를 하고 싶다. 어떤 물의를 일으켜 볼까.

'국수 가게에 간다. 따뜻한 우동과 따뜻한 소바를 한꺼번에 주문한다. 그리고 그 두 메뉴를 한꺼번에 먹는다.' 이런 생각을 해내고야 말았다.

국수 가게에 혼자 가서 '기본 우동 하나+튀김 토핑이 추가된 온소바 하나'를 주문하는 사람은 있을 것이다. '기본 온소바 하나+기본 냉소바 하나'를 주문하는 사람도 분명 있을 것이다. 그러나 '기본 우동 하나+기본 온소바 하나'라는 주문은 의외의 함정이다. 일본 전역의 국수 가게들, 그 역사상 최초의 조합까지는 아니겠지만 대략 192번째 주문 정도는 되지 않을까? 실제로 물어보지는 않았으나 만약 진짜로 물어본다면 노포 국숫집의 베테랑 아주머니는 이런 대답을 내놓을

게 틀림없다.

"내가 국숫집 일만 40년째요. 그런 주문을 한 손님은 지금까지 한 명도 없었습니다."

그러므로 그런 주문을 실제로 받게 된다면 국숫집의 베테랑 직원은 충격을 받게 될 것이다. 주문표를 전달받은 주방도 술렁댈 것이다. '우동+온소바'라는 주문을 듣게 된 주변의 다른 손님도 마찬가지다. 놀란 나머지, 대접째 국물을 마시려던 엉거주춤한 자세로 자리에서 벌떡 일어나게 될 것이다. '우동+온소바'라는 주문은 세상을 떠들썩하게 만들기에 충분하다. 그렇게 내 목적은 달성될 것이다.

이런 거사를 동네에서 감행할 수는 없다. 아무래도 꺼려진다. 전철로 한 정거장, 기치조지로 가자. 내 타깃은 옛날 스타일의 약간 규모가 큰 가게. 덴동(간장 소스를 뿌려 먹는 튀김덮밥)도 있고, 오야코동(간장 베이스 육수에 조려가며 익힌 닭고기에 날계란을 끼얹은 덮밥)도 있는 그런 가게다.

우동과 온소바를 한꺼번에 주문한다는 것은 나로서도 큰 모험이다. 두 메뉴는 하나같이 국수 가게에서 가장 싼 메뉴다. 이런 주문을 하는 손님을 가게 사람들은 어떻게 볼까? 부자라고 보는 사람은 별로 없을 것이다. 뭔가 이상한 주문을 하는 사람, 어딘가 수상한 사람, 어쩌면 나중에 문제를 일으킬지도 모르는 사람이라고 경계의 눈빛으로 바라볼 수는 있다. 그러나 가격으로 따져보자면, 우동과 소바가 각각

500엔이라고 했을 때 두 가지를 한꺼번에 주문하면 1,000엔이다. 튀김 토핑이 올라간 800엔짜리 국수 한 그릇을 시킨 사람을 이기고도 남는다.

가게에 들어선다. 오후 2시, 손님은 열한 명. 벽 쪽 테이블에 앉는다. 안경을 쓴 다부진 체격의 아주머니가 다가온다. 주문한다.

"우동, 그리고 온소바."

아주머니의 볼펜 끝이 움찔대더니 잠시 멈춘다. 그러나 곧 차분한 목소리로 "하나씩 드리면 되죠?" 하고 말한다. 주문표 칸에 비스듬한 선을 착착 긋더니 한 장을 가볍게 찢어 테이블 위에 놓고 사라진다.

세상일에 그리 동요하지 않는 아주머니였다. 그게 나로서는 불운

하나씩 드리면 되죠?

단단한 멘탈의 소유자. 전혀 동요하지 않는 직원 →

이었다. 주방 내부에서도 동요하는 기색이 보이지 않았다. 주문 인원수는 빼고 메뉴만 전달됐기 때문이다. 한 사람이 두 메뉴를 한꺼번에 시켰다는 사실이 전달되지 않았기 때문이다.

"손님 한 명인데, 우동 하나, 온소바 하나요."

나로서는 내 주문이 이렇게 전달되길 원했다.

그러나 내가 주문할 때, 내 오른쪽 앞 테이블에 앉아 있던 사람의 어깨가 움찔했다. 하늘색 블라우스를 입고 있던, 마흔 대여섯쯤 되어 보이는 중년 여성이었다. 내 쪽을 돌아보려다 이내 단념하던 그 움직임을 나는 놓치지 않았다.

우동과 온소바. 주문한 음식이 나왔다. 똑같은 그릇에 담긴 우동과 온소바는 양쪽 다 뜨거운 김을 내뿜고 있다. 시치미(고춧가루를 베이스로 깨, 산초 등 총 일곱 가지 재료를 빻아 만든 향신료)통을 들고 시치미를 톡톡 뿌렸다. 자, 어떤 식으로 먹어볼까.

「"오래 기다리셨습니다. 맛있게 드세요"라니?」

소바가 더 빨리 불 것 같은 생각에 온소바부터 먹기 시작한다. 한입, 두 입 후루룩거리는 동안 불쑥 이런 생각이 든다. '굳이 온소바를 다 먹고 난 뒤 우동을 시작할 필요가 있을까?' 순서에 구애받지 말고 양쪽을 교대로 먹어도 좋겠다 싶었다. 그래서 우동도 후루룩후루룩 먹는다. 그렇게 먹는 동안 하나의 리듬이 생겨나기 시작했다. 뭐랄까, 우동이 밥이라면 온소바가 반찬이라는 그런 리듬. 이 리듬이 완성되자 모든 게 순조로웠다. 쾌조를 보이며 순항했다. 우동과 소바를 함께 먹고 있다는 생각이 들지 않았다. 너무나도 당연한, 정상적인 식사처럼 느껴졌다.

그때 문득 앞을 보니 하늘색 부인이 내 쪽을 엿보고 있다. 화장을 고치는 시늉을 하며 콤팩트 거울로 흘끔흘끔. 나로서는 만족스러웠다. 내 주문이 조금이나마 세상을 소란스럽게 만들었으니까.

우동과 온소바를 교대로 먹다가 더 좋은 방법이 떠올랐다. 우동과 온소바를 섞어서 먹는 방법이다. 우동 그릇에 소바를 텀벙텀벙 빠트렸다. 하늘색 부인의 콤팩트가 파르르 떨렸다. 아마도 놀라서 눈이 휘둥그레졌을 것이다.

이번 일로 세상에 물의를 일으키고 말았습니다. 그 점에 대해 대단히 유감스럽게 생각하는 바입니다.

우동과 온소바를 함께 먹다니! 도대체 왜 그런 것을 한 거죠?

시라스오로시의 법칙

무를 강판에 간다. 대접에 고봉으로 한 그릇 분량을 간다. 확실하게 해두자. 대접에 고봉으로 한 그릇이다.

잔멸치 두 팩을 사 온다. 마트에 가면 큰 팩과 작은 팩이 있는데 큰 팩으로 고른다. 확실하게 해두자. 큰 팩으로 두 팩이다. 나머지는 간장만 있으면 된다.

이제부터 시라스오로시(강판에 간 무에 잔멸치를 얹어 간장을 뿌려 먹는 술안주)를 만들 생각이다. 그것도 대량으로 만들 생각이다. 그도 그럴 것이 대접으로 한가득 무를 갈아 준비했고 잔멸치도 큰 팩으로 두 팩을 사 왔으니까.

나는 늘 시라스오로시에 불만을 품어왔다. 양이 적다는 불만을 품고 지금까지 살아왔다. 나는 시라스오로시를 좋아한다. 한잔하러 이자카야에 들러 이것저것 주문한 다음 "그리고, 시라스오로시"라 덧붙이며, 시라스오로시만을 위한 '그리고'를 늘 준비해 두고 있다.

이자카야는 시라스오로시를 작은 그릇에 내준다. 어느 가게든 마찬가지다. 큰 대접에 내주는 경우는 절대로 없다. 기껏해야 지름 10센티미터 미만의 작은 반찬 그릇에 찔끔 내준다. 그 그릇 안에 간 무가 티스푼으로 세 숟갈 정도 들어가 있다. 그리고 그 위에 잔멸치가 티스푼으로 한 숟갈 정도 올라가 있다. 몇 마리나 될까? 세어본 적은 없지만 대략 4, 50마리 정도이지 않을까?

하여간 무도 찔끔, 잔멸치도 찔끔이다. 그런 시라스오로시를 찔끔 찔끔 집어 먹으며 나는 늘 생각한다. 언젠가 시라스오로시를 잔뜩 먹어보리라, 질리도록 먹어보리라. '시라스오로시로 배를 채워보겠다'까지는 아닐지라도, 그 비슷한 기분을 매번 느끼고 있다. 그리고 오늘밤, 그 꿈을 이뤄보고자 한다.

식탁 위에는 사케 한 병, 잔멸치가 대(大)자로 두 팩, 강판에 갈아 대접 가득 담아둔 무가 차려져 있다. 우선은 차게 식힌 사케부터 한 모금. 드디어 시라스오로시가 나설 차례다. 그런데 큰 대접 위에 잔멸치를 올려서 먹자니 운치가 없어도 너무 없다. 이 부분은 역시 이자카야의 법칙에 따라야 한다. 작은 그릇에 덜어서 먹기로 하자.

대접에 고봉으로 담아둔 무를 밥숟가락으로 세 숟갈 뜬다. "한 숟갈 더 뜰까?" 이런 혼잣말을 하며 한 번 더 뜬다. 도합 네 숟갈이다. 하얗고 봉긋한 무의 산. "이 정도면 될까?" 또다시 혼잣말을 하며 젓가락으로 잔멸치를 집어 무 위에 살포시 올린다. 하얀 무 위에 하얀 잔멸치. 투명감이 느껴지는 하얀색 위에 투명감이 느껴지는 또 다른 하얀색. 그 하얀색들 사이로 멸치 눈의 까만 점이 콕, 콕, 콕.

그 꼭대기에다 간장을 떨어뜨린다. 한 방울, 두 방울, 또 한 방울. 두 가지 하얀색이 어우러진 산꼭대기에서부터 간장의 검붉은 빛깔이 아래쪽으로 스민다. 조금씩 번져간다. 서서히 엷어지던 검붉은 빛은 이윽고 사라진다. '붉은 후지산(동이 틀 무렵 태양 빛과 구름, 안개가 어우러지며 후지산이 빨갛게 보이는 현상. 일본을 대표하는 화가인 가쓰시카 호쿠사이의 작품 제목이기도 하다)'만큼이라고 할 수는 없겠으나, 이것도 꽤나 멋진 풍경이다. 이처럼 시라스오로시는 검붉게 물들어 가는 방식으로 만드는 게 바람직하다.

정상 부근을 젓가락으로 살살 섞는다. 한 입 먹는다. 무와 잔멸치, 간장의 혼연일체가 제법 훌륭하다. 그러나 전체적으로는 잔멸치의 양이 조금 부족하다는 느낌이 든다. 이 정도로도 충분하다고 할 수 있지만 여기에 잔멸치를 살짝 더 추가하면 훨씬 맛있어질 것 같은 느낌이다. 조금 더 추가해 볼까? 추가해 본다.

음… 이번엔 잔멸치가 좀 많은 것 같다. 맛 자체도 다소 싱거워졌다. 간장으로 조절해 볼까? 조절해 본다.

음… 뭐랄까… 조금 더, 그… 뭔가 살짝….

잔멸치에도 소금기가 있다. 시라스오로시의 경우, 강판에 간 무가 그 소금기를 약하게 만드는 역할을 한다. 그리고 간이 약해진 만큼 간장으로 맛을 조절해야 하기 때문에 전체적인 맛의 미묘한 균형을 잡는다는 게 그리 쉬운 일은 아니다. 이것도 아니고, 저것도 아니고, 이래저래 시도해 보는 동안 첫 접시를 전부 비웠다.

시라스오로시 두 접시째. 두 접시째라니! 시라스오로시를 이런 단위로 세어가며 먹는 경우가 있었나? 보통은 한 접시로 끝이다. 시라

스오로시를 한 그릇 더 청하는 일은 거의 없으니까.

두 번째 접시 때는 모든 것에 신중을 기했다. 각각의 적정량에 대해서만 생각했다. 몇 숟갈, 몇 마리, 몇 방울이 각 재료의 적정량일까? 예전에 이런 기록을 읽은 적이 있다. 노포 소바집 주인장들이 모여, 면 반죽의 어려움에 대해 토로하는 좌담회 기록이었다. 메밀가루 반죽은 꽤나 까다로운 작업으로, 미묘한 차이에도 결과물이 달라지는 모양이었다. 그날의 온도와 습도에 따라 들어가는 물의 양이 달라지는 건 물론, 그날의 기압, 기압의 배치도, 오호츠크 전선의 상황까지 신경을 쓴다고 하니 말이다.

시라스오로시도 마찬가지다. 메밀 반죽에 지지 않을 만큼 까다롭다. 무에서 수분을 얼마나 빼느냐는 물론, 멸치의 건조 정도, 허리의 커브 상태, 빛깔과 광택, 평소의 자세까지 염두에 두고 최상의 맛을 찾는 데 몰두하고 있는데도 아직까지 결론이 나지 않았다. 어쩌면 한 입 한 입, 그때그때 달라지는 그 맛이 시라스오로시의 참맛일지도 모르겠다.

멸치 얼굴이
매끈매끈
윤기가
흐르는지?

정어리 통조림 덮밥 완성

현재, 규동(일본식 소고기덮밥) 업계에서는 규동을 대체할 수 있는 새로운 메뉴를 개발하는 데 고심이라고 한다. 규동 업계의 부활을 원하는 팬의 한 사람으로서, 그들의 신메뉴 개발에 뭐라도 힘을 보태고 싶은 심정이다. 내 비록 아마추어이긴 하나, 내가 고안한 새로운 덮밥이 업계 부활에 일조할 수만 있다면 그 이상 더 큰 기쁨은 없을 것이다.

규동을 대체할 만한 메뉴는 뭐가 있을까? 지금으로서는 부타동(일본식 돼지고기덮밥) 정도가 전부다. 그러나 돼지 역시 앞으로 어찌 될지 장담할 수 없다. 요즘처럼 가축의 질병이 만연한 시대라면 돼지의 앞날도 불안하긴 마찬가지다. 그렇다면 이제 남은 건 생선뿐이다. 생선에 기대는 수밖에 없다.

생선으로 만드는 덮밥이라⋯. 생선을 활용한 덮밥이라고 하면 생선튀김을 얹은 덴동이 대표적이다. 그러나 규동 가게에는 튀김을 만들 수 있는 설비가 없다.

정어리 된장 조림 덮밥이라면? 음⋯ 어쩐지 비주얼 면에서 빈곤하고 지저분할 것 같다. 이래서야 누추한 덮밥이 되고 만다.

정어리 통조림 덮밥이라면? 오오! 갑자기 땟국물이 벗겨진 듯, 뭔가 세련된 느낌이 든다.

사실 이 생각은 예전부터 하고 있었다. 어느 날 정어리 통조림을 먹다가 '이걸로도 덮밥을 만들 수 있지 않을까?' 하는 아이디어가 떠올랐던 적이 있다. 괜찮겠다고 생각만 하고 그 상태 그대로 멈춰 있던 아이디어였다.

정어리 통조림 덮밥이라…. 그래, 괜찮을 것 같다. 게다가 정어리 통조림은 오직 소금으로만 간이 맞춰져 있다. 그래, 이 부분을 포인트로 잡아보는 거다. 다른 양념 없이 소금으로만 맛을 낸 담백한 정어리 덮밥!

지금까지 세상에 출시된 덮밥에는 공통점이 있다. 간장이 들어간다는 공통점이다. 반드시 어딘가에서 간장과 끈끈하게 연결되어 있다. 덴동도 그렇고, 돈가스덮밥도 그렇고, 장어구이 덮밥도 그렇다. 간장과 설탕의 달콤 짭짤한 맛으로 구성되어 있다. 뎃카동(식초와 소금으로 밑간한 밥에 참치회를 올리고 간장을 끼얹어 먹는 덮밥)까지 가면 그야말로 간장의 맛 그 자체라고 할 수 있다.

소금만으로 맛을 낸 일본 최초의 덮밥! 특허부터 따놓아야겠다. 누구도 생각해 내지 못했던, 소금만으로 맛을 완성한 덮밥. 이 정어리 통조림 덮밥을 전국의 요시노야(일본 최대의 규동 체인점) 매장에서 판매하는 거다. 이 덮밥이 한 그릇씩 팔릴 때마다 로열티를 받는 거다. 개발자 쪽으로 200억 엔 정도 들어오게.

광고도 해야지. 광고 모델로는 '소금 할배'라고 불리는 시오카와 마사주로(자민당 소속으로 중의원에 총 11회 당선된 베테랑 정치인. 이름에 소금을 뜻하는 한자가 들어가 있어서 '소금 할배'라는 애칭이 붙었다) 씨가 좋겠다.

소금 할배

200억 엔에 눈이 돌아간 나머지, 그날 이후 매일같이 정어리 통조림 덮밥 완성이라는 목표를 향해 달렸다. 일단은 정어리 통조림을 열 캔 정도 사 왔다. 뚜껑을 따서 밥 위에 올렸다. 곁들일 재료도 이것저것 달리 넣어봤다. 각각의 덮밥을 시식하며 때로는 고개를 끄덕였고 때로는 탄식을 내뱉었다. 그렇게 삼칠일 스무하룻날, 드디어 정어리 통조림 덮밥을 완성했다. 메뉴 이름으로 정어리 통조림 덮밥은 너무 길다. 앞으로는 정어리덮밥이라고 하자.

정어리덮밥에는 두 가지 문제점이 있었다. 첫 번째 문제는 통조림 속 정어리 맛이 지나치게 싱겁고 순하다는 것이다. 이 상태로는 밥반찬이 되기는 힘들다. 두 번째는 통조림 속 정어리가 너무 부드러워 부스러지기 쉽다는 점이다. 정어리 맛의 보강을 위해 소금 이외의 다른 양념을 쓸 수는 없다. 200억 엔이라는 족쇄 때문이다. 쉽게 부스러지는 단점은 또 어떻게 잡아야 할 것인가.

그렇게 고심하기를 삼칠일 스무하룻날 날, 드디어 레시피가 완성됐다.

재료: 정어리 통조림, 삶은 계란 흰자, 양파, 무순, 꼬들꼬들한 붉은 우메보시

① 통조림 뚜껑을 딴다. 통조림째로 가스 불 위에 올려서 데운다(가스레인지 위에 생선구이용 망을 올리고 그 위에 통조림을 얹으면 좋다).

② 덮밥용 그릇에 뜨거운 밥을 푼다. 삶은 계란 흰자를 잘게 다져 5밀리미터 정도의 두께로 밥 위에 깐다.

③ 잘게 다진 양파도 같은 식으로 깐다.

④ 뜨거워진 정어리 캔을 들어 올린다. (화상 주의!) 그릇 위에서 한 번에 뒤집어 캔 속 내용물을 대담하게 비워낸다.

⑤ 줄기를 제거한 무순, 잘게 썬 우메보시를 훌훌 뿌린다.

이렇게 하면 완성이다. 무엇보다 이 덮밥은 우메보시의 짠맛으로 먹는 음식이므로 (우메보시 염도에 따라 차이가 있긴 하지만) 최소 다섯 알 이상의 우메보시가 필요하다.

①의 과정을 거친 이유는 정어리가 쉽게 부서지지 않게 만들기 위해서다. ②의 과정을 거친 이유는 통조림 속 기름이 밥에 바로 스미는 걸 막기 위해서다. 해안에 파도를 막는 테트라포드가 있듯, 그 역할을 삶은 계란의 흰자가 해주고 있는 것이다.

완성된 덮밥을 바라본다. 정말이지 아름답다. 은빛 정어리, 붉은빛 우메보시, 초록빛 무순. 맛은 과연 어떨까. 보들보들 부드러운 정어리살을 젓가락 끝으로 흐트러뜨린다. 뜨거운밥에 우메보시가 섞이고 양파가 섞이고 무순이 곁들여진 채 들어오는 한 입. 정어리의 맛과 함께 바다 내음까지 더해진다. 우메보시는

이것이 바로
정어리덮밥!

오독거리고 양파는 아삭거리며 무순은 상큼하다.

덮밥의 대표라 할 수 있는 돈가스덮밥. 그 진하고 농후한 맛의 정반대 쪽에 위치한 산뜻한 맛의 끝판왕이다. 이토록 훌륭한 정어리덮밥이라니! 말로 형용하기 어려울 정도로 담백하다.

우메보시가 신의 한 수였다. 매실의 산미가 통조림 기름의 느끼함을 훌륭하게 잡았기 때문이다. 심지어는 그 기름 맛을 더 맛있게 만들어주기까지 했다. 대성공이다. 생각해 보면 정어리와 매실은 원래부터가 궁합이 좋은 음식이었다. 정어리를 조릴 때 우메보시를 넣는 요리법도 있으니까.

내가 만든 요리를 나 스스로 극찬해 봤다(200억 엔이 걸려 있는 프로젝트라 어쩔 수 없다). 이제 문제는 요시노야 측의 반응이다. 이 정어리덮밥을 어떻게 평가해 줄 것인가.

물론 자잘한 문제들은 있다. 손님이 주문할 때마다 통조림 깡통을 시끄럽게 따야 한다는 것도 그렇고, 한 캔 한 캔 가스레인지에 데우는 것도 품이 드는 일이다. 화상에 대해서도 생각해 봐야 한다. 대량의 계란 노른자가 남게 된다는 문제도 있고 말이다.

맥주 안주의 제왕

요즘은 뭐든 '살짝'의 시대다. 뭘 하든 살짝, 뭘 하든 가볍게. 가볍게 한 잔하고, 가볍게 한 끼 때우고, 가볍게 놀고, 가벼운 여행을 떠난다. 심지어 가벼운 결혼이라는 것도 있다.

살짝의 반대말은 '거나하게'다. 뭘 하든 거나하게, 뭘 하든 실컷. 거나하게 마시고, 실컷 먹고, 본격적인 여행을 떠나고, 거나한 결혼을 한다. 거나한 결혼이라…. 과연 그런 결혼이 어떤 결혼인지는 모르겠지만.

아무튼 이 살짝과 가벼움의 시대에 특히나 '가볍게 한잔'이 일본에서 대유행 중이다. 퇴근길에 단골 가게에 잠시 들러 가볍게 한잔한 뒤 곧장 귀가하는 패턴이다. 금액의 기준은 1,000엔 정도다.

지금까지 술손님에 그다지 관심을 보이지 않던 패밀리 레스토랑까지 '가볍게 한잔' 유행에 영향을 받고 있다. 그런 손님을 위한 세트 메뉴를 내놓을 정도이니 말이다.

이 유행의 여파는 가정에까지 미치고 있다. 집에서 혼술을 즐길 때도 가볍게 한잔으로 끝을 낸다. 맥주라면 한 캔이나 두 캔 정도고 안주도 당연히 그에 어울리는 간단한 것으로 준비한다. 한 접시로 끝낼 수 있는 요리가 좋다. 가볍게 한잔이니 그런 요리로 충분하다 싶지만 한편으로는 뭔가 살짝 아쉽다. '간단한 음식에 뭔가 살짝, 뭔가 조금만 더 추가한다면 훨씬 더 만족스럽지 않을까?' 모르긴 몰라도 다들 이런 생각을 한 번쯤은 해봤을 거다. 간단한 요리에 뭔가 살짝이라…. 뭐가 있을까?

'예를 들어'라고 쓰는 동시에 '이거다!' 싶은 아이템이 번쩍하고 떠올랐다. 페양구 소스 야키소바(마루카 식품에서 제조 판매하는 야키소바 컵라면 이름. 페양구란 '페어pair'와 '영young'을 결합해 만든 단어 '페영'의 일본식 발음이다). 이물질 혼합 사건(2014년, 페양구 야키소바 컵라면 안에서 바퀴벌레가 발견된 사건. 초반 대응 실수로 전 국민적인 지탄을 받았으며 생산 금지 처분을 받았다)으로 인한 근신이 마침 끝난 때이니 시기적으로도 적절하다. 물론 반드시 페양구 야키소바일 필요는 없다. 비슷한 계열의 인스턴트 야키소바라면 뭐든 좋다. 인스턴트 야키소바야말로 가볍게 한잔에 최적화된 음식이니까.

오늘의 주인공

페양구 야키소바

지금부터 그 이유에 대해 써보려고 한다.

"뭐라고? 안주로 야키소바 컵라면을 먹는다고? 나는 거기에 동의

못 해." 이렇게 말하는 사람까지 납득시킬 수 있도록, 그 이유에 대해 써보려고 한다.

우선은 인터넷부터 살짝 들여다보자. 검색창에 '페양구 소스 야키소바'라고 치면 '페양구 토핑'이라는 연관 검색어가 뜬다. 들어가 보면 의견 개진이 상당히 활발하다는 걸 알 수 있다. 페양구 야키소바의 토핑을 두고 백가쟁명 중이다. 하나하나 읽다 보면 다들 그럴싸하다. '오, 이런 토핑을 더하면 맥주 안주로 딱이겠는데?' 싶은 것들투성이다. 원래부터 야키소바는 맥주에 최적인 안주였다. 그런 야키소바에 맥주에 최적인 또 다른 것을 섞겠다는 내용이므로, 인터넷을 보다가 너무 기쁜 나머지 흥분 상태에 빠질 수도 있다.

어떤 제안들이 올라와 있을까. 제일 대표적인 토핑은 마요네즈다. 그다음이 치즈, 나머지는 파슬리, 감자칩, 튀김 부스러기, 생선살 소시지, 계란프라이, 낫토, 옥수수 통조림, 고등어 통조림, 참치 통조림 등등. 인터넷은 젊은 층이 많이 이용하기 때문에 살이 찌기 쉬운 재료가 많다. 그러나 나는 늙은 아재이기 때문에 몸무게가 느는 걸 원치 않는다. 내가 원하는 건 살이 찌지 않는 토핑이다.

좋아, 어디 한번 시작해 볼까. 늙은 아재가 고른, 야키소바 토핑 베스트 10! 마트에 도착했는데 헤매면 곤란하니, 어떤 걸 사야 할지 출발 전에 어느 정도 기준을 마련해 두자.

첫째, 조리 금지. 섞어서 끝낼 것
둘째, 전자레인지 사용 금지
셋째, 주방 출입 금지(앉은자리에서 섞기만 할 것)
넷째, 칼 사용 금지

일단은 이렇게 네 번째 항목까지만 정해졌다. 야키소바라는 베스트 안주 하나에 네 가지 금지 항목을 열거하는 데 그치고 말았지만 일단은 그 상태 그대로 마트에 가보자.

보통 마트에 가면 뭘 사야 할지 막연할 때가 많다. 하지만 이번에는 인스턴트 야키소바에 더할 토핑 재료뿐이다. 단호하고 분명한 목적. 아, 즐겁다. 어쩐지 살짝 즐거워진다.

오! 새우 과자 발견!

순간적으로 "어떠냐!" 하고 쾌재를 불렀다. 이 '어떠냐'는 내 공적을 상찬하는, 나 자신에게 헌정하는 '어떠냐'이다. 그도 그럴 것이, 야키소바 토핑에 새우 과자 이상으로 어울리는 아이템은 없으니까. 야키소바에 토핑으로 올린 새우 과자를 젓가락으로 집어 올리면, 새우 과자에 야키소바 소스와 면이 달라붙어서 올라온다. 새우 과자에 매달려 올라온 것을 한꺼번에 입 속에 넣게 되는 것이다. 새우 과자는 맥주 안주의 제왕이다. 야키소바도 맥주 안주의 제왕이다. 맥주 안주의 제왕, 그리고 거기에 달라붙어 있는 또 다른 제왕. 민중의 한 사람인 내가 그 두 제왕을 동시에, 그리고 입 안 가득 받아들일 수 있다는 행복!

새우 과자가 야키소바에 어울리는, 또 하나의 이유가 있다. 바로 식감 때문이다. 야키소바는 시종일관 부드럽다. 그래서 야키소바를 먹는 사람은 그 식감에 익숙해져 방심하게 된다. 그 순간 갑작스레 찾아오는 바삭바삭함. '이게 뭐지?' 싶다가 곧바로 새우 과자임을 깨닫고 괜스레 반가워진다. 이런 곳에서 새우 과자와 만날 줄이야. 나도 모르게 슬며시 웃음이 번진다.

새우 과자의 주된 맛은 짭짤한 소금 맛이다. 굳이 나눠보자면 야키소바도 짠맛 계열이다. 이 짭짤한 맛 2인조를 실컷 맛봤다면 그다음으로는 어떤 것이 입 속으로 흘러들게 될까? 맞다. 맥주다. 시원한 맥주가 거품을 일렁이며, 호프의 향기를 입 속 가득 퍼트리며, 목구멍을 꿀꺽거리게 만들며, 성난 파도처럼 식도를 통과해 간다.

이 순간의 도취감, "캬~~"하고 터져 나오는 감탄사, 자연스레 질끈 감기는 눈, 만족감에 떨리는 상체. 생각만으로도 이 얼마나 큰 감동인가. 누가 됐건 공감할 수밖에 없을 것이다.

탐구편

작은 일을
허투루 넘기는 자,
큰일도 해낼 수 없다

완두콩이 대굴대굴

돈가스덮밥을 시켰다. 배달이기 때문에 뚜껑이 덮여서 온다. 그러니 뚜껑부터 연다.

돈가스가 보인다. 맛있어 보인다. 가시같이 일어난 튀김옷이 온몸을 뒤덮고 있다. 내가 예상한 바로 그 돈가스다. 자, 어디 한번 먹어볼까. 돈가스 한 조각을 집어 들고 바쁘게 베어 문다. 그 뒤로 잽싸게 밥도 따라 들어간다.

다른 날, 다른 가게에서 돈가스덮밥을 시킨다. 배달이기 때문에 뚜껑이 덮여서 온다. 그러니 뚜껑부터 연다.

돈가스가 보인다. 그런데 이번에는 돈가스 위에 완두콩이 뿌려져 있다. 동그랗고 통통한, 초록빛 완두콩이 여섯 알이다. 지금 당장이라도 굴러갈 것같이 생긴 완두콩이 무작위로 여섯 알이다. 보자마자 헤벌쭉하고 마음이 풀린다. '헤벌쭉'이라는 것은 '마음이 흐뭇'하고 '빙긋 웃음이 난다'는 것을 말한다.

완두콩을 올린 돈가스덮밥과 올리지 않은 돈가스덮밥. 별거 아닌 것 같아도 그 둘의 차이는 크다. 완두콩이 없는 돈가스덮밥은 실무에 가까운 식사 시간을 만든다. 그러나 완두콩이 있는 돈가스덮밥에서는 여유와 재치라는 게 불쑥 생겨난다.

완두콩들은 돈가스 위에서 대굴대굴 구른다. 이쪽으로 대굴대굴 저쪽으로 대굴대굴. 그러다가 그중 한 알 정도는 돈가스와 밥 사이에 끼어 있기도 한다.

'요 녀석, 돈가스에서 굴러떨어졌나 보구나.'

이런 생각을 하며 젓가락으로 완두콩을 구출한다. 그리고 모두가 모여 있는 원래 장소에 놓아주게 된다. 거봐, 나부터도 벌써 이런 짓을 하고 있다. 친구들과 떨어져 있게 된 녀석에게 감정이입을 해 동정하게 된 거다.

그러고 나서야 돈가스덮밥을 먹기 시작한다. 완두콩이 없는 쪽은 열자마자 곧바로 먹게 되지만 완두콩이 있는 쪽은 이런 오프닝 세리머니가 따라온다. 조그만 완두콩 여섯 알이 큰 역할을 하는 것이다.

완두콩은 다양한 요리에 토핑으로 활용된다. 오야코동 위에 완두콩, 중국식 볶음밥 위에 완두콩, 닭고기 케첩 볶음밥 위에도 완두콩. 초록의 완두콩은 노란색 위에서도 빛을 발하고, 갈색 위에서도

빛을 발하고, 오렌지색 위에서도 빛을 발한다. 어디에서건 빛을 발한다. 화룡점정(畫龍點睛) 말고, 화룡점점(畫龍點點) 하고 있는 초록빛이다.

그리고 완두콩은 어떤 요리 위에서도 즐거워 보인다. 이게 만약 잘게 썬 파슬리나 파드득나물, 무순 같은 거라면 어땠을까? 색감으로는 나무랄 데 없지만 딱히 즐거워 보이지는 않는다. 완두콩은 왜 즐거워 보일까? 아무튼 동글동글하고, 최선을 다해 동글동글하고, '그렇게 동그랗지 않아도 괜찮다'고 말해주고 싶을 정도로 동글동글하기 때문이다. 또한 선명한 초록의 색감 때문이다. 완두콩의 초록은 생기발랄하다. 게다가 크기도 딱 적당하다. 이게 만약 팥알 정도로 조그만 알갱이였다면 어땠을까? 반대로 누에콩만큼 큰 알갱이였다면? 그렇게 큰 콩 여섯 알이 올라가 있다면 "먹는데 방해된다. 저리 비켜" 이런 소리를 듣게 될 수도 있다.

완두콩이 올라간 돈가스덮밥을 먹을 때마다 내가 늘 감탄하는 지점이 있다. 완두콩을 뿌린 방식이다. 아무 생각 없이 그냥 휙휙 뿌린 게 다다. 그걸로 끝이다. 이게 만약 가이세키 요리(본래는 다도회의 주최자가 손님을 접대하기 위해 내는 정갈한 음식을 칭하는 말이었으나, 현대에 들어서는 코스로 나오는 고급 요리라는 의미로 널리 쓰인다)에 나갈 돈가스덮밥이었다면 어땠을까? 흰 유니폼을 입고, 목 언저리에는 셰프 스카프를 메고, 가슴 부분에 조그맣게 '하마무라'라거나 아무튼 자기 가게 이름을 새기는 그런 가게였다면? 새하얀 조리복을 입은 오너 셰프가 가늘고 긴 젓가락 끝으로 한 알씩 완두콩을 집게 될 것이다. 전체적인 배치를 고려하며 덮밥 위에 올리게 될 것이다. 한 알 놓고 "아, 잠깐만" 혼잣말을 중얼대며 다시 배치하는 돈가스덮밥이 됐을 게 뻔하다.

그런 면에서 배달로 시킨 돈가스덮밥은 다르다. 완두콩 그릇에서 아무 생각 없이 덥석 집어 획획 뿌렸을 뿐이다. 완두콩은 돈가스 위를 제멋대로 구르다가 제멋대로 멈춘다. 그런데 말이다, 여기부터가 핵심인데 말이지, 제멋대로 구르다가 제멋대로 멈춘 위치가 늘 정답이다. 매번 정답이다. 늘 완벽한 배치다. 매번 아무 생각 없이 뿌리는데, 매번 그게 정답이다.

'이렇게 뿌려놓는 건 좀….'

이런 생각이 든 적이 한 번도 없다는 게 신기할 정도다. 어떤가. 이상하지 않은가? 아마도 완두콩에게서 느껴지는 자유분방함, 그 기분 좋은 느낌 때문일지도 모르겠다. 시인 기노시타 리겐이 쓴 단가 중에 이런 것이 있다.

모란은 피어 있는 내도록 고요하고
꽃이 자리한 위치도 이 얼마나 확실한가

이에 빗대어 완두콩은 다음과 같다.

완두콩은 뿌려진 내도록 고요하고
콩이 자리한 위치도 이 얼마나 확실한가

완두콩은 가게 주인장이 보낸 메시지이기도 하다. 돈가스 명가, 돈가스 맛집이라 불리는 집이 토핑으로 완두콩을 쓰는 경우는 거의 없다. 라멘 명가, 라멘 맛집에서 나루토(가운데에 소용돌이 문양이 있는 어묵의 일종)를 올리지 않는 것과 같은 이치다. 그러므로 완두콩을 올렸다는 것은 "우리 집 돈가스에는 완두콩이 올라가 있어. 그러니 맛에 너무 큰 기대는 하지 마. 곤란하니까"라는 사장님의 메시지인 것이다.

더불어 축복의 메시지이기도 하다. 완두콩은 콩알을 품은 꼬투리에서 출발해 풋콩을 거쳐 완두콩에 이르는 성장 과정을 거친다. 방어로 대표되는 출세어(성장과 함께 이름이 달라지는 물고기) 같은 과정을 거친다고 해도 아예 틀린 말은 아닐 것이다. 그러니 축전과 함께 배달된 돈가스덮밥이라고 해도 좋지 않을까(일본에는 상대의 성장과 번영을 축원하는 의미로 방어나 숭어 같은 출세어를 선물로 보내는 관습이 있다).

완두콩은 셰어하우스다.

칸막이도 없다.

굴튀김에 관한 고찰

"굴튀김, 정말 좋아합니다!"

첫머리부터 목소리를 드높여 이렇게 선언해 두고 이 이야기를 시작하고 싶다. 나는 정말 굴튀김을 좋아한다. 이른바 튀김이라고 불리는 것들에는 돈가스, 멘치카쓰, 크로켓(고로케), 전갱이튀김 등이 있는데, 이들 튀김과 굴튀김 사이에는 확연히 구분되는 몇 가지 차이점이 있다. 먼저 튀김의 높이다. 다른 튀김들은 전부 납작한 모양을 하고 있다. 그러나 굴튀김은 동그스름하다. 동그스름하면서도 봉긋하게 솟아

올라 있다. 그러면서도 오동통한 그 모습이 귀엽다. 오동통통 봉긋하게 솟아오른 만큼 납작한 일당들보다 굴튀김의 키가 좀 더 크다.

무엇보다 한 접시에 나오는 개수가 많다. 다른 튀김들은 접시 위에 한두 개밖에 없지만, 굴튀김을 주문하면 한 접시에 대여섯 개가 나온다. 그런 까닭에 접시 위의 풍경부터가 납작이 일당들과는 사뭇 다르다. 아무래도 숫자가 많은 쪽이 기쁠 수밖에 없다.

게다가 굴튀김은 접시 위에 가지런하게 세팅된 모습으로 나오지 않는다. 특히나 백반집 같은 곳에서는 아예 접시 위에 데굴데굴, 마치 내팽개쳐진 듯한 모습으로 나온다. 이런 부분도 어쩐지 재밌는 구석이다.

굴튀김의
올바른 플레이팅은?

자 그럼 이제부터, 막 조리가 끝난 굴튀김을 먹어보기로 하자. 젓가락으로 굴튀김 하나를 집는다. 그리고 입까지 가져온다. 그 굴튀김을 먹으려고 막 입을 벌린 참이었겠지만, 여기서 잠깐. 이 부분에서도 다른 튀김들과 차이점이 있다. 입을 벌리는 방식이 달라진다. 오동통하고 두께가 있기 때문에 다른 튀김을 먹을 때보다 입을 조금 더 크게 벌리게 된다. 그다음 과정도 다르다. 다른 튀김이라면 단숨에 덥석 베어 물겠지만 굴튀김은 입 속에 절반 정도 들어간 그 시점, 그 순간에 아주 잠깐, 움직임을 멈추게 된다. 찰나의 공백을 맞이하게 된다. 이걸 '돌격 준비!'라고 해도 될까. 'go!'라고 외치기 직전의 바로 그 준비 태

세 말이다. 이런 찰나의 공백은 왜 생겨나는 걸까.

돈가스를 예로 들어보자. 돈가스의 튀김옷 속에는 고기가 빈틈없이 들어차 있다. 고기의 응집된 식감으로 가득 차 있다는 것을 알고 있기 때문에 그것을 예상하고 씹어 문다. 이미 알고 있는 사실이기 때문에 '돌격 준비'를 할 필요가 없다.

그러나 굴튀김의 튀김옷 속은 그 사정이 다르다. 씹으면 물컹하면서 찌부러진다는 것을 알고 있다. 그것까지는 잘 알고 있지만, 도대체 어느 정도의 강도로 씹어야 할까?

'이 튀김은 돈가스가 아니야. 전갱이도 아니라고. 굴이다. 말랑말랑부드럽고 물컹하다고.'

이렇게 스스로를 타이르며, 씹는 강도를 미세하게 조정하는 시간. 이것이 바로 그 유명한 '입을 벌리고부터 굴튀김을 씹기 직전에 맞이하게 되는 찰나의 공백'이다.

이제 남은 문제는 굴튀김의 '물컹함'이다. 지금 여기에 쇼가쿠칸에서 편찬한 《일본어 의성어 사전》이 있으니 '물컹하다'는 뜻을 알아보도록 하자.

수분을 포함한 물렁한 것이 찌그러지거나 문드러지며 지저분한 모습

이 사전의 편찬자가 물컹하다는 것에 호감을 갖고 있지 않다는 사실을 확실히 알 수 있다. 아니, 오히려 불쾌함에 가까운 감정을 가지

고 있다고 해도 무방하다. 그러나, 그럼에도, 굴튀김은 맛있다. 그 물컹한 맛, 그 맛이 맛있다.

지금부터 써 내려갈 것은 굴의 물컹함에 대한 나의 고찰이다. 물컹함의 정체는 굴의 내장이다. 굴은 그 대부분이 내장으로 이루어져 있다고 해도 과언이 아니다. 그렇다는 말은, 굴의 맛은 내장의 맛이라는 말이 된다. 지금 여기에 역시 쇼가쿠칸에서 편찬한 《어패류 도감》이 있으니 '조개' 항목을 펼쳐보도록 하자. 조개는 생긴 것과는 달리 위, 간, 소장, 대장을 제대로 갖추고 있는 생물체라고 한다. 그러므로 꼬치구이 가게의 인기 메뉴인 염통, 대창, 위 같은 것들을 모두 갖추고 있다는 말이다. 굴 한 알을 먹는다는 것은, 극소량이기는 하나 염통, 대창, 위 같은 것들을 한꺼번에 먹는다는 것이다. 맛이 없으려야 없을 수가 없는 것이다. 게다가 굴에는 여타의 고기에는 없는 관자도 있다. 굴의 관자는 그 크기도 크고, 내장과는 또 식감이 다르기 때문에 굴맛을 끌어올리는 데 크게 공헌하는 요소다.

이 이야기는 잠시 이대로 두고, 다시 화제를 물컹함으로 되돌려 보자. 굴튀김은 확실히 물컹한 식감이다. 그러나 그 전에 '바삭바삭'이 있다는 것을 떠올려주길 바란다. 그렇다. 바로 그거다. 바삭, 와사삭, 부서지는 튀김옷. 그 튀김옷이 굴 전체를 감싸고 있기 때문에 일단은 물컹함을 잠시 차단한다. 굴튀김을 씹자마자 '오, 바삭바삭하다'라고 생각하게 만든 뒤, 그 바삭바삭함에 물컹함을 뒤섞어 헷갈리게 만든다. 그 둘이 조화롭게 섞여들기만 한다면 그걸로 게임 끝. 튀김옷의 바삭함인지 굴의 물컹함인지 알 수 없는 바로 그때 '내장의 맛'만은 확실하게 느껴지니까.

세상에 굴튀김은 있지만 굴로 만든 덴푸라는 없다(튀김은 눅진한 녹말 물에 담그거나 빵가루를 묻혀 튀겨내지만, 덴푸라는 가루류를 묻히지 않고 묽게 푼 녹말 물에만 적셔서 튀겨내기 때문에 튀김옷이 얇다). 있을지도 모르 겠지만 그리 쉽게 눈에 띄지는 않는다. 덴푸라의 튀김옷은 너무 얇기 때문에 굴의 물컹한 식감을 차단할 수 없어서가 아닐까, 하는 것이 내 고찰의 결론이다. 그리 의미 없는 고찰일 수도 있겠지만.

사실은 굴튀김으로 밥을 먹고 싶었으나 굴튀김만으로는 왠지 반찬이 부족할 것 같은 느낌에 결국 모듬 튀김을 시킨 뒤

'여기에 굴튀김이 두 개만 더 있으면 얼마나 좋을까' 한탄하고 있는 아저씨

멘치카쓰

히레(안심)가스

굴튀김

새우튀김

오므라이스 복부 습격

접시 위에 오므라이스가 있다. 노랗고, 럭비공처럼 생겼고, 가운데 부분에는 빨간 케첩이 허리띠를 맨 것처럼 둘러져 있다. 이걸 어떤 식으로 먹어야 할까?

대부분의 사람은 오므라이스를 왼쪽 끝부터 먹기 시작한다. 그리고 한가운데에 도착. 그러면 거기서부터 다시 파고들어 가 오른쪽 끝에 도착하면서 식사는 끝이 난다. 거의 이런 방식으로 오므라이스를 먹는다. 물론 이건 또 이것대로 좋다. 틀렸다거나, 바람직하지 못하다거나, 그런 부분은 한 군데도 없다. 그런데 어딘가 재미가 없다. 다 먹고 난 뒤, 뭔가 허무하다. 아무것도 남지 않은 접시 위를 바라보며 '재밌는 것이라고는 하나도 없었잖아' 같은 생각이 든다. 좋은 것도 없고, 나쁜 것도 없고, 추억이랄 게 하나도 남지 않았다.

그런데 이게 꽁치라면 사정이 달라진다. 꽁치도 오므라이스와 마찬가지로, 왼쪽 끝부터 먹기 시작해 오른쪽 끝에 다다르는 방식으로 먹는다. 그러나 꽁치는 다 먹고 나도 섭섭하지가 않다. 접시 위에 뼈가 남기 때문이다. 남은 뼈가 추억을 불러일으키기 때문이다. 이 뼈의 배 언저리에 있었던 내장, 그 내장을 두고 '쌉쌀하면서도 참 싱싱했어. 참 좋은 내장이었다'라고 추억에 빠질 수도 있다.

　그러나 오므라이스는 접시 위에 아무것도 남기지 않기 때문에 추억의 계기가 될 만한 것도 없다. 게다가 흔한 방식으로 먹었다면 더더욱 기억에 남는 것이 없다. 역시나 그런 게 아닐까. 일단 식사를 했다면, 식사가 끝난 뒤 떠올릴 만한 추억 한두 가지 정도, 그 정도는 있어주는 게 좋지 않을까. 그런 인생을 사는 게 더 좋지 않을까.

　오므라이스에서 추억을 남기기 위해서는 어떻게 먹는 게 좋을까. 약간 색다른, 인상에 남을 방식으로 먹어보면 어떨까 싶다. 예를 들면 이런 식으로 말이다. 접시 위에 오므라이스가 누워 있다. 그 한가운데 부분을 노골적으로 파고 드는 거다. 복부 부분을 느 닷없이 습격한다. 숟가락으로 대담하게 찌른다. 대담하게 찔러 넣은 숟가락을 몸 쪽으로 당기면 모락모락 피어오르는 대량의 김과 함께 속에 숨어 있던 밥을 밖으로 파낼 수 있다. 그러면 이

제 곧 먹게 될 오므라이스의 밥이 어떤 밥인지 알 수 있다.

오므라이스 속에 들어간 밥은 가게마다 다 다르다. 치킨라이스인 가게도 있고, 중국식 볶음밥인 가게도 있고, 최근에는 드라이카레를 넣는 가게도 있다. 복부에서 몽글몽글 파낸 밥을 숟가락으로 넓게 펴 본다. '음, 이 가게는 기본적으로 케첩라이스구나. 음, 이건 버섯 이건 양파. 앗, 이건 쇠고기잖아! 귀한 것을 발굴했군' 하고 어느 사이엔가 개펄에서 조개를 잡을 때의 기분이 되기도 한다.

이런 점검 비슷한 짓을 하지 않고 먹어도 상관은 없다. 그런데 이런 사람이 꼭 있지 않나? 마지막까지 그게 어떤 밥이었는지 전혀 신 경 쓰지 않는 사람. 오므라이스 속의 밥 같은 것, 그게 뭐든 상관없는 사람. '오므라이스 안에 뭔가 들어 있기는 했지.' 이 정도밖에 생각하 지 못하는 사람. 말하자면 이런 사람이다. 오므라이스를 왼쪽 끝에서 먹기 시작해 오른쪽 끝에 도착하는 사람. 무슨 일이든 순서대로, 엄 숙하게 행하는 사람. 엄숙이 전문인 사람.

자, 이런 방식은 어떨까? 이왕 오므라이스 복부에 구멍을 낸 김에 그 주변을 야금야금 먼저 먹는 거다. 그러고는 오른쪽과 왼쪽으로 완 전히 분리해 버리는 거다. 이런 식으로 먹는 사람을 지금까지 본 적이 없고, 나 역시 해본 적은 없지만, 꼭 해보고 싶은 방식이다. 재미있을 것 같다. 음… 오른쪽부터? 왼쪽부터? 어느 쪽부터 먹어볼까? 뭐 이 런 식으로 말이다.

오므라이스의 양 끝부분에서는 달걀부침이 듬뿍 든 오므라이스를 맛볼 수 있다. 그러나 한가운데 부분은 두껍기도 하고 밥도 많기 때문에 한 입 분량의 밥에 해당하는 달걀부침이 아무래도 부족할 수밖에 없다. 그러면 이렇게 먹는다. 찢어져서 접시 위에 흩어져 있던 달걀부침을 주워 모은다. 그러고는 조각천을 이어 붙이는 바느질 비슷한 작업을 하느라 애쓰면서 먹는다.

배 한가운데에 바람 구멍

이 부분이 달걀부침 부족 구간

아, 맞다. 인상에 남을 만한 또 하나의 방식이 있다. 사람들에게 추천할 만한 방식은 아니지만 내가 오므라이스를 먹을 때 반드시 따르는 방식이다. 이 방식을 취하기 위해서는 젓가락이 필요한데, 바로 그 점 때문에 약간의 애로 사항이 있다. 아무튼 조금 전에 우리는 오므라이스를 한가운데에서 둘로 분리했다. 그 과정에서 분리된 면의 달걀부침 일부가 삐져나와 너덜거릴 거다. 그 부분을 젓가락으로 집고는 찢어지지 않게 조심조심 손을 떨며 벗겨나간다. 어디까지 벗겨낼 수 있을까, 이런 생각을 하며 벗겨나간다. 꽤나 긴장된다. 스릴도 있다.

어느 정도 달걀부침을 벗겼다면 젓가락으로 들어 올려 그 속을 유심히 들여다본다. 특별히 이 행동에 어떤 의미가 있는 건 아니지만, 그래도 이래저래 즐기면서 먹고 싶지 않은가? 엄숙하고 진지하고 이런 것만은 피하고 싶지 않은가?

조심조심 벗겨내 속을 들여다봤다면 달걀부침을 다시 씌우면 된다. 원래대로 되돌리면 아무 일도 없었던 게 된다. 하지만 이러고 있는 걸 가게 사람이 본다면, 상당히 이상한 손님이라고 생각할 게 분명하다. 오므라이스가 메뉴에 있는 가게라면 포크와 나이프, 스푼은 세팅해 주지만 젓가락은 아예 내주지 않기 때문이다. 그렇다는 말은 젓가락은 지참해야 한다는 이야기다. 일부러 젓가락까지 지참해 와서는, 얇게 부친 달걀부침을 가만히 들어 올려 그 속을 들여다보고 있는 손님이기 때문이다.

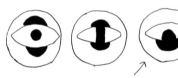

케첩 혹은 소스의 여러 가지 담음새

나는 이렇게 주는 게 좋다.

뿔뿔이 흩어진 솥밥 가족

조간신문을 펼치면, 일 년에 몇 번 정도 '전국 유명 에키벤 특별전' 전단지가 팔랑팔랑 떨어질 때가 있다. 그러면 도무지 진정이 안 된다. 요전날에도 그 전단지가 팔랑팔랑 떨어졌다. 옆 동네인 기치조지의 한 백화점에서 에키벤 특별전을 열고 있다고 했다. 그 전단지를 수시로 꺼내 보며 하루 종일 안절부절, 다음 날도 아침부터 안절부절, 오후가 되자 더 이상 참지 못하고 집을 나섰다.

어떤 걸로 할까? 전단지 사진과 비교해 보며 이것저것 고민해 보긴 하지만, 결국 사서 돌아오는 것은 늘 '도우게의 솥밥(도시락 업체 '오기노야'가 만들어 군마현 요코가와역에서 처음 판매하기 시작한 에키벤. 다른 에키벤과는 달리 작은 솥 모양의 도자기 그릇에 담아 판매한다)'이다. 무던히도 좋아하는 거다. 도우게의 솥밥을.

집에 돌아오면 애가 타는 손길로 끈을 풀고는 뚜껑을 연다. 이때 늘 감동이 밀려온다. 뚜껑이 무겁다! 매번 뚜껑을 열 때마다, 매번 이 사실에 감동한다. 세상에 있는 뚜껑이라는 모든 뚜껑, 예를 들어 차

를 우리는 차호의 뚜껑, 찬합의 뚜껑, 냄비의 뚜껑, 이 모든 뚜껑에는
각각 응분의 무게가 있다. 그러나 이들 뚜껑과 비교했을 때 에키벤의
뚜껑은 이상하리만치 가볍다. 지나치게 무게감이 없다. 팔랑팔랑한
종이나 플라스틱으로 만들었기 때문에 '어라?' 싶을 정도로 가볍다.
그래도 명색이 뚜껑이라면 좀 더 무거워야 되는 것 아니오! 엄하게 꾸
짖고 싶어질 만큼 가볍다. 아마도 뚜껑이 가볍다는 사실에 불만을 품
고 있었던 건지도 모른다. 뚜껑이 이래서는 안 된다고, 늘 생각하며
살았던 게 틀림없다. 도대체 그게 누구냐고? 바로 나다. 그리고 그런
연유로 솥밥 뚜껑의 묵직한 무게감에 나도 몰래 감동하고 마는 것이
다. 그렇게 감동하며 솥밥의 뚜껑을 열어보았다.

오! 가득 들었다. 가득 차 있다! 닭고기가, 죽순이, 표고버섯이, 밤이! 도시락통이 비좁으리만치 꽉꽉 들어차 있다. 꽉꽉 들어차 있는 이 느낌이야말로 도우게의 솥밥의 매력이다. 어쩜 이렇게 꽉꽉 담겨 있을 수 있을까.

뚜껑계의 대가

요코가와역, 오기노야

에키벤은 보통 납작한 사각형 모양으로 전개된다. 대체로 한 변의 길이가 20센티미터에서 30센티미터 정도 되기 때문에 면적으로 계산하면 약 600제곱센티미터 정도다. 그런데 원형인 도우게의 솥밥은 안쪽 지름이 10.5센티미터이기 때문에 면적으로 계산하면 약 87제곱센티미터다. 다른 에키벤의 7분의 1밖에 되지 않는 면적이다. 그 면적 안에 여덟 종류의 반찬을 채워 넣어야 하는 거다. 건폐율 면에서는 확실한 건축법 위반이다. 이런 상황인지라 건축 부지에 해당하는 쌀밥은 반찬 밑에 깔려 아예 보이지도 않는다.

평평한 사각의 에키벤이라면 뚜껑을 열자마자 한눈에 밥이 들어온다. 그런 도시락에 늘 익숙해져 있기 때문에 밥이 보이지 않으면 사람은 슬슬 불안해진다. 그래서 누구든 일단은 반찬을 들춰보게 된다. 그렇게 해서라도 밥의 노출을 꾀한다. 빨리 밥과 만나고 싶은 거다. 고향을 그린다는 의미로 '망향(望鄕)'이라는 단어가 있는데, 고향 대신 밥을 그리는 '망반(望飯)'의 마음에 사로잡힌다. 한시라도 빨리 밥과 만나 안심하고 싶다.

그러기 위해서는 일단 반찬을 치워야 한다. 어떤 반찬부터 치우는 게 좋을까. 아무 반찬부터 치워도 되지 않느냐고 한다면, 그건 또 아니다. 여기서 치운다는 것은 입 속에 집어넣는다는 것이기 때문에 어느 것부터 먹기 시작할 것이냐는 문제가 되기 때문이다.

'흠흠, 어디 보자. 어느 것부터 치워볼까.'

이런 생각을 하며 솥밥의 무거운 뚜껑을 쥐고 전모를 파악하는 동안 반짝하고 근사한 아이디어가 떠올랐다. 에키벤은 열차의 좁은 좌석에서, 무릎 위에 올려두고 먹는 것을 전제로 만들어졌다. 그런 까닭에 가능한 작고 알차게 만들고자 유념한다. 그러나 요즘은 백화점 같은 곳의 특별전에서 구입해 집에서 먹는 사람도 늘어나고 있다. 지금의 내가 해당된다. 그러므로 에키벤을 집에서 먹을 때의 방식이라는, 전혀 새로운 접근법이 있어도 좋을 것이다. 열차의 좌석은 좁고 답답하지만 주방 식탁은 넓고 여유롭다. 아마 이쯤이면 여러분도 눈치챘을 것이다. 그래, 바로 그거다. 비좁고 답답한 곳에 갇혀 있던 반찬들을 널찍한 곳에 꺼내주는 거다.

지름 30센티미터 정도의 하얗고 큰 접시를 가져온다. 그 접시에다가 도우게의 솥밥에 든 반찬을 젓가락으로 하나하나 집어 가지런히 올려놓을 거다. 우선은 메추리알을 접시 한가운데에 놓는다. 그 주변으로, 담음새를 고려해 가며 죽순, 표고버섯, 밤 순서대로 올려놓는다. 도우게의 솥밥을 분해해서 먹어보려는 것이다. 어떤가? 지금까지 그 누구도 생각하지 못했던 대단한 아이디어가 아닌가.

메추리알을 중심으로 나머지 반찬들을 가지런히 올려두고 황홀하게 바라본다. 근사한 광경이다. 이대로 고급 요릿집의 테이블에 올려놓아도 부끄럽지 않을 한 접시다. 이 접시를 보고, 이것이 원래 도우게의 솥밥이었다고 알아차릴 사람은 한 사람도 없을 것이다.

그러나 솥밥 측은 이 일에 대해 어떻게 생각할까. 과연 기뻐해 줄까. 접시 위에서 다들 어딘가 쓸쓸해 보이는 것은 무슨 연유인 걸까. 살을 부비며 살아가던 솥밥의 시대를 그리워하고 있는 건 아닐는지. 어째 그렇게 보이기도 한다.

　　바다로 나간 초겨울 바람, 돌아올 곳이 없구나

이 유명한 시구처럼 접시로 나간 솥밥 가족, 돌아올 곳이 없구나.

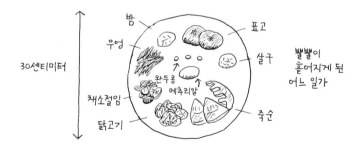

고요 속 설견주

"그래! 교토에 가자."

이 얼마나 당돌한 소리인가. 듣는 사람에게는 폐가 되는 소리다. 제멋대로 하는 주장이기 때문에 어떻게 대응해야 할지 곤란해진다. '그래!'라는 이 부분이 옳지 못하다. 어떤 과정을 거쳐 '그래!'에 다다르게 됐는지, 그 부분에 대한 설명이 전혀 없다. 갑자기 이런 말을 들으면 누구라도 곤란해진다. 그리고 무엇보다, 누가 이런 말을 하고 있는지, 그 부분에 대해서도 알 수가 없다.

"그래! 설견주(내리는 눈을 보며 마시는 술)를 마시자."

이건 어떤가? 이 말을 한 사람이 누군지는 안다. 내가 한 말이니까. '그래!'에 다다르게 된 경위도 확실하다. 그때 눈이 내렸기 때문이다.

지지난주, 도쿄에도 눈이 내렸

다. 그날 나는 작업실에 앉아 쏟아지는 눈을 바라보고 있었다. 작업도 어느 정도 일단락된 참이었다. 베란다 너머로 멍하니 눈 내리는 풍경을 바라보다가 '그래! 설견주를 마시자'라는 생각이 들었다. 어떤가? 논리에 한 치의 빈틈도 없지 않은가?

설견주는 어떤 식으로 마시는 술일까. 어떤 것을 두고 설견주라 칭하는 것일까. 설견주라고 칭하는 데에는, 그 나름의 방식과 격식이 있을 터. 설견주는 고사가 천황(일본의 제88대 천황으로 1242~1246년 재위)의 시대에도 행해지던 것으로, 그 무렵에는 호수에 배를 띄우고 배 위에서 내리는 눈을 감상하며 술자리를 즐겼다고 한다. 주방 식탁 구석에 앉아 말린 정어리 따위를 씹는 걸 두고 설견주라 칭할 수는 없을 것 같았다.

"그래! 고타쓰를 꺼내자."

배까지 띄우는 것은 너무 과한 설정이므로 아쉬운 대로 고타쓰라도 꺼내려는 거다. 꽤 오랫동안 쓰지 않았으나 벽장 안에 고타쓰가 들어 있을 터.

벽장에서 고타쓰 일습(一襲)을 꺼낸다. 네 모퉁이에 조립식 다리를 대고 나사로 돌려 박은 다음 고타쓰 이불을 덮고 그 위에 상판을 올린다.

술은 당연히 뜨겁게 데울 거고, 안주는 어떻게 할까. 어찌 됐건 설견주는 '우아'와 '숭고'의 세계이므로 매운 음식을 먹고 '하아~ 쓰읍~ 하아~'거리는 것만은 피하고 싶다. '하아~ 쓰읍~ 하아~'거리며 소란스레 설견주를 마시는 것은 꼴불견이다. 타지 않게 구우려면 부산스러워질 수밖에 없으니 고기를 굽는 것도 피하고 싶다.

"그래! 고등어 된장 조림 통조림을 꺼내자."

수납장 안에 고등어 통조림이 보관되어 있을 터. 대가리부터 통째로 말린 정어리보다야 고등어 통조림 쪽이 훨씬 더 품위가 있다.

전자레인지에 술을 데운다. 고등어 캔을 끼익끼익 딴다. 고타쓰의 온도는 '강'. 고타쓰 위에는 뜨겁게 데운 술과 고등어 캔, 그리고 젓가락이 올라가 있다.

일단 앉는다. 앉아서 베란다 너머로 눈 내리는 풍경을 본다. 아파트 11층에 작업실이 있기 때문에 남쪽으로는 세타가야구, 동쪽으로는 신주쿠, 서쪽으로는 기치조지의 빌딩숲까지 내다본다. 이날의 눈은 꽤나 큰 눈으로, 모든 경치가 전부 새하얀 색깔이었다. 창틀로 네모나게 잘린 채 보이는 눈 풍경. 그 위쪽 절반은 잿빛 하늘이었고 아래쪽 절반은 순백의 눈에 뒤덮여 있었다.

따뜻한 술을 한 모금 마시고는 다시 시선을 눈 풍경으로 돌린다. 지금 이 거대한 공간 안에 존재하는 것이라고는 잿빛 하늘과 그 아래로 쌓인 눈, 그리고 쏟아지고 있는 눈뿐이다. 그중에 움직이는 것이라고는 쏟아지는 눈뿐이다. 어지럽게 춤을 추는 눈송이들. 이날 바람이 다소 강했기 때문에 수백 수천만의 눈송이가 오른쪽으로 날리고, 왼쪽으로 휩쓸리고, 위쪽으로 솟구치고, 아래쪽으로 떨어지고 뒤죽박

죽 뒤엉켜 혼돈의 춤을 선보였다. 눈송이들이 이렇게나 격동적인 움직임을 반복하고 있는데도 주변은 완벽한 무음. 죽은 듯이 고요하다. 이게 만약 비였다면, 그것이 아무리 보슬비라 하더라도 빗소리가 들려왔을 터. 처마에서 똑똑 물방울 떨어지는 소리라도 들렸을 것이다. 큰 비였다면 쏴아~ 쏴아~ 그런 소리라도 들렸을 것이다. 그런데도 눈은, 제 아무리 큰 눈이어도 아무런 소리가 없다. 그저 죽은 듯한 고요일 뿐이다. 고요와 적요 속에서 술을 마신다. 음… 설견주, 이거 꽤나 근사하다.

꽃을 보며 즐기는 '화견주'라는 것도 있는데, 이쪽은 제법 왁자지껄한 소란 속에서 술을 마신다. 그러나 설견주는 고요와 평안을 벗삼아 마시는 술이다. 먼저 눈 풍경을 바라보고, 시선을 거두어 술을 마신다. 그리고 다시 눈 풍경을 바라본다. 그러고는 다시 안주로 고등어를 집는다. 이런 동작을 반복하는 동안 의문 하나가 솟아났다. 눈이 내리는 풍경은 그리 변화무쌍한 풍경은 아니다. 극단적으로 말하면, 몇 번을 봐도 똑같은 풍경이다. 눈이 내리는 모양새 역시 마찬가지다. 극단적으로 말하면, 조금 전에 본 것과 똑같은 방식으로 쏟아질 뿐이다. 그러니 어느 정도의 간격으로 눈을 보고, 술을 마셔야 할지 의문스러워진 것이다.

그리고 이때, 꽤 예전에 봤던 방송 하나가 떠올랐다. 미국의 야생 동물 다큐멘터리였다. 그 다큐에 부시벅(bushbuck)이라는 동물이 나오는데, 사슴과 아주 비슷하게 생긴 초식동물로 가끔 사자나 표범의 공격을 받아 잡아먹히고 마는 그런 역할이다. 부시벅은 고개를 떨구고 약 5초 동안 풀을 뜯는다. 5초 동안 풀을 뜯고 나면 고개를 발딱 들고 주변을 경계한다. 그러고는 다시 5초 동안 풀을 뜯는다. 이 '5초의 법칙'으로 자기 몸을 지키고 있는 것이다.

부시벅을 따라 5초 간격으로 설견주를 거행해 보기로 했다. 실제로 해보니, 이 '5초의 법칙'이 설견주에도 꼭 들어맞는 법칙이라는 사실을 알게 됐다.

부시벅입니다.

분재와 음식 모형

언제부터였을까? 레스토랑과 이자카야 체인점 앞에 전시해 둔 음식 모형을 하나하나 유심히 바라보는 취미를 갖게 된 것은. 사람의 취미란 참으로 다양할 테지만 "실은 나도 같은 취미를 갖고 있어요"라는 소리는 지금까지 한 번도 들어보지 못했다.

거리를 걷다가 음식 모형을 발견하면 걸음을 멈출 수밖에 없다. 길 건너편에서 발견했다면 그 길을 건너지 않고는 견딜 수가 없다. 레스토랑의 음식 모형이라면 오므라이스 위에 띠 모양으로 끼얹은 케첩의 상태, 스테이크라면 붉은 절단면을 유심히 본다. 이자카야 체인이라면 구시카쓰(채소, 고기 등을 꼬치에 꿰어 튀긴 음식)의 튀겨진 상태, 모둠 튀김의 재료 구성과 전체적인 느낌 같은 것들을 하나하나 유심히 감상한다. 이런 내 모습은 분재를 좋아하는 사람이 분재를 유심히 감상하는 모습과도 비슷할 것

둘 다 저의 취미입니다.

이다(아마도 그럴 것 같다…). 두 취미 모두, 감상할 대상이 많을수록 즐겁고, 다양할수록 행복하다.

여기저기 돌아다녀 본 결과, 음식 모형의 수가 많고 다양한 곳은 대규모 호프집이라는 것을 알게 됐다. 매장 규모가 큰 호프집 쇼윈도는 스케일도 크다. 다종다양, 호화찬란, 미미가효(美味佳肴, 맛있는 음식과 안주), 상하 빽빽. 몇 단씩이나 음식 모형이 줄지어 있기 때문에 그야말로 음식 버전의 히나카자리(매년 3월 3일 여자아이들의 건강과 안녕을 비는 '히나마쓰리'를 위해 제단 위에 차리는 미니어처 인형과 장식품) 같다. 넋을 잃고 홀딱 반해 세 발짝 이상을 떼지 못한다. 양손을 공손히 포개고 찬탄하느라 움직이지를 못한다.

종종 들르는 호프집 중에 '비어홀 라이언'이라는 곳이 있다. JR 신주쿠역, 중앙동구 출구 쪽에 있는 호프집이다. 아마도 그 집 쇼케이스가 도쿄에서 제일이지 않을까 싶다. 폭만 거의 3미터에 육박하니까.

자, 지금부터 비어홀 라이언의 쇼케이스에 진열된 모든 메뉴의 이름을 써볼 작정이다. 지루하다고 도중에 건너뛰지 말기를, 사전에 간절한 부탁 말씀드린다(어차피 건너뛰겠지만!).

구시카쓰, 청어 마리네이드, 우설 된장 구이, 에다마메(통째로 삶아 껍질을 벗겨가며 먹는 풋콩), 여주볶음, 문어튀김, 소 내장 철판구이, 아보카도와 두부 샐러드, (아마 여기부터 슬슬 건너뛰겠지만) 감자튀김, 훈제연어, 시모니타 곤약(군마현 시모니타에서 만든 곤약) 볶음(약간 매운

맛), 새우튀김, 닭튀김, 가고시마 흑돼지 소시지, 모둠 튀김

모둠 치즈…. (이 정도에서 그만두기로 하자.)

아무런 맥락 없이 나열된 듯 보이지만, 단 하나의 이유 '맥주와 어울린다'는 공통점으로 묶여 있는 메뉴들이다. 각 모형당 20초씩, 모든 모형을 감상한다고 해보자. 메뉴가 최소 스무 개 이상은 되기 때문에 쇼윈도 앞에 10분 이상 서 있어야 한다는 계산이 나온다. 그리고 여기에 이 취미의 결정적인 단점이 있다. 쇼윈도 앞에 오래 서 있다 보면, 나도 모르는 사이에 가게 문 쪽으로 발길이 향하고, 나도 모르는 사이에 그 문을 열고, 나도 모르는 사이에 테이블에 앉아 있는 자신을 발견하게 된다는 점이다.

그렇게 이것저것 먹고 마신 후, 문을 열고 나와서도 마찬가지다. 나도 모르는 사이에 쇼윈도 쪽으로 향하고, 나도 모르는 사이에 음식 모형 앞에 서 있는 자신을 발견하게 된다. 이 사이에 낀 것을 정리하느라 츱츱거리며 음식 모형을 바라본다. '구시카쓰도 나쁘진 않았지만 새우튀김이 더 나은 것 같아' 하며 반성과 후회의 한때를 보내는 것도 즐거운 일 중 하나다.

그날도 그랬다. 비어홀 라이언의 쇼윈도 앞에 서 있다가 나도 모르게 내 다리가 가게 안의 테이블로 향했다.

"생맥, 중(中)자로."

일단은 맥주부터 주문하고 메뉴 검토에 들어갔다.

'일단 구시카쓰는 시키고, 그다음엔 음… 가고시마 흑돼지 소시지? 에다마메?'

이렇게 검토하던 중, 가슴에서 뭔가 스멀거리는 게 느껴졌다. 왜 그랬는지는 모르겠으나, 그날따라 유독 반역의 기운이 스멀스멀 솟아났다. 이런 식의 주문이라면 너무나도 똑같다! 평소와 다를 바 없다! 매너리즘이 아닌가!

반역의 기운은 점점 농후해져갔다. 스멀스멀 피어나던 모반의 기운은 순식간에 끓어올랐고 불끈불끈 치솟기 시작했다. 매너리즘에서 탈출하려면 어떤 방향으로 가야 할까.

생각해 보면 나는 늘 '맥주에 어울리는 건 뭘까?'라는 기준으로 메뉴를 골랐다. 그렇다면 이번에는 '맥주에 안 어울리는 건 뭘까?'라는 기준으로 메뉴를 골라 맥주와 마셔보는 거다. 그렇지! 바로 그거다!

의욕적으로 메뉴를 검토하다가 불현듯 깨달았다. '여기 참, 호프집이었지?' 호프집이란 맥주에 어울리는 것만 골라 메뉴에 올려두는 가게다. 그러나 포기해서는 안 되지.

아보카도와 두부 샐러드, 청어 마리네이드, 토마토 샐러드. 이 세 메뉴를 선택했다. 샐러드드레싱이 뿌려진 아보카도와 두부를 먹고 나서 마시는 맥주, 시큼한 청어를 씹은 다음 마시는 맥주, 토마토를 한 입 가득 볼이 미어지게 먹고 나서 마시는 맥주.

사무치도록 맛이 없었다. 완전한 참패였다. 구시카쓰가 눈물 나게

그리웠다. 가고시마 흑돼지 소시지가 애타게 보고 싶었다. 그날 나는
절절한 반성의 시간을 보냈다.

자완무시 제대로 먹는 법

송이버섯이 들어간 도빈무시(질주전자에 송이, 은행, 갯장어 등을 넣고 육수를 부어 만드는 찜 요리)에 대해 말하는 사람은 많으나, 같은 찜 친구인 자완무시(뚜껑이 있는 컵 모양 그릇에 계란물, 파드득나물, 흰살 생선, 닭고기 등을 넣고 쪄내는 일본식 계란찜)에 대해 말하는 사람은 많지 않다. 《주간 아사히》2004년 10월 22일 호에 '송이 도빈무시, 제대로 먹는 법'이라는 특집이 실린 적이 있다. 그러나 지금까지 '자완무시 제대로 먹는 법'을 다룬 사람은 없었고, 아마 앞으로도 없으리라 생각한다.

아무도 다뤄주지 않으므로 내가 다뤄주도록 하자. 도빈무시든, 자완무시든 들어가는 내용물은 비슷하다. 송이버섯을 별로도 두면 은행, 파드득나물, 흰살 생선 등 재료는 거의 비슷하다. 전용 용기가 있다는 점도 동일하다. 그 전용 용기를 다른 요리에 쓸 수

자완무시라고 하는데
이런 그릇이
찻잔이라고?

('자완'은 찻잔,
'무시'는 찜이라는 뜻으로
'자완무시'를 그대로 옮기면
'찻잔찜'이 된다.)

없다는 점도 동일하다. 그러나 자완무시에는 송이버섯에 어깨를 견줄 거물이 없다. 그런 거물이 없는 대신 들어갈 수 있는 재료는 다채롭다. 은행, 파드득나물, 표고버섯, 흰살 생선, 닭고기, 어묵, 새우, 백합 알뿌리, 게살 같은 것들이 자완무시 멤버로 참가하기로 한다.

그리고 저 몽글몽글하고도 찰랑찰랑하고도 뜨끈뜨끈하고도 녹진녹진한 국물. 숟갈로 떠서 입에 넣으면, 작은 계란 조각과 함께 계란과 분리된 녹진녹진한 국물이 같이 들어온다. 자완무시의 계란은 연두부와 비슷하면서도 다르고, 국물의 맛을 결코 머금지 않는다. 그래서 국물과 계란을 함께 먹어도 그 둘의 맛을 분리해서 맛볼 수 있다. 아, 지금은 국물이군. 아 지금은 계란이다. 이렇게 확실히 구분해 낼 수 있으며, 국물에 쓰인 육수 맛의 정도, 계란 맛을 좌우하는 불 조절의 정도까지 쉽게 알아차릴 수 있다. 자완무시의 맛은 그야말로 이 미묘한 온도의 마법과 녹진녹진한 국물에 있다. 그러므로 잘하는 요리가 뭐냐는 질문을 받은 젊은 처자가 "자완무시예요"라고 대답한다면 다음과 같은 반응이 나오기 마련이다.

"오, 대단하네요. 자완무시는 불 조절이 어렵고, 계란과 육수의 배합도 까다롭고, 깜빡 실수하면 표면에 거품 구멍이 뚫려서 실패하기 십상인데."

그러고는 '손끝이 야물딱진 처자'로 여겨져 맞선을 주선받게 된다. 그러나 그 처자가 말하는 자완무시는 마트에서 팔고 있는, 전자레인지에 데워 먹는 즉석식품을 말하는 것으로, 나중에 그 사실이 밝혀

지자 맞선 이야기가 즉각 중단되었다는 이야기를 어디선가 들은 적이 있었던가, 없었던가.

아무튼 송이가 들어간 도빈무시는 아저씨들에게 인기가 대단하다. 그러나 자완무시는 그다지 인기가 없다. 오타 가즈히코 씨가 쓴 《엄선, 도쿄의 이자카야》라는 책이 있다. 그 책에는 도쿄 소재 유명 이자카야 53곳의 메뉴가 총망라되어 있는데, 자완무시를 메뉴에 올려둔 가게는 거의 없다. 그러나 전통 료칸의 저녁 식사 메뉴에는, 반드시라고 해도 좋을 정도로 자완무시가 등장한다. 료칸에 간 아저씨들은 평소에 먹어 버릇하지 않던 자완무시를 어떻게 먹고, 어떻게 대응해야 할지 압박감을 느끼게 된다. 자, 어떻게 대응하면 좋을까.

송이가 든 도빈무시와 경쟁할 생각은 없으나 '도빈무시를 제대로 먹는 법'처럼 '자완무시를 제대로 먹는 법'에 대해 생각해 보자. 료칸에서 자완무시를 대하게 된 아저씨들에게 작은 도움이 되었으면 하는 바람이다.

자, 금방 한 아저씨가 료칸 식당에 들어왔다. 좁고 긴 좌탁 한쪽에 자리를 잡고 앉는다. 그리고 자기 몫으로 차려진 요리들을 둘러본다. 오른쪽 위, 한 시 방향으로 자완무시 발견. 자완무시는 따뜻할 때 먹어야 맛있지만 아저씨는 자완무시를 뒷전으로 돌린다. 달리 말해 방치. 이것저것 먹어본 아저씨는 이제 슬슬 자완무시를 먹어보려 한다.

일단 뚜껑을 열자. 그리고 바라보자. 자완무시는 시라호네 온천수처럼 보얗게 흐린 색깔이 특징이기 때문에 그 안에 어떤 재료가 들어 있는지 확실히 알 수는 없다. 표면에 흐릿하게 보이는 녹색의 무언가를 두고 '아마도 파드득나물인가 보다' 정도로만 추측할 수 있다.

이쯤 해서 숟가락을 든다. 자완무시에는 전용 숟가락도 있는데, 나무로 된 조그맣고 멋진 숟가락이다. 내용물을 확인하기 위해 숟가락으로 바닥 쪽을 가볍게 뒤집어 보자. 두 번, 가볍게 두 번이 바람직하다. 가벼운 식감으로 응고되어 있는 계란을 산산조각 내고 싶지 않기 때문이다. 자완무시의 계란은 가능한 큰 덩어리로 호로록 먹는 것이 맛있다. 두 번 뒤집으면 속의 내용물을 대체적으로 파악할 수 있다. 내용물 확인이 끝났다면 이제 숟갈로 한 입 떠서 호로록 빨아들인다. 육수 맛은 어떤가? 계란의 찰랑거림 정도는 또 어떤가? 잘 모르겠다고? 그래도 상관없으니 가볍게 고개를 끄덕여 보자.

다 끄덕였다면 숟가락을 젓가락으로 바꾼다. 일단은 은행부터 먹는 것이 바람직하다. 노안인 사람은 이쯤에서 돋보기를 꺼내 쓰도록 하자. 은행을 젓가락 끝으로 낚기 위해서다. 왜 은행부터 먹어야 하는가. 은행이 남아 있으면 자완무시를 먹는 동안 계속 신경이 쓰이기 때문이다. 얼른 먹어치우고 편한 마음으로 나머지를 대한다. 이것이 바람직한 태도다.

다른 재료도 은행과 같은 방식으로 먹는다. 하나하나 집어 올려 무엇인지 확인하도록 하자. 백합 알뿌리라면, 백합 알뿌리라는 것을 깨닫게 된 그 시점에 가볍게 고개를 끄덕인다. 가볍게 끄덕이는 게 좋다. 세차게 끄덕이는 것은 그다지 좋지 않다.

그리고 제발 이것만은 그만두자. 식어서 잘됐다며 뚜껑을 열자마자 후루룩, 고개를 한껏 젖히고 한꺼번에 후루룩. 이런 짓만은 제발 그만두길 바란다.

내용물에는 전혀 관심이 없고,
그냥 스프 먹듯
쉴 새 없는 숟가락질로
바쁜 아저씨

삶은 계란엔 소금?

"삶은 계란은 봄의 기고(일본 전통 시가인 하이쿠나 렌가에서 특정 계절을
표현하기 위해 반드시 넣도록 정해져 있는 단어)입니다."

이런 이야기를 들으면 '응, 그럴 것 같아. 동그랗고 하얗고 노란 그
것에는 봄을 연상시키는 것들이 충분히 있으니까'라고 생각하는 사
람이 많을지도 모른다. 그러나 사실 삶은 계란은 봄의 기고가 아니다.
그뿐만 아니라, 아예 기고 자체에 포함되어 있지도 않다. 하지만 나로
서는 봄의 계절감을 나타내는 말로 삶은 계란을 기용해 주고 싶다.
봄이 안 된다면 여름이든, 가을이든, 겨울이든 좋다. 정식이 안 된다
면 보결로라도 기용해 주고 싶다. 그래서 언젠가, 어느 계절이 됐든 공
석이 생긴다면 정식으로 기고에 올려주고 싶다. 이렇게까지나 우리의
일상에 밀착해 있고, 이렇게까지나 우리와 친근한데도, 하이쿠의 세
계는 삶은 계란을 너무 냉대하고 있다는 생각이 든다.

손바닥을 옴폭하게 만들어 삶은 계란을 올려보길 바란다. 음식이
라고는 생각되지 않는, 어떤 애착 같은 게 느껴지지 않는가? 단, 껍데

기를 까놓은 삶은 계란이어야 한다. 껍데기를 까지 않는 계란에는 그다지 애착이 느껴지지 않기 때문이다. 그런데 신기하게도, 껍데기를 까자마자 그런 감정이 느껴진다. 촉촉하고, 부드럽고, 살짝 누르면 슬며시 들어갔다 나오고, 그럴 리 없는데도 여전히 생명이 있는 존재로 느껴진다. 나도 모르게 뭔가 말이라도 한마디 걸어보고 싶다. 심지어는 따뜻한 말, 상대를 헤아려주는 그런 말을 걸어보고 싶다. 그러나 상대는 엄연히 음식이다. 음식에 말을 걸다니, 보통은 하지 않는 짓이다. 눈앞에 어묵 한 장이 있다고 말을 걸고 싶어지거나 하지 않는 게 보통이니까. 그런데 손바닥에 올린 삶은 계란에 뭔가 말을 거는 사람을 본다면 어떤 느낌일까? 어쩐지 저절로 미소가 지어질 것 같다. 바라보는 눈길도 어느새 흐뭇해져 있을 것 같다.

금방 껍데기를 깐 삶은 계란이 지금 내 왼손바닥 위에 있다. 삶은 계란은 역시 껍데기를 까는 것에서부터 시작하고 싶다. 삶은 계란은 땅콩이나 에다마메와 마찬가지로 '손수 까서 먹는 음식'에 속한다. 껍데기가 제거된 채 갑자기 눈앞에 나타난 것보다는 제 손으로 까서 먹는 게 더 맛있다.

탁탁. 삶은 계란을 부딪쳐 금을 낸 뒤 정성껏 벗겨나간다. 다 벗겼으면 빙그르르 돌려 전체를 점검한다. 달라붙어 있는 껍데기 조각이 있으면 떼어낸다. 그런 과정을 거친 삶은 계란이 지금 내 왼손바닥 위에 있는 것이다.

촉촉한 대리석, 부드러운 대리석. 그런 느낌을 자아내고 있는 작고 동그란 덩어리. 신기하게도 삶은 계란은 껍데기가 있을 때보다 벗겨낸 뒤가 더 무겁게 느껴진다. 이렇게 껍데기를 깐 계란을 이제부터 맛있게 먹게 될 텐데, 아마 지금 당신 머리에는 소금이 떠올랐을 것이다. '일단 소금부터 뿌려야지.' 아마 이렇게 생각했을 것이다. '골고루, 많지도 적지도 않게, 계란 전체에 뿌려 먹어야지.' 이렇게 생각했을 것이다. 그렇다면 이렇게 물어보자. 왜 꼭 소금인가?

삶은 계란을 먹는다면 반사적으로 소금을 찾게 된다. 왜 이렇게 될까? 간장은 왜 등장하지 않는 걸까? 소스는 왜 등장하지 않는 걸까? 같은 계란이지만 삶지 않고 기름에 지졌을 때를 생각해 보자. 계란프라이 말이다. 그러면 소금, 간장, 소스, 어떤 걸로 해야 할지 고민스러울 정도로 여러 선택지가 머릿속에 떠오른다. 빵류에는 소금이어야 한다는 사람도 있고, 밥류에는 무조건 간장이라는 사람도 있고, 둘다 무조건 소스여야 한다는 사람도 있을 수 있다. 그런데 왜 유독 삶은 계란만은 반사적으로 소금일까? 뭐, 좋다. 오늘은 큰맘 먹고 양보해 소금으로 가보자(뭘 양보한다는 건지는 모르겠지만).

대리석 같은 계란 표면에 소금을 뿌린다. 표면이 미끄럽기 때문에 소금의 절반 정도는 밑으로 떨어지고 나머지 절반만이 표면에 달라붙는다. 그리고 이때의 소금, '삶은 계란 표면에 달라붙어 있는 소금'에는 특유의 맛이 있다. 주먹밥에 뿌린 소금은 곧바로 밥과 어우러져 형체를 감추지만 삶은 계란에 뿌린 소금은 한 알 한 알 전부 살아 있다. 그 까끌까끌한 촉감이 먼저 혀에 당도하고, 그 까끌까끌한 것이 혀 위에 있는 동안 흰자의 매끈매끈하고 담백한 맛이 들어와 주면 맛있다. 그런 다음, 노른자의 맛이 들어와 준다면 대성공.

삶은 계란은 소금, 흰자, 노른자의 맛이 마지막까지 서로 어우러지지 않는다. 흰자는 언제까지나 탱글탱글 아무 맛도 없고, 노른자는 언제까지나 그 뻑뻑하면서도 농후한 느낌을 포기하지 않는다. 소금은 마지막까지 한 알 한 알 몸을 세워 계란에 섞여들지 않으려 한다. 흰자, 노른자, 소금은 이렇게 따로따로 놀아야 맛있다.

요즘 편의점에서는 간이 되어 있는 삶은 계란을 판다. 근데 뭔가 확 다가오지 않는 느낌이다. 흰자, 노른자, 소금이 제각각이어야 하는데 이 삼자 간의 금슬을 너무 좋게 만든 탓이지 않을까 싶다.

그런데 여러분들은 삶은 계란을 어느 쪽부터 먹는지? 뾰족한 쪽부터? 아니면 둥그런 엉덩이 쪽부터? 아주 살짝 망설여 준 다음 뾰족한 쪽부터 한 입 먹는다. 이게 정답이다.

반숙란에 캐비어. 이런 조합도 있다.

특별 대담 전편

밥도 술도
혼자가 최고!

쇼지 사다오+오타 가즈히코

2018년 여름, 도쿄의 이자카야에서

혼밥의 달인 쇼지 사다오(이하 쇼지). 혼술의 달인 오타 가즈히코(이하 오타).
달인 두 사람이 풀어놓는 술과 음식 이야기. 그에 대한 자신만의 예리한 칼날!
'혼자'를 테마로 한 거침없는 담론. 웃음꽃이 피어나는 대화 사이로 인생의
심연이 엿보인다. 어느 사이엔가 화제는 '타인의 눈이 신경 쓰인다'는 절실
한 문제로 옮겨가는데….

고고함을 추구하려는 자,
이자카야로 가라

오타 요즘 독신 생활자를 위한 책이 많이 나오고 있어요. 여성을 대상으
로 한 책도 많고, 남성을 대상으로 한 책도 많습니다. '고독이 최고
다' 같은 내용의 책들이죠.

쇼지 왜 그런 책이 만연하게 됐을까요? 아마도 독신 생활자라는 말을 처

음으로 쓴 이는 우에노 지즈코(페미니스트이자 사회학자.《독신의 오후》
《비혼입니다만, 그게 어쨌다구요?!》등의 저서를 썼다) 씨였을 겁니다.

오타 그랬었나요? 아무튼 '혼자여도 외롭지 않다'는 뉘앙스의 책이라고
할 수 있죠.

쇼지 '평생 독신'을 외치는 젊은이도 늘어나고 있어요. 갑작스레 일본에
'고독이 좋다'는 풍조가 만연해졌다고나 할까요.

오타 조간신문을 보면 3단 광고란 같은 데에 온통 그런 책들뿐입니다.

쇼지 최근 들어 특히 더 그렇더군요.《극상의 고독》이라던가 하는 책들.
어정쩡하고 깊이가 없는 '고독'에 대한 담론들.

오타 깊이가 없죠. 고독한 것과 고고한 것은 다르니까요. 깊이가 없는 고
독보다는 독선적인 고고함 쪽이 더 좋다고 봅니다. 제가 말하고 싶
은 것은 딱 하나입니다. 고고함을 추구하려는 자, 이자카야로 가라!

쇼지 이자카야에 갈 수 있다는 건, 여러 면에서 여유가 있어야 한다는
의미이기도 합니다.

오타 그렇습니다. 일단은 건강해야 하고 경제적, 심적으로도 여유가 있
어야 하니까요.

쇼지 다들 이자카야에서 혼술을 즐기고 싶어 한다고 봅니다. 하지만 막
상 실천했을 때 발생할 수 있는 여러 문제들 때문에 다들 머뭇거린
다고 생각해요. 오타 씨는 혼술의 달인이신데, 본심은 어떠십니까?
혼술이 정말 즐겁습니까?

오타 진짜 즐겁습니다. 혼술을 이길 만한 게 없어요.

쇼지 혼자 술을 마신 첫날부터 그랬나요?

오타 처음부터 그랬습니다. 느닷없이 즐거워졌죠. 혼술의 즐거움을 발견했던 날. 그날이 지금도 생생합니다. 가게도, 자리도, 시대 분위기도.

쇼지 혼술을 시작하기까지 뭔가 힘들었던 점은 없었습니까?

오타 힘들었다기보다는 그 당시 회사를 다녔기 때문에 늘 사람들과 어울려 술을 마시고는 했습니다. 회사 선후배나 동료, 업계 관계자 들과 함께였죠. 그런데 어느 날, 볼일이 있어서 도쿄 주앙구의 쓰키시마에 갔다가 낡고 오래된 이자카야를 발견했습니다. 반은 장난처럼 혼자 들어갔죠. '기시다야(岸田屋)'라는 이자카야였습니다. 그러고는 혼자 술을 마셨습니다. '이렇게 즐거울 수 있다니!' 뭔가 대단한 것을 발견했다는 기분이었어요. 그것이 '타락'의 길로 접어든 첫걸음이었죠.(웃음)

쇼지 어떤 면이 제일 좋았습니까?

오타 혼자면 말을 하지 않아도 됩니다. 다른 사람의 이야기를 듣지 않아도 되죠. 가게에 있는 사람들은 나에게 별 관심도 없어요. 주문한 술도 안주도 전부 내 것이고, 나는 그저 술에만 전념하면 됩니다. 그런 천국을 알고 난 뒤 인생이 완전히 애주가 쪽으로 방향을 틀었죠.(웃음)

쇼지 혼술의 역사는 언제부터였습니까?

오타 아마 마흔 전이었을 겁니다. 30대 후반 정도였죠.

쇼지 제 경우를 보자면, 처음부터 프리랜서였기 때문에 여럿이 모여 왁자지껄 술을 마실 일이 없었습니다. 여럿이 모이려고 하면 힘이 들어요. 미리 전화를 걸어 시간이 되는지 확인해야 합니다. 네 명이 모이려면 네 명 모두에게 연락을 해야 해요. '혹시 바쁜 건 아닐까? 괜히 폐를 끼치는 건 아닐까?' 생각하면서 말이죠.

오타 약속을 잡는 작업이 선행되어야 하니까요.

쇼지 회사 동료라면 그런 부분이 간단합니다. "가볍게 한잔 어때?" 정도로 괜찮으니까요. 그런 면에서 저에겐 '여럿이서 왁자지껄 마시던 시대'랄 게 없었습니다. 처음부터 혼술이었죠.

오타 혼술의 내공이 깊으시겠습니다.

쇼지 역사는 깊지만 아직까지도 익숙해지지가 않아요.(웃음) 술집에 혼자 앉아 한 마디도 하지 않는다는 게 힘들지는 않으십니까?

오타 20분 정도 입을 닫고 있으면 가게 사람들이 이상하게 보기 시작합니다. 그래서 그 타이밍에 주인에게 말을 겁니다. '이상한 손님 아니다. 이 시간을 즐기고 있다. 어느 정도 돈도 갖고 왔다'는 분위기를 자연스레 풍기며 안심시키죠.(웃음)

쇼지 쉽진 않겠는데요?

오타 적당한 때라는 게 보여요. 벌써 40년이나 해오는 일인지라.(웃음)

쇼지 처음 가는 가게에 들어섰다고 해보죠. 일단은 자리를 정해 앉고 주문을 하는 등 일련의 과정에서 '오타 가즈히코 방식'이라는 게 있을 것 같은데요?

오타 우선은 어디에 앉으면 좋을지부터 보죠.

쇼지 어떤 자리가 좋습니까?

오타 말석이 좋습니다. 화장실 옆쪽, 입구 바로 앞, 계단 아래쪽 같은 가장 변두리 자리. 혼자니까 카운터 자리도 좋지만 처음 간 가게에서 카운터석에 앉아 긴장하는 것도 별로니까 일단은 말석에 앉습니다. "여기가 좋네요" 하며 겸손하게 말이죠.

쇼지 그러고는 앉아서 메뉴를 보겠죠?

오타 벽에 붙은 메뉴를 보면서 앉죠.(웃음) 한번 슥 보면 그 가게의 주력 메뉴가 금세 파악되니까요.

쇼지 벽에 붙은 메뉴와 테이블 위 메뉴판 중 어떤 걸 보십니까?

오타 저는 벽에 붙은 메뉴를 주로 봅니다. 계절 한정이나 제철 메뉴는 반드시 벽에 붙어 있으니까요.

쇼지 오늘의 추천 메뉴도 그렇죠.

오타 맞아요. 은어, 전어, 전어사리(전어의 치어)가 있으면 고민 없이 주문합니다.

쇼지 일단 '오타 가즈히코식 이자카야 혼술'을 여기까지 정리해 보자면(웃음) 처음 가는 이자카야에서는 계단 밑 같은 구석 자리를 고른다. 그리고 벽에 붙은 메뉴를 훑어본 후 주문한다.

오타 아니, 그 전에 주인장이 물수건을 가져오기 때문에 일단은 맥주부터 주문합니다. 기본 안주에 맥주를 마시며 벽의 메뉴를 천천히 둘러봅니다. 처음에는 이것, 다음에는 저것, 세 번째로는 저것, 네 번째로는 저것. 여유가 있으면 다섯 번째 접시까지. 적어도 다섯 개까지는 전체 계획을 세웁니다.

쇼지 쉽지 않겠는데요?(웃음)

모둠 주문은
떳떳하지 못하다

오타 계획이 끝나면 소리를 내지 않고 점원을 부릅니다. "저기요~"나 "여기~"하며 손을 드는 것은 초심자나 하는 짓이니 자연스레 시선이 마주치기를 기다리는 거죠.

쇼지 계속 기다린다고요?

오타 사람에게는 '눈의 힘'이라는 게 있어요. 내게 등을 돌리고 있는 사람이더라도 계속 이렇게 바라보다 보면 시선을 느껴 돌아보게 됩니다. 그 순간 이렇게(검지를 구부리며 이쪽으로 오라는 손짓) 부릅니다. 그리고 주문하죠. "따끈한 데도리카와(이시카와현에서 만든 사케) 한 병에 생선회."

쇼지 한꺼번에 안주 전부를 주문하는 게 아니군요. 우선은 생선회부터.

오타 매번 저는 생선회를 꼭 주문합니다. 모둠회도 있지만 모둠은 절대 주문하지 않아요. 직접 골라서 결정하죠.

쇼지 모둠회는 별로인가요?

오타 모둠은 아마추어나 하는 주문이죠. 스스로의 결정을 방기하고 타인에게 맡기는 것이니까요. 그날의 생선회 메뉴 중 심사숙고해 세 종류로 범위를 좁힙니다. 흰살 생선, 붉은살 생선, 조개류. 이 정도가 딱 좋죠.

쇼지 처음부터 대뜸 모둠 튀김 같은 걸 시킨다면 최악의 선택이겠네요?

오타 처음부터 모둠 튀김이라⋯. 글쎄요, 가능하다면 모둠 메뉴는 선택하지 않길 바랍니다.

쇼지 모둠은 하등한 선택이다?

오타 하등하다고 할 수는 없지만 주체성은 없죠.

쇼지 삶의 자세라는 면에서 별로라는 거군요.

오타 적어도 창의적인 인간은 아닌 거죠. '스스로 생각하며 살자'고 말하고 싶어요.

쇼지 사케는 어떻게 고르십니까?

오타 사케도 마찬가지로 복잡한데, 메뉴에 있는 술이 안주와 어울리지 않는다고 판단되면 주인장에게 다른 술이 있는지 물어봅니다. 있다고 하면 "죄송한데요" 하고 몇 종류를 가져오게 합니다. 그리고 그 안에서 고르죠. "군마현의 미즈바쇼(水芭蕉) 따뜻하게 한 병." 이런 식으로요.

쇼지 한 병에 대체로 600엔 정도짜리로?

오타 600엔은 좀 애처롭고 대체로 800엔 정도죠.

쇼지 과연 다르시네요. 오타 씨는 사케에 상당한 지식을 가지고 계시잖아요.

오타 가지고 있죠.(웃음) 각 지역의 좋은 술에 관해서는.

쇼지 맛도 구별해서 기억합니까?

오타 어느 정도는 구별합니다. 자동차를 좋아하는 사람은 자동차에 대해 이것저것 알고 있잖아요. 저야 그쪽에 대해선 문외한이지만, 포르쉐 몇 년식 어쩌고저쩌고 하는 것들. 그런 것과 마찬가지 아닐까요. 원하는 맛이 떠오르면 '오늘은 이 술로 하자'는 것이 정해지죠.

쇼지 술의 이름과 맛, 몇 종류 정도 구별하십니까?

오타 기본적으로 200종 정도 됩니다.

쇼지 오, 200종이나요?

오타 200종은 기본이지요.

쇼지 대단하네요.

오타 그리고 이자카야에서 혼술을 할 때 지켜야 할 매너가 있습니다. 다른 손님과 시선을 마주치지 않는다는 거죠.

쇼지 그렇겠네요. ㄷ자 모양 카운터가 많기 때문에 가끔씩 서로 눈이 마주칠 때가 있어요.

오타 다른 손님을 쳐다보지 않는 게 좋죠. '혼자서 이러고 있는 모습을 누군가에게 보여주기 싫다'는 것이 암묵적인 기본 룰입니다.

쇼지 오타 씨에게도 보여주기 싫어하는 마음이 있나요?

오타 글쎄요, 꼭 그렇지만은 않고, 내 혼술 현장을 누군가 봤다는 사실로 절반의 연대감 같은 게 생기죠. '서로 무시합시다'라는 연대. 골치 아픈 연대.(웃음) "어디서 오셨소?" 같은 말을 해서는 안 됩니다.

커뮤니케이션을 해서는 안 되죠. '나는 혼자 술을 마시러 왔고, 당신과 대화를 나눌 생각이 없다'는 연대감이 생긴다고나 할까요?

쇼지 무슨 말인지 알겠습니다.

오타 하지만 가끔, 어쩐지 죽이 맞을 것 같은 사람과 만날 때가 있어요. 말은 하지 않지만 '이렇게 이자카야에 혼자 오는 걸 보니 좋은 놈이네' 하고 생각하죠. 그런데 바로 그 타이밍에 "늦었지? 미안~" 하면서 여자가 등장합니다. 순식간에 의기양양, 우쭐해지는 그쪽의 눈빛.(웃음)

쇼지 설마 우쭐대기야 했을까요?

오타 실은 우쭐대지 않았는데 우쭐댄다고 생각하는 나의 이 비루한 마음. 갑자기 우렁차게 "한 병 더!" 외치기도 하고.(웃음)

연기, 메뉴판, TV
타인의 시선에 대처하는 방법

쇼지 이자카야에서 혼술을 즐길 때, 딱 하나 신경 쓰이는 게 있습니다. 사람들이 나를 어떻게 바라볼까에 대한 문제이지요. 와자지껄 모여 앉은 사람들 사이, 홀로 앉아 술을 마시는 나를 사람들은 어떻게 보고 있을까….

오타 어떻게 본다고 생각하십니까?

쇼지 '아, 저 사람은 친구가 없구나. 성격이 나쁜가 보다' 이렇게 생각하는 거 아닐까요?(웃음) 보통 이자카야는 서너 명 정도 모여 왁자하게 마시는 곳이잖아요. 친구와 함께 가는 곳.

오타 쇼지 씨는 스마트폰 쓰시나요?

쇼지 아뇨.

오타 저도 마찬가지입니다. 그러니 볼 게 없죠.

쇼지 수첩을 꺼내 보거나 하죠. 가끔 일부러 고개를 끄덕거리며 연기도 합니다. 얼굴을 찌푸리며 '아, 큰일 났다' 같은 표정을 짓거나.(웃음)

오타 아무도 이쪽엔 관심 없는데 말이죠.

쇼지 그러니까요.(웃음) 아무튼 혼술에서 제일 먼저 생각하게 되는 것도 그 지점입니다. 사람들은 나를 어떻게 바라보고 있을까. 중간중간 애매하게 어색한 시간도 있고요. 이럴 때는 뭘 해야 좋을까요?

오타 딱히 뭘 하려고 하지 않아도 됩니다. 우리에게는 '메뉴판'이라는 최고의 도구가 있으니까요.

쇼지 메뉴판이야 쓱 보고 나면 끝이지 않습니까? 언제까지고 메뉴판을 보지는 않죠. 때로는 30초 만에 끝나기도 하고.

오타 아뇨, 저는 메뉴판만으로 한 시간은 마셔요. 도쿄 나카노구에 가면 '다이니 치카라 슈조'라는 이자카야가 있는데, 그 집에는 벽 한 면 전체에 메뉴가 붙어 있어요. 이쪽도 봐야 하고 저쪽도 봐야 해서 목이 뻐근해질 정도죠.

쇼지 그 집에는 TV까지 있죠. 혼자 마실 때 TV도 도움이 됩니다. '나

는 지금 내가 좋아하는 프로를 보고 있다'는 구실을 댈 수 있으니까요.(웃음)

오타 그렇죠. 비록 음소거 모드이기는 해도.(웃음)

쇼지 이자카야에 일행과 동행하면 서로 술을 따라주고 그러잖아요. 저는 그게 별로예요. 따르는 것도, 받는 것도.

오타 서로 따라주는 술이 좋지 않나요?

쇼지 아, 그래요? 따라주는 술을 받아요?

오타 받기도 하고 따라주기도 하죠. 제가 비록 혼술파이기는 해도 이성과 둘이서 마시는 술은 대환영입니다.

쇼지 이성? 이성이라고 하면 복잡해지는데. 아무튼 지금까지의 이야기는 남자를 상정하고 한 이야기니까요.

오타 남자와 이자카야에 가면 상대방이 뭘 시키든 말든 내 것만 주문합니다. '생선회는 이것, 술은 저것' 이런 식으로 말이죠. 그리고 주문한 술이 나오면 자작으로 시작합니다.

쇼지 그럴 경우 보통 상대방이 술을 따라주잖아요?

오타 "됐어" 하고 내 술은 내가 따라 마십니다. 내가 주문한 회가 맛있어 보인다고 한 점 달라고 하면 "안 돼. 자기 몫은 자기가 주문해" 하고 거절합니다. 나눠주기 싫은 거죠. 남자들에겐 불친절합니다. 하지만 상대가 이성이라면 다르죠. "어떤 게 좋아? 어떤 거 먹어볼래?" 이런 식이니까요.

쇼지 어쩜 그리 다를 수 있죠?

오타 남자들에게 친절하게 굴어봤자 돌아오는 게 없잖아요.

쇼지 이성의 경우엔?

오타 보상 같은 게 있기를 기대하죠. 당연한 거 아닌가요?(웃음)

쇼지 뭔가 불순하네요. 오타 씨의 이번 발언은 애주가의 법도에 반하고 있어요. 이성과 단둘이 술을 마시는 부분에 있어서는 전혀 딴 세상 이야기군요. 상당히 불쾌한데요?(웃음)

오타 아이고, 죄송합니다.(웃음)

쇼지 아직 본 적이 없는데, 이자카야에서 여자 혼자서 혼술 하는 경우도 있나요?

오타 요즘에는 있어요. 회사 밀집 지역인 마루노우치나 가스미가세키 근처에서 종종 볼 수 있죠. 그 근처의 '에도이치(江戶一)'라는 이자카야에서 혼술 할 때의 일인데, 검은 수트 차림의, 누가 봐도 전문직 종사자로 보이는 여자분 혼자 가게에 들어왔어요. 그러고는 곧바로 이쪽으로 앉으라는 권유를 받게 되죠.

쇼지 네? 같이 마시자고요?

오타 아뇨, 이자카야 안주인이 한 말입니다.

쇼지 아, 그렇군요.

오타 제가 한 말이 아닙니다.(웃음)

쇼지 그러니까요. 이상하다 싶었습니다.(웃음)

오타 이자카야의 사장님들은 혼자 온 여자 손님에게 더 세심하게 마음을 쓰니까요. 홀로 술잔을 기울이는 모습을 보고 있자니 동질감도 느껴지고, 뭔가 아, 좋구나 싶었습니다. 꼰대 상사 때문에 무슨 일이 있었던 건 아닐까? 이런저런 상상을 하게 되기도 하고 말이죠.(웃음)

프랑스식 개인주의,
다들 동경하고는 있지만

오타 저는 사실 쇼지 씨께 큰 도움을 받아왔습니다. 꽤 예전, 《마이니치신문》에 연재하던 서평 〈이 세 권의 책〉 칼럼에 제가 쓴 《엄선, 도쿄의 이자카야》를 한 권으로 선택해 주신 일이 있었죠. 그리고 그 뒤에도 제 변변찮은 문고본의 표지 그림과 해설을 부탁드린 적도 있었습니다. 은인이라고 할까요, 정말 감사드리고 있습니다.

쇼지 지금도 그 책을 소중히 간직하고 있어요. 이자카야의 모든 메뉴가 수록되어 있다는 점이 좋았습니다. 획기적이었죠.

오타 그 책이 팔린 건 제가 글을 잘 써서가 아니라 모든 메뉴를 넣었기 때문이었습니다.(웃음) 아무튼 그 유명한 쇼지 씨께서 이런 책을 봐주셨다고 생각하니 하늘을 날 것 같은 기분이었습니다. 지금이야 사라진 가게도 있고 더 이상 내놓지 않는 메뉴도 많지만 어떤 의미에서는 사료적인 가치도 있지 않나 생각합니다.

쇼지 충분히 그런 가치가 있다고 생각합니다. 비슷한 부류의 책조차 없으니까요. 《엄선, 도쿄의 이자카야》는 역사에 남을 명저라고 생각해요.

오타 역사적인 명저라니, 기쁘기 그지없네요.(웃음)

쇼지 그런데 오타 씨는 선술집에 대해서는 어떻게 생각하십니까? 혼자 선 채로 한잔한다는 것.

오타 선술집은 술집 중에서도 고독감이 가장 강한 곳이죠.

쇼지 그럴 것 같아요. 선술집에서 만난 모르는 사람과 이야기를 나누거나 하지 않으니까요.

오타 전혀 나누지 않죠. 서서 먹는 소바집과 마찬가지로요.

쇼지 손님이 많다 보면 폭이 좁은 테이블을 가운데 두고 마주 보게 되는 경우도 있잖아요. 혼자서 서너 가지 안주를 주문하면 테이블을 차지하게 되는데 그게 민망할 때가 있어요. 그래서 선술집에서는 안주를 두 개까지만 주문합니다.

오타 명언이네요. 진짜 그렇죠. 이자카야에서도 그렇게 합니다만, 술 외에 놓는 것은 두 개까지만 허용합니다. 메인과 서브. 생선회와 에다마메. 이런 식으로 말이죠.

쇼지 허락된 내 영역이라는 게 있으니까요.

오타 약 30센티미터 정도이지 않을까요?

쇼지 상대방이 안주를 서너 접시 시켜 내 영역을 침범하면 굉장히 분하죠.

오타 그럴 때는 그 안주를 먹어버리면 됩니다.

쇼지 그랬다가는 싸움 나죠.(웃음) 선술집을 좋아하기는 하지만 피곤한 것도 사실이에요. 중간에 앉고 싶어지니까요.

오타 생각해 보면 혼술, 혼밥은 개인주의입니다. 프랑스식의 건강한 개인주의죠. 그렇기 때문에 저는 혼술과 혼밥이 최고라고 생각합니다. 남들이 어떻게 보건 상관없이 말이죠.

쇼지 다들 동경하고 있다고는 생각합니다. 여유롭게 혼술, 혼밥을 즐기고 싶죠. 하지만 역시나 그 지점이 쉽지만은 않아요. '세상이 나를 어떻게 바라볼까?'에 대한 부분 말이죠.(웃음)

오타 지금은 70대 이상의 인구가 많아졌습니다. 그런데 집에서는 귀찮은 폐품 취급을 받아요. 어디든 제발 좀 나갔다 오라고 합니다. 그런 사람들이 혼자서 부담 없이 갈 수 있는 곳이 어디겠습니까? 이자카야 정도 아닐까요? 그러므로 혼술을 즐길 줄 아는 게 중요하다고 생각합니다.

쇼지 중요하지요. 그래서 다들 동경하기도 하고요. 이자카야 혼술의 이상적인 모습 같은 걸 제시해 보면 어떨까 싶어요. '저 사람은 혼자서 술을 마시지만 당당하다. 품격이 있다' 같은 인상을 줄 수 있는.

오타 당당하고 품격이 있는 사람은 어떻게 마실까요?

쇼지 일단은 움직임이 적습니다. 출렁대는 사람 중에는 대체로 소인배가 많고, 귀하신 몸은 대체로 움직임이 진중하죠. 여유롭고 당당합니다.

오타 선생님, 주문은 어떻게 해드릴까요?(웃음)

쇼지 벽을 흘깃거리는 건 별로입니다. 테이블 위의 메뉴판을 찬찬히 보죠. 메뉴판의 뒷면도 뒤집어 봅니다. 만약 뒷면이 백지더라도 곧바로 뒤집지 않고 천천히 뒤집습니다. 당황해서 뒤집어서는 안 되는 거죠.(웃음) 가끔씩 고개도 끄덕거려 주면 좋습니다. 묵직하고 침착해야 합니다.

오타 묵직해야 한다고 하셔서 금방 급하게 다리를 벌려 자세를 고쳐 앉았습니다.(웃음)

쇼지 아무래도 다리 간격은 적당히 벌려 여유롭게 앉는 게 좋죠.(웃음)

오타 그리고 안주를 정했다면 다음엔 어떻게 하십니까?

쇼지 "일단 맥주 한 잔"이라는 표현은 그리 좋지 않습니다. '맥주여야만 한다'는 분위기를 내야 합니다. 그러므로 '일단'이라는 단어는 생략하고 한 단어면 족합니다. "맥주." 정중하고 무게 있게.

오타 (손을 들어 올리며) "저기 죄송한데요~"라고 한 다음에 "맥주"는 어떻습니까?

쇼지 안 됩니다. 움직여서는 안 되니까요.

오타 점원이 올 때까지 기다려 주문을 하면 되는 거군요.

쇼지 딱히 서두르지 않습니다. 오지 않으면 오지 않는 대로 몇 시간이라도 기다립니다. 귀하신 몸이니까.(웃음)

오타 안주를 주문할 때는 "생선회"라고만 하면 되겠군요?

쇼지 "흰살 생선회."

오타 멋지네요. 맥주. 흰살 생선회. 뭐든 명사로 끝내는군요.

쇼지 그렇죠. 동사나 조사는 쓰지 않습니다. 오래된 시에서나 볼 수 있는 체언 종결 방식.(웃음) 그러고는 당당한 모습으로 주문한 것을 기다립니다.

오타 술을 추가로 시킬 때는 어떻게 해야 할까요?

쇼지 이게 어렵죠. 아무래도 주인장을 불러야 하니까요. "어이~"나 "여기~" 하며 부르기도 그렇고.

오타 "죄송한데요~"도 별로죠. 특별히 사과해야 할 일도 아니니까요.

쇼지 물론입니다. 지금 나는 귀하신 몸이니 귀하신 몸 노선으로 가야 하지 않을까요? 턱을 적절히 사용하는 거죠.

오타 빈 병을 이렇게 옆으로 흔들어 보이고 주문하는 건 어떻습니까?

쇼지 풋내기나 그렇게 하죠.(웃음) 어딘가 구걸하는 느낌이 든다고나 할까요. 빈 병을 움직인다면 좌우로 움직여서는 안 됩니다. 상하로 살짝 움직여야죠.

오타 빈 병을 눕혀놓는 건 어떻습니까?

쇼지 그런 쓸데없는 움직임은 안 됩니다. 만약 이자카야에서 뭔가 행동을 해야 한다면 에도시대의 영주나 귀족을 떠올려보면 좋습니다. 귀하신 몸이라면 어떻게 몸을 움직일까 생각해 보는 거죠.

오타 그렇군요. 그 사람이 어떻게 자랐는지, 교양은 어느 정도인지 그 모든 것들이 행동으로 드러나게 마련이니까요. 그렇게 한 40분 정도 앉아 있으면 가게의 다른 사람들도 인정하기 시작할 것 같아요. '저 사람은 어딘가 다르다. 뭔가 정말 대단한 사람은 아닐까? 저런 사람이 와주면 우리 가게의 품격도 올라갈 것 같다' 등등.

쇼지 그렇게 생각해 주면 좋죠. 좀처럼 그런 일은 없지만 말이죠.(웃음)

귀하신 몸이라면
"거스름돈은 됐소"

오타 귀하신 몸이니 너무 취해서도 안 되겠어요. 맺고 끊음을 제대로 해야 하니까요. 계산을 할 때는 어떻게 하십니까? 돈을 치를 때도 그 사람의 품격이 나오기 마련이죠.

쇼지 카드가 제일 좋긴 한데….

오타 작은 이자카야에서 카드는 좀 그렇지 않나요? 현금으로 주길 원하니까요.

쇼지 "나는 항상 카드 계산이오만…" 하면서 일단은 카드를 내밉니다.

오타 어쩐지 지금까지의 귀하신 몸과는 다른 느낌이네요.(웃음) 카드는 관둡시다. 현금으로 깨끗하게 지불해 보죠.

쇼지 일단 계산서는 무시합니다. 계산서를 보지 않죠. 지갑을 꺼내면서 얼마냐고 물어봅니다.

오타 "6,500엔입니다."

쇼지 그러면 "음" 하며 만 엔짜리를 한 장 꺼냅니다. 천 엔짜리가 있어도 말이죠. 그러고는 "거스름돈은 됐소"라고 합니다.

오타 9,600엔이라면 몰라도 6,500엔이라면 거스름돈을 받고 싶은데

요?(웃음)

쇼지 아니, 그렇게 말해도 가게 주인은 반드시 거슬러 줍니다. 부담스러운 거죠. 그러니 결국은 말만 그렇게 할 뿐.(웃음) 거슬러 주면 "정 그러시다면…" 하며 거슬러 받습니다.

오타 귀찮은 손님이네요.(웃음)

쇼지 그렇긴 하네요.(웃음) 아무튼 그만큼 어려운 거죠. 이자카야에서 혼술을 제대로 즐긴다는 건 말이죠.

오타 어쩌면 이자카야는 남자의 멋을 제대로 갈고닦을 수 있는 곳이지 않을까 싶습니다.

쇼지 맞는 말입니다. 제대로 된 혼술의 경지란 그리 쉽게 얻어지는 게 아닐 겁니다.

오타 말마따나 '귀하신 몸'의 품격을 유지하고 싶다고 한들, 그게 몸에 배어 있지 않은 이상 생각만으로는 쉽지가 않으니까요. 아직 배워야 할 게 많습니다.

쇼지 그러게요. 길은 멉니다. 쉽게 도달할 수 있는 길은 아니죠.

→ 특별 대담 후편은 285쪽에서 계속됩니다.

번
민
편

먹는 문제는
괴롭지만
괴롭지 않다

라멘집 사장님 관찰기

라멘은 끓는 물에 면을 삶아 건지는 타이밍이 까다롭다. 너무 퍼지게 삶아도 안 되고 너무 딱딱하게 삶아도 안 된다. 라멘집 사장님이 가장 신경을 쓰는 부분도 바로 이것이다.

손잡이 달린 뜰채에 생면을 한 덩이씩 넣고 타이머에 맡기면 간단하나, 냄비에 바로 면을 던져 넣고 사장님의 감에 의존하는 옛날 방식도 있다. 잘되면 문제가 없지만 잘되지 않을 수도 있는 방식이다. 그러므로 라멘집 경력 30년에, 성실하고 정직한 성격과 라멘에 대한 깊은 애정을 소유한 사장님이라 할지라도 손님 입장에서 안심하고 있을 수만은 없다.

라멘집 경력 30년.
성실하고 정직한 성격에
라멘에 대한 애정도 깊다.

↑ '이런 사람이라면
안심해도 좋은가'라고
묻는다면…

라멘집 사장님들은 제아무리 성실하고 정직한 성격이라 할지라도 TV를 보면서 일한다. 이 부분에서 여러 가지 문제가 발생한다. 일단은 큰 냄비에 생면을 던져 넣는다. 그러고는 조금 전에 양념을 담아둔 대접에 큰 국자로 육수 한 국자를 붓는다. 허여멀겋던 육수가 점점 '라멘 국물 색'이 된다. 그런 다음 '일단 여기까지 해뒀으니 됐고' 하는 느낌으로 TV 화면을 올려다본다.

요즘 시기라면 TV에서 스모 경기를 중계한다. 오후 4시 정도면 아직 초반인지라, 그냥저냥인 스모 선수와 그럭저럭한 스모 선수가 경기를 하고 있다. 곧 면을 건져야 할 타이밍인데 TV 화면에서는 그럭저럭이 그냥저냥을 스모판 끄트머리 쪽으로 몰아붙인다. 그냥저냥이 발가락 끝으로 버티고, 그럭저럭이 몸을 낮춰 밀어붙이고, 이때 그냥저냥이 들배지기로 반격을 가한다. '승부가 났구나' 하고 사장님이 뜰채를 손에 쥔 그 순간, 가까스로 버티던 그럭저럭이 기사회생해 스모판 한가운데로 되돌아온다. 형세는 다시 막상막하.

이렇게 되면 제아무리 성실하고 정직한 성격의 사장님이라 할지라도 면 삶기보다 승부를 우선할 수밖에 없다. 그러다 보면 결국 면은 너무 많이 삶아지게 된다. 성실하고 정직했음이 분명한 그 사장님은 그런 면을, 그리 미안해하는 기색도 없이 뜰채로 건진다. 착착 물기를 털고 대접에 넣는다. 기다란 젓가락을 그릇 아래쪽에 집어넣은 다음 면 전체를 들어 올려 중간쯤을 접어 내리는 몸짓을 한다. 그러고는 면의 표면을 어루만지듯 정리한다. 아무래도 면의 형태를 정리하기 위한 행동 같은데, 대부분의 경우 그 동작을 하기 전과 하고 난 후에 그리 큰 변화는 없다. 자, 그럼 아무 의미 없는 행동이냐고 한다면 그렇지는 않고 '이제부터 손님에게 귀여움을 받으렴'이라고 속삭이는 것처럼 보이기 때문에 꽤나 훈훈한 장면이라고 나는 생각한다.

면을 들어 올려 중간쯤을 접어 내리는 기술

드디어 내 라멘 그릇에 국물이 채워졌고, 면도 들어갔고, 사랑의 어루만짐도 끝이 났다. 라멘 제작은 최종 단계로 돌입한다. '이제 곧 먹을 수 있다!' 이 생각이 왠지 모르게 몸을 들썩이게 만든다. 양손으로 의자를 붙잡고 끄덕끄덕 의자를 흔들어대는 사람도 있다. '젓가락 통에서 젓가락을 챙기는 게 좋지 않을까? 아니야, 너무 빠른 걸 수도 있어' 하고 망설이는 것도 바로 이 무렵이다. 이제부터 차슈(간장 베이스 소스에 조리한 돼지고기)를 올리고 멘마(죽순 장아찌)를 올리고 김까지 올리면 완성이다. 차슈는 미리 썰어두는 가게도 있고 때마다 썰어 쓰는 가게도 있다. 이 가게는 그때그때 썰어서 올리는 가게다.

사장님이 칼을 들었다. 왼손으로 차슈 덩이를 누르고 칼날 앞쪽을 차슈 덩이에 갖다 댄다. 그런데 칼끝 위치가 차슈 덩이 끝에서부터 1센티미터의 위치다. 오! 두껍다. 다른 가게들은 고작 해봐야 겨우 5밀리미터 정도인데! 이 사장님, 좋은 사장님이다. 이케부쿠로 라멘집 '다이쇼켄'의 사장님(야마기시 가즈오. '라면의 신'이라 불리며 전 국민적으로 유명한 다이쇼켄의 창업주), 라멘을 사랑해 마지않는 그 사장님만큼이나 좋은 사장님이다.

이런 생각을 하며 보고 있는데, 차슈가 비스듬히 잘려 나간다. 칼끝이 도마에 닿았을 때는 끝에서 3밀리미터의 위치다. 아니 이게 무슨 경우란 말인가! 어처구니없는 사장님이다. 극악무도한 사장님이다. 다이쇼켄은 취소다. 극악무도한 사장님은 그 차슈를 부끄러운 기색도 없이 면 위에 얹는다.

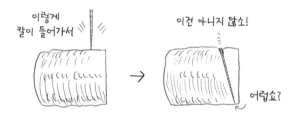

다음은 멘마 토핑이다. 멘마를 젓가락으로 대충 집어 면 위로 가져가는 중이다. 아, 멘마 하나가 떨어졌다. 떨어졌으니 당연히 주워주겠지. 아, 줍지 않는다. 그냥 내버려 둔다. 그러고는 이제 김을 올리려 한다. 여보쇼, 사장 양반! 거기 떨어져 있는 그 멘마, 내 멘마란 말이오! 실로 악행의 연속이다. 아, 방금 멘마를 젓가락으로 집어 올렸다.

'뭐야, 그랬었구나. 나중에 주워서 올려줄 생각이었구나.'

이 사장님, 좋은 사장님이다. 아⋯ 그런데 사장님, 주워 올린 녀석을 멘마가 담겨 있던 통에 던져 넣는다. 방금 전 칭찬은 다시 취소다.

그야말로 일희일비. 주인장의 일거수일투족에 카운터석에 앉은 나만 혼자 바쁘다. 허리를 곧추 세워 쳐다보다가, 허리를 푹 꺾고 좌절하다가, 눈을 부라리고 째려보다가, 갑자기 또 눈초리가 흐뭇해진다. 인생을 살며, 이렇게나 한꺼번에 희로애락이 찾아오는 경우가 있을까? 그리 흔치는 않을 것이다. 공연을 보러 가도, 이 정도로 피를 끓게 만들고 심장을 요동치게 하는 경우는 거의 없지 않을까 싶다.

사장님은 아마, 자신이 이렇게나 관객을 감동과 낙담의 폭풍 속에 끌어넣고 있었다고는 생각지도 못할 것이다. 사장님 입장에서 보면, 젓가락으로 집어 든 멘마가 한두 개쯤 떨어지는 건 매번 있는 일로, 그것까지 계산에 넣어 넉넉하게 집었던 건지도 모른다. 차슈도 마찬가지다. 처음에 너무 두껍게 칼이 들어갔기 때문에 각도를 조절했을 뿐일 수도 있다.

생각해 보니 차슈의 두께로 인격을 판단한다는 것 자체에 무리가 있었다. 가게를 나와 이 사이에 끼인 것을 츱츱대며 그렇게 반성했으나, 다음 번에 갔을 때도 똑같은 과정을 겪어야 했던 건 어찌 된 영문일까.

카레 국물 부족 사태

친애하는 독자 여러분께 미리 전해둬야 할 사실이 있다. 지금 나는 이 원고를 분노에 떨며 쓰고 있다. 또한 이 글이 내 피의 절규라는 사실도 미리 말해두지 않으면 안 된다. 여러 해 쌓인 원한, 50년 묵은 원한이라는 사실도 미리 전해둬야만 한다. 두꺼운 4B 연필로 이 원고를 쓰고 있는데, 너무 화가 난 나머지 연필심이 원고지에 깊은 자국을 남기고 있다는 사실도 전해두지 않으면 안 된다.

여러 해 쌓인 원한, 50년 묵은 한이 뭐냐고? 아아, 어쩐지 심장박동이 거칠어지기 시작했다. 그건 바로 '카레 국물이 부족하다!'는 사실이다. 카레집에서 카레 국물에 인색하다니! 빠각!(여기서의 '빠각!'이 연필심 부러지는 소리라는 건 굳이 설명할 필요도 없을 것이다.)

카레 국물을 두고 '소스'라고들 하는 모양이지만, 지금은 내가 흥분한 상태이므로 소스라는 물러터진 표현을 쓸 수 없다는 사실도 양해해 주길 바란다.

나는 '부족한 카레 국물'에 대한 한을 품고 오랜 세월 괴로워해 왔다. 아, 괴로웠던 50년이여. 나는 지난 50년 동안 카레를 먹어왔다. 그 50년 동안 단 한 번도 "아, 오늘은 카레 국물이 충분해서 남겨버렸네"라고 말해본 경험이 없다. 언제, 어느 가게에서 카레를 먹어도 국물은 부족했다. 부족하고 또 부족했다. 카레를 주문하고 카레가 도착하면 늘 이런 생각을 한다. '이 부족한 국물을 어떻게 나눠 변통해 가며 식사를 무사히 마칠 것인가.' 그런데도 매번, 늘, 부족했단 말이다! 부들부들….

카레를 먹는 동안은 무사히 이 식사를 마치는 것에 대해서만 생각한다. 첫 숟갈에 카레를 듬뿍 뜨고는 '아, 안 돼. 너무 많이 먹었어' 하며 반성한다. 다음 숟갈에는 절약해야 한다는 생각에 카레 국물을 적게 얹어 먹고는 '그것 봐. 맛이 있을 리 없지' 또 이렇게 반성한다. 무절임으로 시간을 벌자는 생각에 무절임을 몇 입 먹다가 '잠깐만, 무절임만 이렇게 먹어서는 안 돼. 후반에 정말로 국물이 없어졌을 때 곤란해지잖아' 이렇게 반성에 또 반성만 해대고 있다.

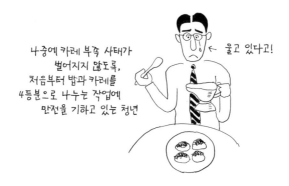

나중에 카레 부족 사태가 벌어지지 않도록, 처음부터 밥과 카레를 4등분으로 나누는 작업에 만전을 기하고 있는 청년

← 울고 있다고!

한 입 먹고 철렁, 두 입 먹고 철렁철렁. 이 포식의 시대에 부족함에 떨어가며 먹어야 하는 음식이라니. 세상에 그런 음식은 카레뿐이지 않을까. 카레 국물 정도는 듬뿍 얹어 달란 말이다!

규동집을 보라. '육수 듬뿍'이라고 하면 소고기 국물을 찰랑찰랑하게 부어준다. 원하면 원하는 만큼 준다. 하지만 카레집은 국물을 아끼고 아낀다. 손님이 그것 때문에 괴로워하는데도 모르는 척 외면하고 있다. 라멘집은 또 어떤가. 국물이 너무 많아서 다들 남길 정도다. 심혈을 기울여 끓여낸 국물을 손님이 남기더라도 라멘집 주인은 동요하지 않는다. 묵묵히 개수대에 흘려 보낼 뿐이다. 카레집도 손님이 국물을 남길 만큼, 그 국물을 개수대에 버릴 만큼 듬뿍듬뿍 끼얹어 달란 말이다! 빠가각!(연필이 두 동강 나는 소리.)

카레 1인분의 국물 양은 전국적으로 거의 동일하다. 현재의 그 구두쇠 같은 양을 도대체 누가 결정했단 말인가. 소비자와 상담해서 결정한 것일까? 나는 그런 소리 들어본 적도 없다. 자기네들이 마음대로 결정한 양 때문에 민중은 괴로워하고 있다. 카레 국물 양이 충분한지에 대해 열 명에게 물어봤더니 열 명 중 열 명이 국물이 부족하다고 울부짖었다. 적어도 지금의 두 배는 필요하다고 눈물을 훔쳤단 말이다.

현재, 카레집에서 내놓는 1인분의 양이 어느 정도인지 구체적으로 알고 있는 사람은 드물다. 손잡이가 달린 그릇에 카레를 담아내는 가게에 가본 적 있을 것이다. 그러나 그 카레 양이 판메밀용 장국 분량 (대략 종이컵 한 컵 분량)이라는 사실을 아는 이는 그리 많지 않다. 카레

같은 양이다. →

큰 사이즈의 판메밀용 장크 그릇

는 그것만으로 한 끼를 해결해 내야 하는 반찬이다. 심지어 액체로 된 반찬이다. 그런 반찬이 장국 한 컵으로 충분할 리 없지 않은가.

여기까지 읽은, 친애하는 나의 독자들은 새삼스레 맞닥뜨리게 된 이 사실에 분노를 금치 못할 것이다. 1960년대 이케다 내각은 '소득배증(국민소득을 두 배로 늘이겠다는 이케다 내각의 장기 경제 계획)'을 제창해 국민의 압도적인 지지를 받았다. 우리도 '카레 국물 두 배 운동'을 전 국민에게 호소해야 한다고 본다. 만약 이 캠페인이 실패한다면 정부에 호소해 관련 정책을 만들게 해야 하지 않을까.

국민은 카레 국물 부족에 허덕이고 있다. 민중의 소리 없는 아우성을 구제해 내는 것 또한 정부가 해야 할 일이다. '우정국민영화'도 중요하겠지만 '카레 국물 두 배 증량' 또한 전 국민이 외치는 피의 목소리다. 현 내각의 정책에 이 문제가 포함된다면 지지율 상승은 틀림없을 것이다.

카레동

주카동

밥 전체에 끼얹어 줌

그런데 왜 카레라이스는 절반밖에 안 주는가?

일희일비 오니기리

사람들은 오니기리를 어떤 식으로 먹고 있을까? 최근 들어 이 문제가 몹시 궁금해졌다. '어떤 식으로 먹고 있을까?'라는 말은 '밥과 그 안에 있는 속재료를 어떤 식으로 분배하며 먹고 있을까?'라는 의미다.

여기에 밥 한 그릇과 연어구이 한 조각이 있다고 해보자. 이렇게 먹을 땐 밥과 연어를 번갈아 보며 '밥 한 입 분량에 연어는 이 정도'라고 분배할 수가 있다. 그런데 밥과 연어를 결합해 오니기리로 만든다면? 밥은 눈에 보이지만 연어는 눈에 보이지 않는다. 보이지도 않는 연어를 어떻게 분배하며 먹어야 할까? 사람들은 어떤 식으로 먹고 있을까? 밥과 속의 분배 문제. 오니기리를 먹을 때마다 줄곧 이 문제 때문에 괴로웠다.

오니기리는 속재료 주변을 밥이 감싸고 있는 구조다. 그러므로 오니기리의 첫입은 맨밥인 경우가 많다. 그런데 나는 이게 싫다. 정말로 싫다. 한 입 분량의 밥에 적당량의 반찬이 들어 있지 않다는 게 매우 마음에 안 든다. 그런데 최근에 이런 말을 하는 사람과 만났다.

"맨밥만 먹게 되는 오니기리의 첫입. 그건 또 그것대로 좋다고 봐요."

놀라운 깨달음에 뒤통수를 한 대 맞은 느낌이었다. 반찬이 없으면 없는 대로, 있으면 있는 그대로를 즐긴다는 말이란 건 잘 알겠다. 그런데도 싫다. 절대로 싫다.

속재료 문제를 전혀
신경 쓰지 않는 사람

그 말을 듣기 전까지만 해도 오해하고 있었다. 일본인이라면 누구나 나와 같은 문제로 괴로워하리라 생각했다. 그런데 아무래도 그렇지 않은 모양이다. 그래 좋다. 첫입 문제는 괜찮은 것으로 하고 넘어가도록 하자.

자, 그럼 이런 문제는 어떤가. 오니기리 첫입을 '있는 그대로 즐기며' 먹은 다음, 두 번째 입부터 '내용물 포함기'에 돌입하게 되는데, 이때도 문제가 발생한다. '밥 한 입 분량과 반찬의 적정량'에 대한 문제다. 이 글 첫머리에 언급했듯 속재료는 밥에 싸여 있기 때문에 눈으로 볼 수가 없다. 그러므로 밥 한 입 분량에 맞게 반찬을 배분한다는 게 쉽지 않다. 오로지 앞니에 의지해 '이 정도면 될까?' 하는 어림짐작으로 속재료 부분을 베어 물고 있는 것이 작금의 현실이다. 그 결과 "지금은 연어 양이 너무 많았어. 아쉽네"라거나 "이번에는 명란젓 양이 너무 적었어. 신중을 기해야 해" 등 한 입 한 입 먹을 때마다 불평불만이 쌓이게 된다. 그래서 나는 오니기리를 베어 물기 전부터 걱정이 태산이다. 명란젓을 너무 적게 베어 물까 봐 두렵고, 우메보시 양이 너무 많지 않을까 우려한다. 결국 예상은 적중하고, 후회와 원통한 마음으로 그것을 씹어 삼킨다.

오니기리의 내용물을 눈에 보이도록 만드는 방법도 있다. 반으로 나눠 먹는 방법이다. 단면을 통해 내용물이 노출되기 때문에 어느 정도는 적당한 분배가 가능하다. 실제로 그렇게 먹는 사람을 본 적 있는데, 글쎄 뭔가 좀…. 그럴 거면 왜 굳이 오니기리를 먹나 싶다.

나는 늘 끙끙대며 오니기리를 먹고 있다. 내게 오니기리란 분함과 아쉬움과 조심스러움과 두려움과 후회와 우려의 음식이다. 오니기리는 초기의 '맨밥기', 중기의 '반찬 시작기', 중심부의 '반찬 최전성기'를 지나 다시 중기의 '반찬 감소기'를 거쳐 '맨밥기'로 끝이 난다. 하나의 오니기리 안에 변화무쌍한 역사가 숨겨져 있다고 할 수 있다.

화제가 바뀌지만 호소마키(속재료를 한두 종류만 넣어서 얇게 만 김밥)라는 걸 다들 알 테다. 테이크아웃 스시집 같은 곳에서는 낫토마키(낫토를 넣어서 만 호소마키), 덴표마키(양념한 박고지를 넣어서 만 호소

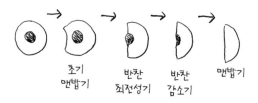

초기   반찬   반찬   맨밥기
맨밥기   최전성기   감소기

■ 오니기리의 흥망성쇠

마키), 뎃카마키(참치회를 넣어서 만 호소마키) 같은 것들을 썰지 않은 채 한 줄씩 팔기도 한다. 그 기다란 호소마키를 손에 든 채 입으로 베어 먹는다고 생각해 보길 바란다. 끄트머리에서부터 한 입. 속재료 포함, 게다가 양도 적당. 두 번째 한 입. 속재료 포함, 게다가 양도 적당. 세 번째 한 입. 이하 동문. 초기의 맨밥기도 없고 최전성기도 없다. 분한 마음도, 조심스러운 마음도, 두려운 마음도, 우려의 마음도 없다. 묵묵히 먹기만 할 뿐, 마음에 혼란이 일어나지 않는다.

그런데 어느 날, 기다란 낫토마키를 먹다가 오니기리의 '일희일비'가 어쩐지 그리워졌다. 지나치게 단조로웠기 때문이다. 그런데 또 어느 날은 오니기리를 먹다가 '호소마키의 무사태평함. 그건 또 그것대로 좋았다'는 생각을 하게 된다. 그러니 이런 방식은 어떨까 싶다. 한 손에는 오니기리, 한 손에는 호소마키. 둘 다 손에 쥐고 한 입씩 번갈아가며!

성가신 나루토

나루토(가운데에 소용돌이 문양이 있는 어묵의 일종. 라멘에 토핑으로 올린다)가 문제다.

라멘에 나루토를 토핑으로 넣는 경우가 있는데, 이건 도대체 어찌된 일일까? 아니, 그보다는 무슨 생각인 것일까? 나루토를 넣는 것에 무슨 의미가 있다는 것일까?

'것일까? 것일까?'라며 질문 공세를 퍼붓고 있는데, 누구에게 하는 질문인지는 나도 잘 모르겠다. 나루토 당국에게 하는 질문이라고 해두자.

요즘은 라멘에 나루토를 넣는 가게가 사라지는 추세다. 라멘 명가, 라멘 맛집이라 불리는 가게일수록 그런 경향이 강하다. 그런데 가끔은 '아니, 이런 맛집에서?!'라고 생각되는 곳인데도 나루토를 고수하기도 한다.

아무 생각 없이 라멘집에 들어간다. 주문한 라멘이 나오고 그릇 안을 살펴보는데 나루토가 들어 있다면? 이럴 때 당신이라면 어떤 생각을 하게 되는지? 그때의 심경을 간단명료하게 표현하기란 쉽지 않다. '큰일인데'도 아니고 '곤란한데'와도 약간은 다르고 '복잡해지겠네'라는 것이 그때의 내 심정에 가깝다.

누구나 만나보면 다 알겠지만, 나루토는 결코 나쁜 녀석이 아니다. 겉과 속이 똑같은 녀석이라는 인상도 있다. 나루토를 뒤집어 본 사람이라면 다 알겠지만, 나루토는 앞면과 뒷면이 똑같기 때문이다. 그런데 문제는 나루토가 라멘이라는 조직 속에서 겉돌고 있다는 느낌이 든다는 거다. 멘마도, 차슈도, 면도, 스프도 강한 필연으로 묶여 있다. 그런데 라멘 대접 속에서의 나루토는 외부자라는 느낌이 강하다.

인간관계로 보자면 다음과 같은 장면이 떠오른다. 동창회가 열리고 있다. 동창생들이 우르르 모인 자리에 교문 앞 문방구 사장님의 얼굴도 보인다. 어떤 연유에서 그리 됐는지는 알 수 없다. 원래부터 문방구 사장님은 말수가 적은 사람이었다. "어서 오세요"도 "감사합니다"도 없이 시종일관 입을 다문 채 손님을 상대하던 사람이었다. 이날도 아무 말 없이 한쪽 구석에 서 있기만 한다. '도대체 누가 부른 거야?' 싶은 마음이 든다.

라멘 대접 속의 나루토도 마찬가지다. '도대체 누가 부른 거야?' 싶은 마음이 드는 거다. 라멘을 먹는 내도록 나루토가 신경 쓰인다. 꼭 문방구 사장님 같다. 인사 정도는 하는 게 좋

문방구 사장님은 아마 이런 느낌이지 않을까.

겠다 싶지만, 언제 인사를 해야 좋을지, 그 부분이 성가시다. 라멘을 먹기 시작해 다 먹을 때까지 줄곧 신경이 쓰인다. 나루토가 들어 있는 탓이다. 나루토만 없었어도 이런 일은 벌어지지 않았다.

그렇다면 아예 처음부터 나루토가 없는 상태로 만들면 된다. 라멘이 도착하자마자, 지체 없이, 곧바로 문방구 사장님부터 처리하는 거다. 근데 이것도 꽤나 어려운 일이다. 옆자리에 앉은 손님이 깜짝 놀라기 때문이다.

'헉. 갑자기 나루토부터 먹다니. 위험한 놈이다.'

그래서 대부분이 나루토는 일단 내버려 두고 면이나 국물부터 먹기 시작한다. 나루토에 대한 선택지는 두 가지밖에 없다.

먹는다. 먹지 않는다.

라멘 속의 나루토는 붉게 소용돌이치고 있다. 그렇기 때문에 더 눈에 띈다. 라멘을 먹는 동안 계속 신경이 쓰이고 끊임없이 고민하게 만

조금 더 있다가 먹을까?

이 정도 깊이까지 들어간 순간에도 망설이는 사람이 있다.

든다. 고민하고 고민하다가 "에잇!" 하고 나루토를 먹어버린다. 그러고 나면 속이 정말 시원하다. 더 이상 성가시게 할 게 없기 때문이다.

주택 리모델링을 주제로 하는 〈비포&애프터〉라는 TV 프로그램이 있다. 그런데 라멘에도 그 비슷한 것이 있다. 나루토 이전&나루토 이후. '나루토 이후' 대접 속은 산뜻해지고, 쾌적해지고, 생활하기 편해지고…는 아니고, 먹기 편해진다는 변화를 맞이한다.

나루토에 대한 선택지는 '먹는다'와 '먹지 않는다'밖에 없기 때문에 처음부터 둘 중 하나를 선택하면 간단한 문제다. 그러나 나는 두 선택지 사이를 오락가락하느라 꽤 많은 에너지를 쓴다. 에너지를 너무 많이 써버려 녹초가 되고는 한다. 녹초가 됐으면서도 '절반만 먹는 방법은 어떨까'라며 또 다른 선택지를 추가하는 바람에 더더욱 녹초가 되고 만다.

라멘 한 그릇에 나루토는 보통 한 장만 들어 있다. 만약 나루토를 서너 장 넣어주는 가게가 있다면 어떤 일이 벌어지게 될까. 나루토 문제로 머리가 복잡할 테고, 나루토가 빙글빙글 소용돌이치는 까닭에 머릿속도 빙글빙글 돌다가 반은 미쳐버릴지도 모른다.

그러던 어느 날, 굳은 결심을 하고 라멘집에 들어갔다. 절대로 나루토를 먹지 않겠노라, 결의를 다지고 들어갔다. 굳은 결심 덕분에 나루토는 그릇 바닥에 그대로 남을 수 있었다. 그런데 젓가락을 놓고, 휴지로 입을 훔치고 일어서려던 찰나, 뭐에 홀렸는지 이성을 잃고 나루토를 잽싸게 입 속에 넣고 말았다. 나루토는 정말이지 성가신 녀석이다.

모든 나루토에는
열여섯 개의
홈이 나 있다.

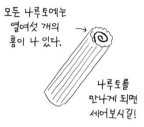

나루토를
만나게 되면
세어보시길!

시작부터 새우로 돌진

오랜만에 덴동을 먹었다. 요즘 들어 '덴동을 먹었다'라고 할 때 '쿳타(食った)' 대신 '이타다이타(いただいた. 똑같이 '먹었다'는 뜻이나 이타다이타에는 공손의 의미가 포함되어 있다)'를 쓰는 사람이 많아졌는데, 덴동은 '쿳타'라고 쓰는 게 맞다. 덴동은 그릇을 든 채 젓가락으로 쓸어 넣듯 먹는 음식이다. 팍팍, 호기롭게 먹는 음식이다. 그런데 '이타다이타'여서는 어딘가 애교 섞인 몸짓으로 몸을 배배 꼬며 먹고 있는 것 같아서 별로다. 덴동은 '쿳타'여야 한다.

오홍홍홍

오글대는 몸짓으로 덴동 먹기

이야기가 살짝 빗나갔는데, 아무튼 오랜만에 덴동을 먹었다. 덴동을 막 먹으려던 찰나, 갑자기 이런 생각이 떠올랐다. 덴동을 먹을 때 갑작스레 새우부터 먹는 사람이 세상에 있을까?

일반적인 덴동의 구성은 다음과 같다. 일단은 새우와 오징어, 다음으로는 보리멸이나 붕장어, 그리고 채소 쪽으로 넘어가면 가지나 꽈리고추, 단호박 정도다. 지위 측면에서 보자면 새우가 넘버원, 오징어, 보리멸, 붕장어가 넘버투, 채소류는 그 외 기타 등등의 순위가 된다.

보통 덴동을 먹을 때 넘버원인 새우부터 시작하는 경우는 없다. 나 역시 지금까지, 평생, 한 번도 그래 본 적이 없다. 처음에는 늘 오징어나 보리멸이다. 그런 다음 밥을 먹는다. 두 번째 입에 새우로 가볼까 싶긴 하지만 머뭇머뭇 그러지 못하고, 그 외 기타 등등인 채소로 간다. 그렇게 세 번째 입이 되어서야 비로소 '자, 그렇다면'이나 '이제 슬슬'이나 '오, 드디어' 같은 말을 속으로 중얼대며 새우로 돌진하게 된다.

이때의 심경을 스스로 분석해 봤다. 실은 처음부터 새우를 원하면서도 그걸 참고 오징어를 먹거나 한다는 건 아니고, 식사 전체의 흐름을 생각해서 그런 식이 됐다고 본다. 그러나 이렇게 말하면서도, 한 발 더 깊게 파고들어 속내를 들여다보면 '새우부터 먹고 싶은 게 당연하잖아!'라는 것이 사실 본심이다.

하지만 이번에는 다르다. 굳은 결의를 다지며 덴동 가게로 향했다. 어떤 결의냐고? 지체 없이 '시작부터 새우로 돌진'하겠다는 결의다. 이번에야말로 꼭!

저는 언제나 새우튀김부터 먹습니다.

이렇게

망설인 적이 한 번도 없습니다.

단골 덴동집 '덴야(てんや)'에 도착했다. 메뉴를 보고 620엔짜리 '특선 덴동'으로 정했다. 60엔짜리 오신코(일본식 채소 장아찌)도 주문했다. 덴야의 홀 서빙에는 패턴이 있다. 덴동에 오신코를 주문하면 곧바로 오신코부터 나온다. 그리고 잠시 후, 덴동이 완성될 즈음에 된장국이 나온다. 그러므로 덴동을 시킨 손님은 된장국이 나오면 '이제 곧 덴동 도착이겠군' 하고 자신도 모르게 엉덩이를 들썩이게 된다. 나는 매번 오신코를 시키기 때문에 된장국이 나오기 직전에 오신코에 간장을 살짝 뿌리는 과정이 추가되고, 뒤따라 된장국이 나오면서 엉덩이가 들썩거리는 과정을 이어가고 있다.

특선 덴동 도착. 기름의 고소한 냄새, 바삭하게 튀겨진 튀김 자체의 냄새, 덴동 소스의 냄새가 감미롭게 섞인다. 그릇 위에는 새우, 보리멸, 가지, 까치콩 두 줄기가 서로 반쯤 겹쳐진 채 높다랗게 밀집해 있다. 덴동은 이 밀집감이 좋다. 비좁게 꽉 찬 그 느낌이 좋다.

튀김 반찬으로 밥을 먹겠다고 한다면 '튀김 정식'이라는 메뉴도 하나의 선택지가 될 수 있다. 그러나 튀김 정식은 튀김이 접시 위에 확 펼쳐진 채로 나온다. 넓게 펼쳐진 걸 고를지, 비좁게 꽉 찬 것을 고를지 묻는다면 나는 무조건 비좁게 꽉 찬 것을 고르고 싶다. 일본인은 좁은 국토에 모여 살고 있기 때문에 '밀집된 것'을 보면 일종의 공감대가 형성된다. 어쩐지 안심도 된다. 덴동 그릇에 밀집해 있는 튀김들을 보면 '오, 너희들도 그러고 있구나' 하는 반가운 마음이 든다.

그런데 오오! 빽빽한 튀김들 속에 새우가 두 개다! 두 마리나 들어 있다니! 이 무슨 행운이란 말인가! 새우가 두 개라면 더 이상 고민할 필요도 없다. '시작부터 새우로 돌진'을 결행할 수 있다. '두 개'라는 것이 용기를 북돋워 준다.

젓가락을 제대로 쥔다. 그리고 덴동 위로 가져간다. 그런데 웬일인지 젓가락 끝이 새우의 상공을 벗어나 서서히 까치콩 쪽으로 다가간다. 스스로도 의외였다. '새우는 두 개나 있으니까'라는 생각이 '까치콩은 두 개나 있으니까'라는 생각으로 순식간에 바뀐 것이다. 그러나 결과적으로는 그것이 정답이었다. 덴동 소스가 잘 스며든 까치콩 튀김은 정말 맛있었다. 덴동의 서막을 알리는 첫입으로 딱 맞는 선택이었다. 무엇보다도 내가 만족했다는 사실이 정답이라는 것의 가장 큰 이유다.

그리고 드디어 새우로 돌입했다. 통통한 쪽을 베어 물었다. 바사삭 하고 베어 물었다. 그리고 씹었다. 튀김옷에 밴 덴동 소스가 향기로웠다. '역시 덴동은 새우다.' 그렇게 생각했다. '그 새우가 오늘은 두 개나 있다'는 사실이 기뻤다. 남자는 울었다…. 그러나 남자는 생각했다. 오늘이야말로 '시작부터 새우로 돌진'을 결행하기로 한 날 아니었던가? 남자는 부끄러웠다. 소심한 자신이 부끄러웠다. 우유부단한 자기 모습에 슬펐다. 어떻게든 명예를 회복해야 한다. 남자는 생각했다. 그리고 결심했다. 한 입 먹고 남은 새우튀김과 함께 나머지 한 마리도 집어 들었다. 그리고 베어 물었다. 새우튀김 두 개를 동시에 먹기. 이 용기 있는 행동을 통해 명예를 회복하자고 생각한 것이다. 과연 이것으로 남자의 명예는 회복됐을까.

새우튀김만 있는
덴동일 때는
어떻게 해야 할까?

실패하는 식사

시간이 애매해 밥때를 놓치고 마는 날. 어쩌다 보니 오후 2시, 결국에는 오후 3시까지 공복으로 버텨야 되는 날. 다들 가끔 경험해 본 적 있을 거다.

그날도 그랬다. 배가 고프다 못해 온몸은 '으르렁' 상태. 눈에는 핏발이 서고, 거친 숨을 씩씩대느라 콧구멍은 기타지마 사부로(콧구멍이 크기로 유명한 엔카 가수)에 버금가는 상태. 그런 상태로 버티던 오후 4시 무렵, 드디어 밥을 먹을 수 있는 상황이 됐다. 태세를 정비하고 나섰다.

장소는 터미널 빌딩의 식당가. 긴 통로 양쪽으로 음식점이 빽빽하게 자리 잡고 있는 곳이다. 이렇게 공복으로 으르렁 상태일 때, 이제부터 먹게 될 한 끼에 임하는 패기는 대단하다. 그 기대도 엄청나다. 완벽을 기하자고 생각한다. 실패해서는 안 된다고 생각한다. 그러나 이렇게 생각할 때, 인간은 대체로 실패한다. 공복으로 머릿속이 혼란한 데다가 앞뒤 재지 않는 욱하는 감정도 더해지므로 올바른 판단을 할 수가 없기 때문이다. 그날도 당연히 실패했다.

당시 나는 이런 기본 방침을 세웠다. 무조건 묵직한 메뉴, 위장에 쿵! 하고 존재감을 드러낼 수 있는 메뉴를 먹겠다. 이런 생각으로 식당가를 돌다가 돈가스 전문점을 발견했다. 그야말로 묵직, 그야말로 든든한 메뉴. 무조건 거대 로스(등심)가스다. 이런 방침으로 그 가게의 쇼케이스 앞에 섰다. '로스가스(1,400엔)'를 발견했다. '거대'까지는 아니었으나 그 가게에서 제일 큰 돈가스였다.

'좋아. 이 로스가스다! 생맥주는 대(大)자다!'

공복에 으르렁대며 이렇게 결단하자마자 그 결단을 뒤흔드는 다른 메뉴를 발견하고 말았다. 로스가스 옆에 '새우튀김과 로스가스'가 있었다. 생맥주 대자를 앞두고 있는 상황이었기 때문에 마음이 흔들렸다. 새우튀김은 맥주의 가장 좋은 친구니까.

'좋아. 새우튀김 세트다! 생맥주 대자다!'

이렇게 으르렁대며 결단하자마자 그 결단을 뒤흔드는 새로운 사실을 발견했다. 돈가스의 크기가 작다는 사실이었다. 새우튀김 세트 외에 '햄버그 세트'도 있었으나, 그 메뉴 역시 돈가스 크기가 작았다. 단품이든 세트든 양쪽 모두 1,400엔이었으므로 가격 설정에서 보자면 당연한 일이었다.

이래서는 안 된다는 생각이 들었다. 이러다가는 최초의 기본 방침이었던 '거대 로스가스'의 꿈이 무너지고 만다. 돈가스 말고도 위장을 묵직이 채워줄 메뉴는 분명히 있을 거라는 생각으로 걷다가 장어덮밥 가게를 발견했다. '장어덮밥 대 자(2,100엔).' 비싼 가격답게 장어도 꽤 컸다. 맛있어 보이는 장어 양념구이가 찬합을 가득 채우고 있었다. 이 메뉴라면 위장에 묵직한 울림을 전해줄 것 같았다.

'좋아. 장어덮밥, 너로 정했다!'

이렇게 결단을 내리기는 했으나 그 결단을 뒤흔드는 것을 또다시 발견하고 말았다. 장어덮밥 옆에 '장어덮밥과 생선회 세트'가 있었다. '장어덮밥과 해산물 초무침 세트'도 있었다. 요동치는 마음으로 세트 메뉴를 살펴보던 중 장어 가게와 돈가스 가게의 공통점을 발견하게 됐다. '본질을 보강하려 들수록 그 본질 자체가 약해지고 만다'는 법칙이 전 메뉴를 관통하고 있다는 사실이었다. 이렇게 된 이상 '본질의 보강'을 포기하고 그 자체만으로 승부하기로 했다.

한정된 금액 안에서 본질의 보강을 꾀하다 보면 그 본질 자체가 약해지고 만다.

그러나 아쉽기는 했다. 생맥주 대 자를 위한 안주가 있었으면 했다. 그런 생각을 하며 테이블에 앉았다. 무심코 카운터 쪽을 바라봤더니 '오늘의 추천 메뉴'라는 것이 붙어 있었다. 에다마메, 서더리조림, 아게다시 도후(밀가루를 묻혀 튀긴 두부에 연한 간장 소스를 듬뿍 끼얹은 음식), 돼지고기 간장 조림. '뛸 듯이 기쁘다'는 말은 이럴 때 쓰는 말이다. 주문을 받으러 온 홀 담당 아주머니에게 '장어덮밥 대 자, 에다마메, 돼지고기 간장 조림, 생맥주 대 자'를 주문했다. 아무런 망설임도 없었다.

주문을 마치고 평정심을 되찾았다. 그제서야 테이블 위의 메뉴판을 발견했다. 펼쳐 보니 장어가 주력이면서도 다른 메뉴도 아주 많은 가게였다. 연어회, 문어숙회 초무침, 오징어회, 모둠 튀김, 히야얏코(차가운 두부에 파, 가다랑어포 등을 올리고 간장 양념을 부어 먹는 음식), 이타와사(반달 모양의 고급 어묵을 얇게 썰어 와사비와 간장을 곁들여 내는 음식) 등등 이자카야에 있을 법한 것들은 뭐든지 있는 가게였다.

'망했다'고 생각했다. 과연 이런 메뉴 속에서 장어덮밥과 돼지고기 간장 조림을 고르는 손님이 있기나 할까? 장어가 '기름진 계열'이라면 돼지고기도 '기름진 계열'이다. 말하자면 둘 다 기름지고 느끼한 계열이다. 그러고 보니 조금 전, 주문을 받아 간 아주머니가 주방에 주문을 전달하고는 또 다른 홀 담당 직원과 붙어 뭔가를 소곤대기는 했다. 소곤거리다가 내 쪽을 흘깃거린 것 같다. '느끼한 걸 좋아하는 할배'라고 흉을 본 건 아닐까. 돼지고기 간장 조림 말고 아게다시 도후

번들번들

기름진 음식
총집합

기름진 거
완전 좋음

튀김   장어   돈가스

아게다시 도후   돼지고기
               간장 조림

189

를 시켰어야 했다. 두부를 튀겨서 만드니 아게다시 도후도 기름진 계열이지만, 돼지고기보다는 논란의 정도가 가벼울 테니까.

장어덮밥과 돼지고기 간장 조림과 에다마메와 생맥주 대자가 나왔다. 역시나였다. 장어를 두세 입 먹은 뒤 돼지고기를 입 쪽으로 가져가자 꽤 큰 저항감이 몰려왔다. 여러 실패는 있었지만 일단 배는 불렀다.

계산서를 들고 계산대로 향했다. 내 뒤로 다른 테이블 손님들도 줄을 섰다. 네 명이 일행인 아줌마 그룹이었다. 그런데 이 가게는 계산을 맡은 젊은 직원이 손님이 주문한 메뉴를 하나하나 큰 소리로 읽어주는 곳이었다.

"장어덮밥 대자 하나, 돼지고기 간장 조림 하나…"

돼지고기 간장 조림 부분에서 내 뒤에 선 아줌마 그룹의 대화가 뚝, 하고 멈췄다.

닭 껍질
꼬치구이도

기름진
계열이다.

가이센동의 비극

덮밥은 쏠어 넣듯 먹게 된다. 덮밥 그릇을 입에 대고 쏠어 넣듯, 와구 와구 먹게 된다. 오야코동은 밥 부분이 양념 소스로 촉촉해져 있기 때문에 덮밥 그릇을 기울이고 젓가락으로 쏠어 넣듯 먹으면 순식간에 전부 먹어치우게 된다. 순식간에 뚝딱이다. 돈가스덮밥도 마찬가지다. 오야코동보다는 시간이 조금 더 걸리지만 역시나 와구와구다. 텐동도 마찬가지다. 덮밥 메뉴는 와구와구, 팍팍, 시원시원, 이런 식으로 먹게 되는데 가이센동(맨밥 위에 여러 종류의 생선회를 비롯해 해산물을 얹은 덮밥)은 어떤가? 와구와구, 팍팍, 시원시원, 이렇게 먹을 수 있는 메뉴일까?

돈가스덮밥은 돈가스로 밥을 먹는 메뉴다. 끝날 때까지 돈가스에 밥이다. 텐동은 튀김으로 밥을 먹는 메뉴다. 끝날 때까지 튀김에 밥이다. 헤맬 일이 없다. 헤맬 일이 없으니 팍팍, 시원스레 먹을 수가 있다. 그러나 가이센동은 그럴 수가 없다. 망설이게 만드는 주인공이 계속해서 등장하기 때문이다. 망설임의 주인공은 오징어, 문어, 연어,

참치, 단새우, 도미, 방어, 전갱이다. 오오! 성게고, 아아! 연어알이다.
어쩐지 성게와 연어알에는 오오, 아아 같은 감탄사가 꼭 따라붙는다.
덮밥 그릇은 화려한 색감으로
뒤덮여 있고 그 배치 또한 훌륭
하다.

　자, 어떤 것부터 시작해 볼까.
오징어부터 시작할까, 단새우부
터 시작할까, 전갱이부터 시작
할까. 시작부터 감탄사가 붙은
녀석들부터 먹는 사람은 없을
테고…. 이러다 보니 팍팍은커
녕, 시작부터 우물쭈물이다.

　"역시 시작은 오징어부터지."
　이런 말을 중얼거리며 덮밥 그릇에서 오징어를 끄집어낸다. 가이센
동은 여러 종류의 회가 포개져 쌓여 있기 때문에 '끄집어낸다'는 표현
을 쓰게 된다. '헤쳐서 꺼낸다'는 표현도 괜찮을 것 같다. 아무튼 그렇
게 해서 지금 오징어회를 젓가락으로 끄집어냈다. 끄집어내서 간장에
찍었다. 자, 이제 젓가락 끝에 매달린 오징어를 어떻게 해야 할까? 당
연히 밥과 함께 먹으면 되고, 오징어가 원래 있던 자리의 밥과 곁들여
먹으면 아무 문제가 없다. 그런데, 보라. 오징어가 누워 있던 자리에 보

여야 할 밥이 보이지 않는다. 옆에 있던 연어회가 흘러내려 빈 공간을 덮어버렸기 때문이다. 더 이상 오징어회가 돌아갈 자리가 없다.

그렇다면 일단 젓가락으로 집고 있는 오징어를 어딘가에 놓고, 흘러내린 연어를 원래 위치로 되돌리고, 그 부분의 밥 위에 다시 오징어를 올려서 함께 먹는 게 타당한 해결책일 것이다. 그렇게 하기 위해서는 우선 이 오징어회 한 점부터 어딘가에 내려놓아야만 한다. 그런데 어디에 내려놓을 것인가.

가이센동은 다양한 해산물이 혼재되어 있는 덮밥이다. 그러므로 그 안에 서열이라는 것이 생겨난다. '생선의 왕인 도미 위에 오징어 같은 걸 올려둬도 될까?' 오징어 한 점을 집은 채 궁지에 몰리게 된다. 궁지에 몰린 채 적절한 대응을 고심하게 된다. 이래서야 도저히 와구와구, 꽉꽉, 시원스레 먹을 수 있는 상황이 아니다. 가이센동으로 식사를 시작한 지 벌써 1분 이상 지났다. 그런데 지금까지 한 일이라고는, 오징어회 한 점을 달랑달랑 집어 들고 있었을 뿐이다. 어떻게든 해야 한다.

전갱이에게 양해를 구하고 그 위에 오징어를 올려두기로 한다. 그렇게 드디어 오징어회로 밥을 감싼다. 그렇게 드디어 한 입 먹는다. 그러나 오징어회를 씹어 삼키자

오징어회

올려둘 곳이 없단 말이오!!

달랑달랑

마자 또 다른 문제가 발생한다. '이번에는 뭘 먹을까?'라는 문제다. 잠시 고민하다가 방어로 결정한다. 결정은 했으나, 조금 전 오징어가 거쳤던 과정을 방어도 똑같이 거치며, 식사는 다시 정체된다.

　초로 밑간한 밥과 맨밥의 차이는 있으나, 가이센동의 원형은 뎃카동(참치회를 올린 덮밥)이다. 뎃카동에 오징어를 추가하고 문어를 추가하고 단새우를 추가하고 도미를 추가하고 오오! 성게를 추가하고 아아! 연어알을 추가한다. 이렇듯 밥 위에 올리는 횟감을 풍성하게 만든 것이 가이센동이다. 뎃카동은 회와 밥의 관계가 명백하다. 항상 참치에 밥, 늘 참치에 밥, 그 외의 관계는 일절 없다. 그러나 가이센동이 되고 나면 그 관계가 복잡해진다. 여러 관계가 복잡하게 얽히고설킨다.
　뎃카동에서 각각의 참치회가 관할하는 영역은 분명하다. 각자가 누워 있는 자리 바로 밑의 밥이 자신의 영역이다. 서로의 영역을 존중하고 침범하지만 않는다면 먹는 동안 아무 문제도 발생하지 않는다. 그러나 가이센동은 관할 영역의 문제가 뒤섞여 있다. 거의 무정부상태라고 해도 좋다. 여러 문제가 발생하는 원인도 전부 여기에 있다.
　엄밀히 말하자면, 만드는 사람이 이런 문제까지 염두에 두고 만들어야 한다. 그러나 보기 좋은 것만을 생각하기 때문에 덮밥 그릇 밖으로 횟감이 삐져나오게, 심지어 늘어뜨려서 담는다. 그러다 보면 회와 밥의 수직적 자리 관계는 무시되고 관할 문제도 엉망진창이 된다.
　일반적인 초밥을 생각해 보자. 영역 문제가 이 정도로 명확한 예는 더 이상 없다. 초밥 하나 분량의 밥에 회 한 점. 말하자면 완벽한 단독주택이다. 군칸마키(밑간한 밥을 김으로 둘러싸고 그 위에 연어알이나 성게, 샐러드 등을 올린 초밥)는 단독주택 주변을 김으로 다시 한 번 포위해 영역과 관할 문제를 완벽하게 방지하고 있다. 그러나 안타깝게도 가이센동은 주상복합이고 다세대주택이다. 여러 집이 모여 살다 보면 때때로 비극이 발생하기도 한다. 말하자면 가이센동은 '다세대의 비극과도 같은 덮밥'이라 할 수 있다.

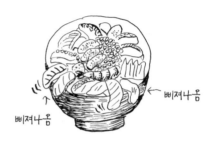

← 삐져나옴

↑
삐져나옴

돈가스카레를 먹는 올바른 방법

이번 주제는 돈가스카레를 먹는 올바른 방법이다. 이걸 읽고 뜨끔한 사람이 많지 않을까 싶다. 지금까지 당신은 올바른 방법으로 돈가스카레를 먹어왔을까? 자기 방식대로 먹어왔던 건 아닐까? 자기 방식이라는 것도 매번 같은 패턴이 있는 방식은 아니고, 그때그때 되는 대로 돈가스를 집어 먹고 여기저기 숟갈 가는 대로 카레를 떠먹는 방식이었을 공산이 크다.

왜 이런 주제를 가지고 나왔냐고 묻는다면 테이블 매너라는 게 있기 때문이다. 빵에 버터를 바르는 방법, 흰살 생선 뫼니에르(밀간한 생선에 밀가루를 묻혀 버터에 굽는 프랑스식 생선구이)를 먹는 방법 등 대부분의 요리에는 각각을 먹는 올바른 방법이 있다. 세상에 테이블 매너에 관한 책은 많지만 그 어떤 책도 '돈가스카레를 먹는 올바른 방법'에 대해서는 다루지 않는다. 이래서는 곤란하다.

만약에 궁중 만찬회에 돈가스카레가 나왔을 경우, 세계 각국의 요인들이 어떤 식으로 돈가스카레를 먹어야 할지 몰라 허둥대는 일이 벌어질 수도 있으니까 말이다. 지금은 전 세계가 글로벌화되어 가고 있는 시대다. 돈가스카레라고 글로벌화되지 말란 법이 없지 않은가. 세계 각국 요인들에게 "돈가스카레는 이렇게 먹는 음식입니다" 하고 자신 있게 대답할 수 있는 매너를 지금부터 확립해 두지 않으면 안 된다.

물론 나도 '올바른 방법'을 알고 있는 것은 아니다. 그러므로 독자 여러분과 함께 모색해 나가며 하나하나 매너를 만들어가자는 이야기다. 가뜩이나 돈가스카레는 여러 가지 복잡한 문제가 많은 음식이기 때문에 매너를 정리해 나가는 데 상당한 난항이 예상된다. 예를 들면 이런 문제들 때문이다.

카레를 끼얹을 때 돈가스 전체에 끼얹는 게 좋은가, 절반만 끼얹는 게 좋은가.

돈가스카레를 먹을 때 숟가락만 써야 되는가, 젓가락을 써도 괜찮은가.

돈가스카레의 돈가스에 돈가스 소스를 뿌려도 되는가, 뿌리면 안 되는가.

물론 우리는 진심으로 원해서 돈가스카레를 주문한다. 그러나 처음의 설렘도 잠시, 정작 돈가스카레 접시가 눈앞에 놓이면 '성가신 메뉴를 주문했구나, 지금부터 복잡한 상황이 되겠다'는 마음이 되는 것도 이런 의문들 때문이다.

우선 담음새부터 시작해 보자.

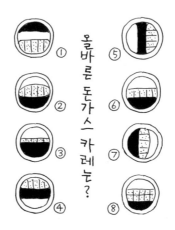

올바른 돈가스 카레는?

① ② ③ ④ ⑤ ⑥ ⑦ ⑧

　가게에 따라 다양한 패턴으로 플레이팅을 하지만 정답은 ⑥번 그림이다. 왜냐고? 가장 안정적으로 틀이 잡혀 있기 때문에 그렇다. 돈가스는 밥을 베개처럼 베고 누워 있어야 한다. 상반신은 밥에게 맡기고 하반신만 카레에 담그고 있어야 한다. 돈가스카레라면 돈가스가 접시 위에 납작하게 붙어 있어서는 안 된다. 물론 '돈가스 정식'일 때는 돈가스가 전용 접시에 납작하게 누워 있다. 그러나 그건 자기 집에 누워 있는 것이므로 그렇게 느슨해져도 상관없다. 그러나 돈가스카레일 경우, 카레 접시, 즉 남의 집에 누워 있는 것이기 때문에 나름대로의 매너가 요구되는 것이다.

　돈가스의 절반에만 카레를 끼

이런 걸 두고
돈가스카레라고
할 수 없다.
결단코
그럴 수 없다!!
양배추

얹어야 하는 이유는 간단하다. 돈가스의 아랫부분은 카레 소스에 촉촉하게, 윗부분은 튀긴 직후의 바삭한 식감이 그대로 남아 있길 바라기 때문이다. 이렇게 하면 두 종류의 식감을 한꺼번에 즐길 수 있다.

숟가락만 써야 되는가, 젓가락을 써도 괜찮은가. 젓가락은 쓰면 안 된다. 이유는 나중에 말하도록 하겠다. 돈가스에 돈가스 소스를 뿌려도 되는가, 뿌리면 안 되는가. 뿌리면 안 된다. 이것도 나중에 설명하도록 하자.

후쿠신즈케(무, 오이, 연근 등으로 만드는 달짝지근한 일본식 장아찌)는 어떻게 해야 할까. 후쿠신즈케는 반드시 곁들이기 바란다.

이 글 첫머리에 "독자 여러분과 함께 모색해 나가"겠다고 써뒀음에도 '독자와의 의견 조율 없이 일방적으로 이렇게 결정하는 건 좀 이상한 것 아니냐'는 의견이 있을 것이라고 본다. 그러나 정부의 자문 위원회 같은 곳을 떠올려보기 바란다. 애초에 결론이 내려져 있으면서도 일단은 의견을 묻는 형식을 취하고 있다. 이것으로 그 대답을 대신하고자 한다.

돈가스카레에 대해 결정해야 할 사항은 아직도 많다. 돈가스카레를 먹다 보면 감정이 고조되며 점점 흥분(?)하게 된다. 이런 감정을 그냥 둬도 되는가, 조절해야 하는가. 흥분하시라. 왜냐하면 돈가스카레는 먹는 방법 면에서도 검토해야 할 것이 너무 많다. 그냥 카레라면 숟가락으로 떠서 입으로 옮기는 작업을 반복하기만 하면 된다. 그러나 돈가스카레는 다르다. '이제 슬슬 돈가스를 먹어줘야 하는데'라는 타이밍의 문제, 카레와 돈가스의 분배 문제는 물론, 카레와 밥과 돈가스의 조합에서도 다양한 경우의 수가 발생한다. 이번에는 '카레에 흠뻑 적신 돈가스'에 '카레가 적당히 들어간 밥'을 먹고, 이번에는 '카레를 살짝 묻힌 돈가스'에 '카레가 듬뿍 들어간 밥'을 먹고, 그리고 또 이번에는…. 뭐 이런 식으로 검토하다 보면 머리가 점점 복잡해진다. 흥분하게 되는 게 자연스럽다.

이제 마지막 질문이다. 돈가스카레의 본질은 무엇일까? 카레일까, 돈가스일까? 마음 저 깊은 곳에서 돈가스카레를 어떻게 규정한 채 먹어야 할까? 이 부분이 다들 애매할 것이다. 어떤 날은 돈가스 쪽으로 마음이 기울고 또 어떤 날은 카레 쪽으로 마음이 흔들린다. 이 질문에 대한 입장을 이번 기회에 확실히 정하자. 돈가스카레는 카레다. 이 결정으로 젓가락 문제도, 돈가스 소스 문제도, 후쿠신즈케 문제도 일거에 해결된다.

카레 소스에는
건더기를 넣지 않는다.

후쿠신즈케

특히 고기 건더기는 더 안 된다.
고기가 설 자리가 없어져
불쌍해지기 때문이다.

쾌락편

이것도 저것도
그것도 먹고 싶다

살코기보다 비계

사람에게는 누구나 비밀이 있다. 다른 사람에게 말할 수 없는 비밀이 한두 개, 아니 서너 개, 아니 수백 개 정도는 있다. 여기서 말하는 비밀이란 일생일대의 사건이라거나, 발설하자마자 곧바로 절교당할 만한 그런 비밀은 아니다. 정말이지 자잘하고 별것 아닌 비밀, 비밀이라 칭하기도 어려운 그런 비밀을 말한다. 그렇다면 지금 당장이라도 누군가에게 털어놓으면 되지 뭐가 문제냐고 할 수도 있다. 그렇지만 도무지 쉽게 털어놓을 수가 없다. 매번 망설이기만 한다. 간단히 말해, '고기에 붙은 비계를 좋아한다'는 그런 이야기다.

누군가에게 이 이야기를 한다는 건 쉽지 않은 일이다. 말해도 이해하지 못할 뿐더러 경멸만 당한다. 그래도 말하고 싶고, 고백하고 싶은 이 마음은 뭘까? 나도 내 마음을 잘 모르겠다.

지금부터 고백하고자 한다. 소고기의 비계, 돼지고기의 비계, 가모난반(오리고기와 파가 들어간 따뜻한 국수 요리)에 들어 있는 오리고기의 비계, 차슈의 비계, 베이컨의 비계를 좋아한다. 아아, 저들은 왜 이토록 매력적이란 말인가. 고기에 붙은 비계를 좋아하는 사람은 나 말고도 세상에 많다. 결코 없을 수가 없다(갑자기 어조가 강해진다)! 그렇지만 그들은 그 사실을 결코 입 밖에 내지 않는다. 시치미를 뗀 채 조용히 살아간다.

왜 좋아하는 걸 숨긴 채 살아가는 걸까? 세상의 비난이 두렵기 때문이다. 고기에 붙은 비계를 좋아한다고 말하면 품위가 없고, 취향이 저급하고, 사회적으로 하등하고, 점잖지 못하고, 인상도 별로라고 평가하는 풍조가 세상에 만연해 있다. 회사원을 예로 들어보자. 회사에는 상사가 부하 직원을 평가하는 직원 평가표라는 게 있다. 만약 상사가 직원 평가표의 '취미, 기호' 칸에 '고기의 비계 부위를 특히 좋아한다'고 썼다면 어떻게 될까? 그 사람의 출세는 더 이상 기대하기 어렵다. 세상에는 고기의 비계 부위를 좋아한다는 언급이 터부시되는 풍조가 있다.

"비계 맛있지 않냐?" 젊은 사람들끼리 이런 대화를 한다면 어느 정도 용납은 된다. 그러나 노인들끼리 "비계 맛있지 않냐?"고 하면 거북하게 느껴질 뿐이다. 그러나 나는 결연하게 말하고 싶다. 나는 고기에 붙은 비계가 너무 좋다.

스테이크를 예로 들어 생각해 보자. 스테이크는 대부분이 고기다. 주변부나 끄트머리 쪽에 아주 약간의 지방층이 붙어 있다. 일반 사람들에게 그 지방층은 비난의 대상이다. 있어서는 안 될 것이 거기 있다는 식으로 곧바로 떼어 버리는 사람도 있다. 그러나 내게 쇠고기의 지방층은 숭배의 대상이다. 사랑과 경애의 마음으로 귀히 여기고 소중히 대한다.

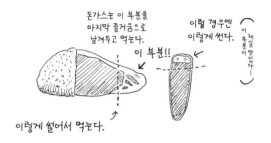

돈가스는 이 부분을 마지막 즐거움으로 남겨두고 먹는다.

이 부분!!

이럴 경우엔 이렇게 썬다.

이 부분이 제일 맛있다…!

이렇게 썰어서 먹는다.

　스테이크는 고기의 위쪽이나 오른쪽 끝부분에 지방층이 붙어 있는 경우가 많다. 나는 이 배치를 늘 염두에 둔다. 그리고 고기와 비계의 배분을 고려하며 스테이크를 썰어나간다. 스테이크는 전체적으로 고기의 양이 비계의 양보다 압도적으로 많다. 자고로 고기란 어느 정도 비계가 있어야 맛있다. 그러므로 고기에 비해 턱없이 부족한 비계를 소중히 대할 수밖에 없다. 세상에 육존지비(고기를 귀히 여기고 지방을 하찮게 여김) 사상이 횡행하고 있는데, 참으로 웃긴 일이다. 세상 사람들은 왜 맛있는 비계를 거부하는 걸까? 기본적으로는 다이어트 때문이라고 생각한다. 단지 그 이유 때문에 피하고 있는 거라고 본다.
　단맛, 짠맛, 신맛, 쓴맛, 감칠맛. 맛은 이 다섯 가지 맛으로 구분된다. 그런데 최근 한 미국 대학의 다양한 실험을 통해 그 다섯 가지 맛에 '지방 맛'이 추가됐다고 한다. 자, 보라. 지방의 맛이란 게 원래부터 있었다. 비계는 원래부터가 맛있었다. 다이어트라는 문제만 해결된다면 대중들에게 비계의 매력이 새롭게 조명될 것이다. 참치 뱃살이 그랬다. 에도시대만 해도 참치 뱃살은 버려지던 부위였다. 그런데 지금은 어떤가. 모든 사람들에게 사랑받고 있다.

머지않아 고기에 붙은 비계가 인정받는 시대가 올 것이다. '고기에 붙은 비계를 특히나 좋아한다'고 출셋길이 막혔던 사원은 머지않아 홀연히 간부급 후보에 오르게 될 것이다. 지금까지 입을 닫고 죽은 듯 살아가던 '숨은 크리스천(에도시대, 막부의 기독교 탄압에도 몰래 신앙을 지켜온 기독교인)' 아니 '숨은 비계 애호가'들은 일제히 봉기할 것이다. 늙은이건 젊은이건 한 목소리로 지방의 맛을 찬양하게 될 것이다.

소고기의 비계, 돼지고기의 비계, 오리고기의 비계, 차슈의 비계, 베이컨의 비계. 내가 이 글 중반에 언급했던 비계의 종류다. 그런데 사실 내가 첫 번째로 언급하고 싶었으나 차마 그러지 못했던 비계가 있다. 스키야키 냄비에 기름칠할 때 문지르는 소기름 덩어리다. 지우개 정도의 크기에 새하얀 빛깔, 표면이 반들반들 빛나는 백 퍼센트 지방. 지방 아닌 곳이 한 군데도 없는 바로 그 소기름 덩어리 말이다. 뜨거운 냄비 바닥에 문지르면 치지직 소리를 내며 기름을 내뿜는 비계. 새하얗던 색깔이 차츰 투명해지고 마침내 갈색을 띠며 맛있게 익어가는 비계. 그런데 종업원이 테이블마다 붙어서 스키야키를 만들어주는 가게에 가면 휙 하니 버려지는 비계. 그 모습을 목격한 나를 "앗!" 하며 엉거주춤 일어서게 만드는 비계. 순간적으로 "그거, 나 줘요"라고 말해버리게 될 것 같은 비계.

저 꿈의 비곗덩어리를 아무 망설임 없이, 당당하게, 내 존엄을 훼손당하는 일 없이 "나에게 달라"고 말할 수 있는 시대가 곧 올 것이다.

토란을 조리는 밤

요리책을 팔랑팔랑 넘기다가 토란조림과 만났다. "오! 조림!" 책장을 넘기던 손이 멈췄다. 작은 접시에 봉긋봉긋한 토란 여섯 개가 담겨 있다. 크기도 제각각, 모양도 제각각이다. 간장 색으로 잘 물들었고 반짝반짝 윤기도 좋다. 찰기가 있고 촉촉한 것이 맛있어 보인다.

'봉긋한 토란 중 제일 위의 저 녀석. 아마 저 녀석을 이렇게 젓가락으로 집겠지. 하지만 도중에 떨어트리게 될 거야. 토란은 미끄러우니까. 그러면 이제 좀 신중하게 접근하게 되겠지. 그래도 미끄덩. 결과는 마찬가지. 그렇다면 아예 전략을 바꿔 젓가락으로 콕 찔러 먹는 작전을 펼치게 되겠지. 목표 토란을 정하고, 그 녀석의 한가운데 부분을 노리고 "에잇!" 하며 과감하게 찌르는 거지. 좀 미안하다는 생각도 들지만, 그때 들고 있던 젓가락이 미끄러운 옻칠 젓가락이라면 아마 또 실패하게 되지 않을까?'

이런 생각을 하며 사진을 본다. 그러다 보니 갑자기 토란조림이 먹고 싶다. 맹렬하게 먹고 싶다. 토란조림은 어디에 가야 먹을 수 있을까? 곤약이 맹렬히 먹고 싶어진다면(그럴 경우는 거의 없겠지만) 어묵 요리를 하는 곳에 가면 된다.

이래저래 생각해 봤지만 결국 내가 만들어 먹는 게 제일 빠르겠다는 결론이 났다. 결론이야 그렇게 났으나, 지금까지 한 번도 만들어본 적 없는 요리다. 게다가 상당한 기술이 필요할 것 같다는 느낌도 든다. 일단 동네 마트에 가서 흙투성이 토란을 사 온다. 한 봉지에 일곱 개가 들었고, 가격은 298엔이다.

요리책에서 조림 요리 챕터를 펼친다. '먼저, 껍질을 벗긴다'라고 되어 있다. 토란 하나를 봉지에서 꺼낸다. "앗, 흙이다!" 생뚱맞은 포인트에서 감동한다. 촉촉한 흙의 감촉, 촉촉한 흙의 냄새. 도시 생활을 하다 보면 흙을 마주할 기회가 적다. 이렇게 토란을 매개로 접촉하는 게 전부다. 축축한 흙과 함께 덥수룩한 잔털 같은 것들이 토란에 잔뜩 들러붙어 있다. 그게 마치 "우리는 흙 속에 웅크리고 살았어요. 가만히, 꼼짝 않고 있었죠" 하고 속삭여 주는 것 같다. 같은 뿌리채소지만 감자와 고구마는 그런 면에서 좀 다르다. "아니야, 그래도 우리는 가끔씩 움직여. 느릿느릿하긴 해도 말이지"라고 말할 것 같은 분위기가 있다. 그러나 토란은 어디까지나 부동의 이미지다. 과묵하고 음전할 것만 같다.

토란 껍질을 다 깠다. 다시 요리책을 본다. 처음 하는 요리일 때는 요리 진행 상황에 맞춰 레시피를 읽어간다. 그렇게 하는 편이 '오호,

이번엔 이런 과정을 거치는구나' 같은 신선한 재미가 있다.

　다음 과정은 '물에 삶는다'이다. 다시마를 넣고 토란을 삶는다. 20분 정도 삶은 뒤 나무 꼬챙이로 찔러본다. 잘 익었다. '설탕과 맛술을 넣고 5, 6분 정도 끓인다, 거기에 간장을 추가하고 다시 또 끓인다'는 과정을 거친다. 보글보글 소리를 내며 냄비 속 토란들이 간장 빛에 서서히 물들어 간다. 조림 국물이 졸아들기 시작하면 냄비를 살살 흔들며 토란을 굴려준다. 조림 국물을 떠서 토란 위에 끼얹어 준다. '조림 국물을 떠서 하나하나 잘 끼얹어 준다'는 대목이 이 요리에서 가장 인상 깊은 부분이다. 그렇게 하는 동안 토란 하나하나에 대한 애정이 생겨났기 때문이다.

　토란 하나하나마다 작은 추억들이 있다. 이 녀석은 껍질을 벗길 때 미끄러져서 칼로 손을 벨 뻔했고, 저 녀석은 한쪽에 약간 상한 부분

이 있어서 거기를 긁어내 줬다. 어쩐지 점점 전교생 일
곱 명을 책임지는 분교장 같은 심정이 되어간다.

다들
착한 아이들이
되어주렴.

"다들 맛있게 익어주렴."

"다들 정말 잘 자라주었구나."

그러다가 불쑥, 올바른 길로 이끌어준다는 의미의
'선도'라는 단어가 머릿속에 떠올랐다. 그리고 동시에 '그러나'라는 의
문도 들었다. 집단의 구성원 모두를 오직 한 방향으로 끌고 간다는 게
과연 좋은 일일까? 개개인의 개성을 존중하고 북돋아 주는 방식도 있
다. 개성을 허락하지 않기 때문에 사회가 비뚤어지는 건 아닐까?

토란 하나하나마다 조림 국물을 끼얹어 준다. 그러다가 또다시 머
릿속에 '그러나'라는 물음표가 떠오른다. 그러나 과연 이런 방식으로
개개인의 개성을 살리는 게 가능할까?

조려지는 토란을 가만히 지켜본다. 냄비 속 토란을 굴려가며 사색
은 깊어만 간다. 시간을 들여 조려내야 하는 요리에는 이런 장점이 있
다. 토란조림은 사색의 계절 가을과 참으로 잘 어울리는 요리다.

사색이 깊어진 만큼 조림 국물도 줄어든다. 눅진눅진, 잘 졸여지고
있다. 간장과 설탕, 다시마가 어우러진 좋은 냄새가 가을 부엌에 가득
하다. 조림 국물이 완전히 졸아들면 토란조림 완성이다.

시간은 걸렸지만 생각보다는 간단한 요리였다. 토란 하나하나마다
조림 국물을 끼얹어 주는 과정이 특히나 좋았다. 일곱이라는 숫자도

좋았다. 만약 토란이 서른 개였다면 너무 바쁜 나머지 사색에 빠질 여유 같은 건 없었을 테니까. 처음 한 것치고는 맛도 괜찮았다. 뜻 깊은 가을밤이었다는 생각이 가슴 깊이 몰려왔다.

감동의 무채 된장국

된장국은 그냥 '먹는다'고 하지 '씹어 먹는다'고는 하지 않는다. 된장국을 씹어 먹는다고 하면 "된장국을 씹는다고? 무슨 말도 안 되는 소리냐?"는 반응이 나올 게 분명하다. 그런데 그런 된장국이 있다. 다들 먹어본 적도 있다. 된장국을 꼭꼭 씹으며 '아, 맛있다'고 생각했으면서도 자신이 그러고 있다는 사실을 자각하지 못했을 뿐이다.

며칠 전 일이다. 냉장고 안에서 남은 무 토막을 발견했다. 유부도 발견했다. 그 순간 '그래!'라고 생각했다. 그래! 무와 유부를 넣고 된장국을 끓이자.

무를 채 친다. 유부도 최대한 가늘게 채 친다. 완성된 된장국을 후후 불며 먹는다. 잊고 있었구나 싶다. 무채 유부 된장국이 얼마나 맛있는 음식인지, 요 근래 잊고 살았구나 싶다.

된장국에 넣을 수 있는 건더기 조합은 무수히 많다. 그중 무와 유부의 조합이 군계일학이다. 담백하면서도 깊은 맛이 일품이다. 일본의 된장국에는 '담백한 계열'과 '진한 계열'이 있다. 진한 계열의 대표는 뭐니 뭐니 해도 돈지루(돼지고기와 감자, 각종 채소, 된장을 볶다가 육수를 부어 끓이는 일본식 된장국)다. 돈지루는 그 진한 풍미가 일품이다. 담백한 계열의 대표가 바로 무채 유부 된장국이다. 두부와 미역도 담백한 계열로 나눌 수 있지만 그 깊이에 있어서만큼은 무채 유부 된장국을 따라올 수 없다. 된장국을 끓이는 동안 무채는 된장 색깔로 물이 든다. 무 한 가닥 한 가닥마다 된장 맛이 깊이 밴다. 그 부분 때문에 무채 유부 된장국이 맛있어진다. 진짜, 정말, 너무 맛있다. '끈질기시네'라고 생각해도 좋다. 다시 한 번 더 말하고 싶을 만큼 무채 유부 된장국은 맛있으니까.

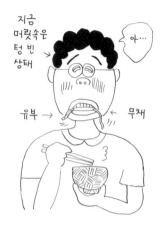

어떻게 이렇게 맛있을까? 된장국에 넣는 건더기는 '독립 계열'과 '융합 계열'로 나눌 수 있다. 독립 계열의 대표는 껍질째 먹는 줄기콩이다. 줄기콩은 국에 넣고 끓여도 된장의 맛이 배지 않는다. 된장이 스며드는 게 부끄러운지 끓여도 여전히 경직되어 있다. 그러므로 줄기콩 된장국을 먹을 때는 먼저 국물부터 먹고 줄기콩은 따로 건져 먹으며 각자의 맛을 즐겨야 한다.

그렇다면 무채 된장국은 어떤가. 아마 이쯤이면 다들 벌써 눈치챘을 것이다. 무를 성냥개비 정도로 가늘게 채 치면 그 모든 단면에 된장국이 스민다. 온몸이 된장국을 완전히 빨아들인다. 된장국의 뜨거운 열기로 낭창낭창 부드럽게 완전히 늘어진다. 그렇게 익은 무채 한 가닥을 씹어보자. 어떻게 될까. 그렇다. 무채의 모든 단면에서 된장국이 배어 나온다. 그런 무채 스무 가닥을 씹는다면 어떻게 될까. 그렇다. 무채 스무 가닥의 모든 단면에서 된장국이 배어 나온다. 일제히, 그리고 대량으로 배어 나온다. 이렇게 분출된 된장국은 원래의 된장국과는 다르다. 무의 단맛이 배가된 된장국이다.

무채 된장국은 무가 너무 두꺼워도 맛이 별로다.

성냥개비 두께가 일반적인 두께로,

그보다 살짝 얇은 이 정도 두께가 무채 된장국에 적당하며,

회 접시에 깔리는 두께 정도로 얇게 채 치면 보기에도 맛있어 보이지 않는다.

수많은 무채가 된장국 그릇 속에서 유영한다. 무와 국물이 혼연일체가 되어 서로 안고 있다. 줄기콩처럼 단독으로 골라낼 수가 없다. 국물과 건더기를 나누기는커녕, 어느새 같이 먹고 같이 씹게 된다. 국물을 마시는 것보다 건더기를 씹는 것이 주된 행위가 된다. 그러는 사이사이, 목구멍 깊숙이 자연스레 국물이 흘러든다.

자, 어떤가. 우리는 된장국을 씹어 먹고 있다. 무가 들어가면서 씹어 먹는 된장국이 되고 말았다. 가느다란 무채 한 가닥만 먹어도 무의 섬유질과 국물은 종횡무진 무수하게 얽힌다. 그것이 스무 가닥 정도

되면 어떨까. 깊은 밀도와 두터운 층을 형성하며 입 안 가득 자박자박, 때로는 말캉말캉, 씹을 때마다 무의 단맛과 함께 된장 국물이 터져 나온다. 이것만으로도 충분히 맛있고 만족스럽지만 '바로 지금 유부를 씹게 된다면 얼마나 더 맛있어질까?' 이런 생각을 하게 된다. 그리고 바로 그 순간 유부를 씹게 된다. 그때의 감동은 이루 말할 수 없을 정도다.

말캉말캉한 무가 이에 닿는 식감에 기분이 좋아진다. 그 식감을 살짝 가로막고 유부의 쫄깃한 식감이 더해진다. 거기에 유부의 기름맛이 사르르 퍼진다. 그 기름의 맛 또한 무에 적당하게 잘 배어 있다. 무채 유부 된장국을 먹고 있노라면 한순간 황홀해지며 머릿속이 텅비어버릴 때가 있다. 유부는 '된장국 세계의 중매쟁이'답게 무와 된장을 훌륭하게 묶어주고 있다. 그런데 경우에 따라서 유부의 맛이 다른 것을 압도할 때가 있다. 그럴 때 유부는 물러설 줄 안다. 게다가 그 방식도 훌륭하다. 한순간 존재감을 드러낸 뒤 '어?' 하는 순간 어딘가로 벌써 사라지고 없기 때문이다.

가끔은 일부러 무채와 유부를 잔뜩 넣고 된장국을 끓일 때도 있다. 나중에 작은 그릇에 건더기만 건져 술안주로 먹기 위해서다. '무채 유부 된장 조림' 느낌이 나기 때문에 술안주로 제법 잘 어울린다.

무채와 유부의 조합으로 된장국을 끓이면 다른 건더기를 더 넣어야겠다는 생각이 전혀 들지 않는다.

술안주라고 하니 갑자기 이런 아이디어가 떠오른다. 무채를 어묵전골에 활용하면 어떨까? 된장국과 잘 어울리는 재료이니 어묵전골 국물과도 분명 잘 어울릴 것 같다. 물론 채 친 무를 그대로 넣으면 전부 흩어지기 때문에 보기에도 별로고 먹기도 불편하다. 그래서 다시 유부가 등장한다. 유부 주머니 안에 무채를 꽉 채워 넣는 거다. 그걸 어묵전골 냄비에 넣는다면?

두부 한 모 통째로 덮밥

미소를 유발하는 덮밥이라는 게 있다. 보기만 해도 저절로 미소 짓게 되는 그런 덮밥.

하긴 덮밥 요리가 다 그렇긴 하다. 덮밥 뚜껑을 열고 내용물을 살짝 보기만 해도 사람들 얼굴에는 미소가 번진다. 오야코동 뚜껑을 열면 노란색 계란을 뒤집어 쓴 닭고기에서 모락모락 김이 피어오른다. 토핑으로 올린 파드득나물의 초록색이 산뜻하다. 그걸 보면 나도 몰래 빙그레 웃게 된다. 덴동에서는 소스 빛깔로 촉촉하게 물들어 있는 새우튀김을 보고 빙그레 웃게 된다. 장어덮밥 위, 적갈색 소스를 발라가며 반짝반짝 먹음직스럽게 잘 구워낸 장어를 보고 괘씸하다거나 못 봐주겠다고 화를 내는 사람은 없다. 이렇듯 모든 덮밥은 사람을 미소 짓게 만든다. 그런데 그중에서도 '미소 강도'가 유독 높은 덮밥을 최근에 발견했다. 이름하여 '두부 한 모 통째로 덮밥'.

나는 그 덮밥을 미식 잡지의 '덮밥 특집'에서 처음 만났다. 사진으로 처음 그 덮밥을 봤을 때 번져가던 웃음을 주체할 수 없었다. 지금까지 본 적도 없고 들어본 적도 없는 덮밥이었다. 색다르고 소박하면서도 묵직하게 전해져 오던 존재감, 게다가 박력까지 넘치는 덮밥이었다. 보는 내도록 웃음이 떠날 줄 몰랐다.

사진 속의 두부 한 모 덮밥은 말 그대로 밥 위에 두부 한 모가 통째로 올라가 있는 덮밥이었다. 양념 맛이 흠뻑 배도록, 적갈색으로 윤기 나게 조려낸 두부. 그저 이게 다인 덮밥이었지만 '그저 이게 다'라는 그 부분이 재밌게 느껴졌다. 아무래도 두부 크기가 크다 보니 그릇 밖으로 두부가 삐져 나가 있다는 점도 재밌었다. 재료 크기가 커서 그릇의 면적을 초과해 버렸다는 사실도 재밌었지만 '그러면 뭐 어때? 뭐가 문젠데?'라는 대범함이 느껴진다는 게 더 재밌었다.

보라! 이 박력!

두부는 두부 자체의 무게만으로도 꽤 묵직한 식재료다. 거기에 조림 국물까지 머금고 있기 때문에 그 무게를 이고 버텨야 하는 입장에서는 더 힘들 수밖에 없다. 그래서 그런지 두부 틈 사이로 살짝 보이는 밥알들이 '무겁다'고 아우성치고 있는 것 같았다. 게다가 밥을 풀 때 고르게 펴지 않은 모양인지 오른쪽보다 왼쪽이 살짝 더 높은 것 같았고, 두부가 그 경사대로 기우뚱하게 얹혀 있는 모습도 웃음을 자아내기에 충분했다. 이 덮밥은 각종 어묵 요리로 유명한 '오타코(お多幸)' 본점의 대표 메뉴로, 이미 40년 전부터 인기였다고 한다. 가격은 놀랍

게도 370엔. 사진 밑으로 이런 설명이 이어진다.

"목이 마를 정도로 달고 짠 소스지만 두부의 담백함과 만나 찰떡궁합을 이룬다. 특별 주문해 공수한 두부 맛도 일품이다. 두부의 부드러운 식감 때문인지, 찻물을 부어 꼬들꼬들하게 지은 밥과 먹다 보면 스스로도 놀랄 만큼 많이 먹게 된다."

그리고 이런 말도 쓰여 있었다. "소스가 밥에 스며들어 사라지기 전에 어서 빨리 한 입!"

사진만으로도 너무 맛있어 보였기 때문에 '어서 빨리 한 입!'이라는 말이 없었어도 어서 빨리 한 입 먹고 싶었을 것 같다. 오타코 본점에 갈 시간도 아까웠다. 곧바로 요리에 돌입하기로 했다.

구이용 두부를 샀다. '목이 마를 정도로' 달콤 짭짤하다고 했고, 사진 속 두부조림의 색깔도 진했기 때문에 그 점을 참고해 소스용 양념장을 골랐다. 일반적인 조림용 말고 소바를 찍어 먹는 양념장을 샀다. 거기에 설탕과 조미료를 추가해 꽤 짭짤하고 달콤한 조림 소스를 만들었다.

이 덮밥은 두부 한 모를 통째로 올리는 것에 그 존재 이유가 있다. 그렇기 때문에 두부가 조금이라도 부서져서는 안 된다. 깍둑썰기로 썰어서 만들어서도 안 되고, 마파두부 속 두부처럼 단면이 부스러져서도 안 된다. 보기에도 재미가 없고 맛도 달라질 수밖에 없기 때문이다. 냄비 크기는 두부 크기의 두 배 정도 되는 걸 쓰는 게 좋다. 다 조려진 두부를 무사히 꺼내려면 뒤집개를 써서 들어 올려야 하기 때문이다.

　조림의 맛은 불을 끄고 온도가 내려갈 때 결정된다. 그때 양념장이 재료에 배어들기 때문이다. 10분 조리고 불을 꺼 온도를 내린다. 다시 불을 켜 조렸다가 식히는 이 과정을 다섯 번 정도 반복한다. 드디어 두부조림 완성. 적갈색으로 반들반들하게 잘 조려졌다.

　그릇에 밥을 담는다. 두부가 기우뚱대다가 떨어지면 안 되니까 평평하게 잘 펴서 담는다. 오타코는 찻물을 넣고 간을 해서 지은 밥을 쓰지만 우리 집은 맨밥이다. 밥에 간이 덜 된 만큼 조림 국물을 잔뜩 넣을 작정이다. 뒤집개로 조심조심 두부를 꺼내 아슬아슬 밥 위에 올리면 완성!

　그릇에서 모락모락 김이 피어오른다. 음, 냄새도 좋다. 두부 한 모를 통째로 얹은 덮밥이라니. 실제로 보니 그 박력이 대단하다. '두부 한 모를 올렸을 뿐'이라는 그 소박함도 좋다. "그 녀석, 좋은 친구야"

라는 표현을 빌려 "그 녀석, 좋은 덮밥이야"라고 말해주고 싶다. 여기
서의 '녀석'은 호감의 의미에서 친근하게 부르는 '녀석'이다.

자, 어디 한번 먹어볼까. 젓가락을 집는다. 덮밥 중에 밥보다 주재
료가 더 많은 덮밥은 없다. 밥보다 돈가스 양이 많은 돈가스덮밥은 없
으며 참치가 더 많은 참치덮밥도 없다. 그런데 이 덮밥은 두부가 압도
적으로 많다. 그러다 보니 덮밥 무게도 상당하다. 어쩌면 두부 한 모
통째로 덮밥은 세계에서 가장 무거운 덮밥일지도 모른다.

부서지면 안 된다는 일념으로 만들어서 그런지 막상 젓가락으로
부서트리려고 하니 꽤 주저하게 된다. 그래도 먹어본다. 두부의 겉면
과 중심부의 맛이 다르다. 그 진하기가 다르다. 소스가 진하게 밴 두
부와 밥, 소스가 순하게 밴 두부와 밥, 소스가 순한 두부와 소스가
듬뿍 묻은 밥. 이런 식으로 다양한 맛을 즐길 수가 있다. 두부와 조림
국물과 밥. 오직 그것뿐인 음식인데도 젓가락이 쉴 새 없이 움직인다.
그럴 수밖에 없게 만드는 맛있는 덮밥이다.

날계란 간장밥 찬양

일본에는 두 종류의 '쉬운 밥'이 있다. 그 하나는 오차즈케(밥에 명란젓이나 연어구이 등을 올려 녹차를 부어 먹는 밥)다. 오차즈케는 분명히 쉬운 밥이 맞다. 간단하게 만들어 편안하게 홀홀 먹다 보면 어느새 식사 끝. 또 하나는 날계란 간장밥이다. 이 메뉴도 쉽고 간단하다. 날계란을 밥 위에서 톡 깨고, 간장을 쪼르륵 넣고, 아무렇게나 뒤섞어 홀홀 먹으면 어느새 식사 끝.

그런데 이 쉽고 편한 밥을 일부러 어렵게 먹는 사람들이 있다. 홀홀 먹으면 1분도 걸리지 않는 밥인데도, 한 입 먹고는 골똘히 생각에 잠기고, 또 한 입 먹고는 시름에 잠긴다. 그런 모습이 그리 즐거워 보이지 않는다는 점도 이런 사람들의 특징이다. 이들은 날계란 간장밥을 만들 때 계란을 풀지 않는다. 간장과도 잘 섞지 않고 밥과도 잘 섞지 않는다. 아니 그렇다기보다는 '섞고 싶지 않다'는 것이 더 정확한 표현이겠다. 어떻게든 최소한으로만 섞어서 끝내고 싶다는 일념으로 날계란 간장밥에 임한다.

이런 부분에서 고심을 거듭하기 때문에 도무지 편하게 먹을 수가 없다. 그 모습이 자못 심각해 언뜻 봐서는 조금도 즐거워 보이지 않는다. 그러나 실은 그 과정을 꽤나 즐기고 있다는 것도 이들의 특징이다. 쉽고 편한 밥을 일부러 어렵게 먹는 사람들. 나 역시 그 일파 중 하나다.

이쯤 해서 확실히 해두고 싶은데, 우리 일파는 계란을 하나의 식재료라고 생각하지 않는다. 두 개의 식재료라고 생각한다. 노른자라는 식재료와 흰자라는 식재료가 어쩌다가 우연히 껍데기라는 포장재로 동봉되어 있다고 생각한다. 노른자의 맛과 흰자의 맛은 확연히 다르다. 두 식재료 본연의 맛을 마지막까지 훼손하지 않은 채 먹고 싶다, 그런 생각이기 때문에 한 입 한 입에 시간이 걸린다. 우리 일파는 '노른자와 흰자가 섞인 것이야말로 계란 맛'이라고 주장하는 단순 사고형의 사람과 다르다. 나는 당신과 다르다.

나는 날계란 간장밥을 이렇게 먹는다. 밥그릇에 밥을 담는다. 밥 가운데에 옴폭한 구멍을 판다. 그 구멍 위에서 신중하게 계란을 깨트린다. 절대 아무렇게나 해서는 안 된다. 구멍 한가운데에 날계란이 제대로 들어가도록, 밖으로 흘러 나가는 것이 없도록, 노른자가 중심에 오도록 깨트린다. 그런 다음 젓가락 끝으로 살짝 노른자를 흐트러트린다. 노른자가 흰자 속에 살금살금 퍼져나가게 만든다. 그리고 그 자리에 간장을 똑똑 떨어뜨린다. 다섯 방울이나 여섯 방울 정도면 적당하다. 떨어진 간장은 노른자와 흰자를 연결하듯 조용히 움직이면서 가라앉는다.

다시 한 번 확인하는데, 노른자와 흰자와 간장은 아직까지 서로 전혀 섞이지 않은 상태다. 그리고 승부처는 지금부터다. 달리 말해 지금부터가 고생 시작이다. 젓가락 끝을 이용해 노른자와 흰자와 간장을 아주 조금만 섞는다. 그러다 보면 노른자와 흰자와 간장이 이상적으로 섞인 부분이 나온다. 그 부분을 밥과 함께 재빨리 입 속에 집어넣는다.

여러분도 다 알고 있겠지만, 날계란은 미끈미끈하기 때문에 밥 위를 여기저기 도망 다닌다. 생각해 보면 참 재밌는 식재료다. 먹으려는데 도망가는 식재료라니… 그런 게 날계란 말고 또 있을까 싶다. 이 또한 여러분도 다 알고 있겠지만, 날계란은 겔 상태로 전부 이어져 있다. 그렇기 때문에 이상적으로 배합된 계란과 간장을 내 생각대로 차질 없이 입 속으로 옮긴다는 게 쉽지가 않다. 다시 말해, 이상적이지 않은 혼합 비율이 입 속에 들어오게 된다. 유감이다. 원통하다. 조금 전의 한 입은 실패였다.

여기까지만. 더 이상 들어오지 마.

이렇게 제지해 보려 하지만, 날계란은 젓가락 따위로 제지할 수 있는 존재가 아니다.

이번 한 입부터는 다소 체념하는 마음으로 좀 더 과감하게 섞어 본다. 대범한 혼합 비율이지만 뭐 어떠냐는 마음으로 재빨리 입 속에 긁어 넣는다. 그런데 입에 들어오던 중 내 계획과 다른 요소가 유입되면서 생각지도 못한 이상적인 배합이 된다. 노른자와 흰자와 간장이 유동적이기 때문에 가능한 일이다. 이번 한 입은 대만족. 빙그레, 미소가 퍼진다.

입 속에서도 각자의 맛은 뚜렷하다. 노른자의 맛, 흰자의 맛, 간장의 맛이 확실히 분리된 채 느껴진다. 일단은 각각의 맛을 느껴준다. 그런 다음 천천히 씹기 시작한다. 노른자와 흰자가 부드럽게 섞이고, 간장이 더해지고, 밥이 어우러진다. 처음부터 다른 그릇에 계란을 깨서 풀어버린 사람, 거품이 나도록 풀어버린 사람은 이 행복을 맛볼 수 없다. 먹어도 먹어도 똑같은 맛일 뿐이다. 그러나 내 날계란 간장밥은 다르다.

'이번 건 노른자가 좀 많았어. 간장도 많이 들어왔고. 그런데 노른자의 깊은 맛 덕분에 전체적인 균형이 제법 좋았어.'

'이번엔 흰자뿐이긴 했지만, 흰자와 간장이 의외로 잘 어울리는구나!'

한 입 한 입이 전부 다른 맛이

다. 한 입 한 입이 전부 일기일회(평생에 단 한 번 만남. 모든 만남과 인연을 소중하게 여긴다는 의미)다.

그건 그렇다 쳐도, 한국 사람이 이 모든 과정을 옆에서 지켜봤다면 어떻게 될까? 섞고 비비는 문화가 강한 사람들인지라 답답해하며 화를 낼지도 모른다.

"날계란 맛있죠."

이 정도로 말하는 사람은 인식의 수준이 깊지 못하다.

"날계란은 진짜 최고입니다. 정말 맛있어요."

이렇게 말할 줄 아는 사람의 인식이 정확하다.

날계란은 연어알이나 성게에 필적할 만큼 맛있는 식재료이지만 사람들은 그 사실을 깨닫지 못하고 있다. 가격이 너무 싸기 때문이다. 싼 가격이 정확한 평가에 악영향을 주고 있다고 생각한다. 만약 계란 한 개 값이 300엔으로 올라도 사람들은 계란을 살 것이다. 날계란 간장밥을 먹기 위해, 눈물을 삼키며 300엔을 낼 것이다.

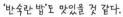

'반숙란 밥'도 맛있을 것 같다.

라멘에 넣어주는 반숙 계란을 밥에 얹고

그 위에 간장을 쪼르륵~

맛 보장, 계란프라이 덮밥

요즘 유행 중인 날계란 간장밥을 이번에 또 만들어 먹었다. 그러다가 갑자기 이런 생각이 들었다. 날계란을 넣은 밥도 이렇게 맛있는데 계란프라이를 넣으면 어떨까? 그것도 맛있지 않을까?

"아니야. 안 돼. 계란프라이라니 너무 뻔하잖아. 쓸데없는 짓 그만 둬."

어디선가 이런 소리가 들려오는 듯하다.

워워, 진정하고 일단 들어보시라. 간편식의 고전, 버터 간장밥을 다들 먹어봤을 것이다. 고전으로 인정받는 만큼 버터 간장밥도 상당히 맛있다. 내가 상정한 계란프라이 덮밥에도 버터가 들어간다. 그것도 듬뿍. 버터로 계란프라이를 하는 거다. "오오!" 하며 귀가 쫑긋해졌을 것이다. 그렇다. 내가 생각한 계란프라이 덮밥은 단순히 계란을 부쳐서 얹어 먹는 밥이 아니라 버터 간장밥과 계란프라이의 융합판이다. 맛이 없으려야 없을 수가 없는 융합이다.

아이디어가 떠오른 뒤 여러 번의 시행착오 후 이상적인 계란프라이 덮밥을 완성했다. 계란을 어느 정도로 익힐 것인가. 이 부분이 제일 중요한 포인트다. 유명한 라멘집에서 만날 수 있는 반숙, 그러니까 젓가락으로 흰자를 찌르면 노른자가 쪼르륵 흘러나오는 반숙보다 아주 살짝 덜 익힌 정도. 여러 시행착오 끝에 그 정도로 익히는 게 가장 좋다는 결론이 났다.

약불로 달군 프라이팬에 버터를 넉넉히 넣는다. 밥숟갈로 한 숟갈 가득이면 적당하다. 곧바로 계란을 깨 넣는다. 계란프라이니까 개수는 당연히 두 개가 기본이다. 약불에서 1분 30초 동안 굽는다. 갓 지은 따끈따끈한 밥을 준비한다. 프라이팬째로 가져가 밥 위에 계란을 미끄러트리듯 그대로 올린다. 그리고 이건 나만의 비법인데, 계란 위에 버터를 또다시 올린다. 크기는 가로세로 1센티미터 정도면 적당하

계란프라이 덮밥   간장

229

다. 열을 가하면 향이 날아가는 버터의 특성상, 신선한 버터 향을 즐길 수 있다.

올린 버터가 녹기 시작하면 그 위에 간장을 똑똑 떨어뜨린다. 가능하다면 간장밥 전용으로 나온 간장이 좋다. 이걸로 계란프라이 덮밥 완성. 자, 이제 맛있게 드셔보시라.

날계란 간장밥은 보통 노른자와 흰자를 힘차게 섞은 다음 그것을 반찬 삼아 먹는 밥이다. 그러나 계란프라이 덮밥은 노른자와 흰자가 분리된 상태에서 먹기 시작한다. 즉 날계란 간장밥은 반찬이 하나지만 계란프라이 덮밥은 반찬이 두 개인 셈이다. 자, 어느 것부터 먹어볼까. 즐거운 망설임이다. 기꺼이 망설이시라.

참고로 나는 이렇게 먹는다. 일단은 촉촉하게 익은 흰자와 버터, 간장의 산뜻한 맛부터 즐긴다. 그다음 노른자와 버터와 간장의 맛으로 넘어간다. 그리고 마지막으로 그 둘을 섞어서 먹는다. 아무래도 가장 맛있는 건 노른자 부분이다. 그러니까 뭐랄까, 이런 거다. 착 달라붙는 맛의 극치라고나 할까. 흐물흐물한 노른자와 버터, 간장이 어울려 혀에 착착 감긴다고나 할까, 끈적끈적 휘감는다고나 할까. 끈끈하게 달라붙는 것도 아니고, 엉겨 붙는 것도 아니고, 미뢰와 미뢰 사이에 매끄럽게 파고든다고 해야 할까. 그래, 맞다. 그거다. 혀와 노른자의 농밀한 키스! 노른자는 혀를 껴안고 혀는 노른자를 빨아 당긴다. 노른자와 혀는 그 순간 서로 사랑하는 사이다. '좋다. 찬성이다. 그 사랑을 허한다. 좀 더 열렬해도 좋다.' 이런 생각을 하며 둘의 사랑을 확인하는 때야말로 최고의 순간이다.

날계란 간장밥은 차가운 계란을 끼얹게 되기 때문에 모처럼 갓 지어 뜨거운 밥을 준비했어도 어느 정도는 밥이 식을 수밖에 없다. 이 부분에 대해서는 특별한 해결책도 없다. 그러나 계란프라이 덮밥은 밥도 뜨겁고 계란도 뜨겁다. 게다가 혀와 노른자는 열렬히 사랑하는 사이다. 그들이 만나게 될 일대는 열기와 혼란으로 가득 찬다. 상상만으로도 두려울 정도다.

나는 덮밥 그릇에 담아 먹겠소. 제대로 된 덮밥처럼 먹고 싶으니까.

날계란 간장밥의 소스는 오직 간장뿐이다. 계란프라이 덮밥은 어떨까? 계란프라이는 보통 우스터소스와 함께 먹는다. 계란프라이와 햄이 같이 나오는 '햄 에그 프라이'는 소금과 후추를 뿌려서 먹는다. 그러므로 두 가지 다 잘 어울릴 것 같다는 생각이 든다. 그런데 계란프라이 덮밥에는 간장이 최고다. 단연코 간장이다. 다른 소스와는 전혀 어울리지 않는다.

간장을 뿌려 계란프라이 덮밥을 먹는다. 황홀감에 빠져 행복하게 먹던 중 아이디어 하나가 번뜩 떠오른다. 그리고 그 아이디어로 내 계란프라이 덮밥은 진일보했다. 또 한 단계의 진화를 이뤄냈다.

그게 뭐냐고? 침착하게 들어주길 바란다. 그건 바로 마요네즈다.

흰자와 노른자를 섞어 먹는 단계에서 마요네즈를 약간 넣어주는 거다. 골고루 잘 섞은 뒤 한입 가득 먹어보길 바란다. 다 알다시피 마요네즈는 계란으로 만들었다. 계란 가공품계의 우두머리다. 열애 중인 노른자와 혀가 농후한 신을 찍는 곳에 계란계의 우두머리마저 가세하는 것이다. 그 뒤 어떤 일이 벌어지든, 나는 모르는 일이다.

단호

날계란 간장밥에 마요네즈는 어울리지 않아요.

산나물의 기쁨

고비(薇), 고사리(蕨), 달래(野蒜), 쑥(蓬), 머위꽃(蕗の薹), 땅두릅나물
(独活), 두릅(楤の芽).

  평소에 고비다, 쑥이다, 고사리다 하면서 가볍게 부르던 이름들이
었는데 실은 이렇게나 어려운 한자의 소유자들이었다. 새삼스러운 사
실에 어쩐지 존경의 마음이 들지는 않으셨는지? 줄줄이 늘어선 저 어
려운 한자들을 다시 한번 봐주시길 바란다. 뭔가 범상치 않은 느낌이
다. 장엄한 분위기마저 풍겨난다. 산적 한 무리가 몸을 낮춰 바스락대
며 공격 태세를 정비하고 있을 것 같은 분위기가 느껴진다. 저 먼 고
대의 숨결마저 느껴진다.

  매년 이맘때면 채소 가게와 마트에 '산나물 코
너'가 불현듯 등장한다. 산나물 코너는 일단 분위
기부터가 다르다. 겉모습부터 범상치 않다. 다들
희한한 모양을 하고 있다. 고비는 아무리 봐도 착
해 보이지는 않는다. 꼬장꼬장해 뵈는 게 제법 성깔

봄 향
가득한
달래

이 좀 있을 것 같다. 어딘가 음습한 느낌이랄까, 엄혹한 눈과 바람을 견뎌내느라 그런 모습이 됐을 것 같다는 느낌도 든다. 산나물 코너의 분위기를 결코 밝다고만은 할 수 없다. 오히려 어두운 느낌이 더 강하다. 그런데도 사람들은 산나물 코너 앞에서 걸음을 멈춘다.

"어머, 고사리가 벌써 나왔네."

"오, 두릅이다. 기름에 튀겨서 소금 찍어 먹으면 엄청 맛있는데."

이런 말을 해도 결국 사지는 않지만, 그래도 뭔가 감상 같은 걸 한 마디씩은 하고 싶어 한다.

요즘은 채소에 계절감이 사라졌다. 채소 가게 입구는 일 년 내내 같은 풍경이다. 그런 가운데 산나물 코너의 갑작스러운 등장이 신선하게 느껴지는 것이다. 그렇지만 잘 생각해 보면 사실 산나물도 일 년 내도록 볼 수 있다. 백화점 식품관에 가보라. 찹쌀 팥밥, 영양 솥밥 같은 걸 파는 곳에서 '찹쌀 산나물 솥밥'을 일 년 내내 팔고 있다. 서서 먹는 소바집에서는 '산나물 소바'가 일 년 내내 인기다. 한국 식당에 가면 고사리나물을 종종 내놓는다. 이런 사실을 전부 잊어버리고 산나물 코너 앞에서 걸음을 멈춘다. 아마도 일본인의 피 속에 '산나물 DNA'가 새겨져 있기 때문이리라. 그 DNA 때문에 산나물을 보고 그립다고 반응하는

것이다.

시대를 한참 거슬러 석기시대 근처까지 가보자. 그때 일본인들은 채집 생활을 하며 살았다. 열매나 조개처럼 땅에 떨어져 있는 것이나 움직이지 않는 것을 주워다가 먹고 살았다. 근방의 먹을 수 있는 풀도 꺾어 먹었을 것이다. 즉 매일매일이 채집과 채취의 생활이었다. 그 무렵의 피가 지금도 들끓는 것이다. 산나물을 목격하면 어쩔 수 없이 마음이 술렁인다.

그런데 또 잘 생각해 보면 산나물이라는 게 마음을 술렁이게 할 정도로 맛있지는 않다. 맛을 강하게 주장하는 식재료도 아니다. 약간의 쓴맛, 약간의 알싸한 맛, 약간의 들판 냄새, 약간의 흙 냄새. 이러한 '약간'의 것들에 일본인의 산나물 DNA가 깨어나 피를 끓게 만드는 것이다. 나만 해도 그렇다. 땅두릅을 생으로 된장에 찍어 먹으면 확실히 내 피가 끓고 있다는 걸 느낀다. 일본의 고대로 날아간 것 같은 기분이 든다.

혹시 산나물을 뜯어본 적이 있는지 모르겠다. 얼마나 재밌는지 모른다. 일단은 발견의 기쁨이란 게 있다. "저기 있다!"는 기쁨이다.

고사리를 꺾으러 산에 간다. 산길을 오르다 나뭇가지를 주워 수풀을 헤치며 나간다. 약간 경사진 곳에 도착한다. 주변을 둘러본다. 고사리가 어디에 있을까. 이 근방에 있을 것 같은데, 혹시 저쪽 덤불 속에 있으려나? 그러다가 발견한다. 15센티미터쯤 되는, 약간 통통하고 지금 딱 꺾기 좋은 고사리 한 줄기가 비쭉 서 있다. 서둘러 다가가면 그 바로 앞에 또 한 줄기. 오오, 그 오른쪽에 또 한 줄기. 세상에나, 그 앞에 또 한 줄기. 이쯤 되면 흥분 상태에 빠져 온몸의 피가 거꾸로 솟는 것 같다. 도대체 뭘까? 그 순간의 저 큰 기쁨은. 고사리 정도야 채소 가게에 가면 한 다발에 200엔 주고 얼마든지 살 수 있다. 역시나 선조의 피다. 선조의 피가 지금 내 몸속에서 요동치고 있는 것이다. 선조님이 미칠 듯이 기뻐하고 계시는 거다.

발견만으로도 이렇게 기쁜데 꺾을 때의 기쁨은 오죽할까. 고사리의 밑동을 잡고 소중히, 사랑스럽기 그지없다는 듯 꺾는다. 이제 이 고사리는 내 거다. 저기 있는 것도 내 거고, 요쪽에 있는 것도 내 거다. 아무한테도 안 줘야지, 전부 다 내 거니까. 만면에 가득한 기쁨, 긍지, 황홀감, 만족에 몸을 떨며 꺾는다. '그깟 고사리, 채소 가게에 가면 200엔에 팔고 있다니까!' 그 순간 이런 생각을 할 수 있는 사람은 없다.

그렇게 꺾다 보면 금세 고사리가 한가득이다. 한 손에 다 쥐지 못하기 때문에 배낭에 옮겨 담아야 한다. 꺾은 고사리를 배낭에 차곡차곡 옮겨 담을 때의 그 기쁨! 이 기쁨은 나의 기쁨이 아니다. 선조님이 기뻐하고 계시는 것이다.

이런 대우를 받는
고사리의 기분은 어떨까?
기쁠까, 아니면 슬플까?

낫토 먹기 좋은 날

〈티파니에서 아침을〉이라는 영화가 있었다.

'요시노야에서 아침을'이라는 영화는 없었다. 지금까지도 없었고 앞으로도 없을 것이다. 영화로 만들기에는 너무 수수하다는 게 그 이유일 것이다. 그러나 개인적으로 그런 아침을 맞이해 보는 것은 가능하다. 게다가 주인공 역할도 해볼 수 있다. 그 행위를 하는 사람이 나이므로 그 이야기의 주인공도 당연히 나다. 내가 그 역의 적임자일 수밖에 없다.

다행히 요시노야는 아침에도 영업을 한다. 새벽 4시부터 오전 11시까지 아침 특선을 즐길 수 있다. 낫토 정식, 생선구이 정식, 햄 에그 낫토 정식 등 총 여덟 가지 메뉴가 준비되어 있다. 아침은 보통 집에서 먹지만 특별한 아침을 맞고 싶다면 외식도 좋다. 보통 외식을 하면 화려한 메뉴를 고를 때가 많다. 그런데 수수하고 소박한 외식도 있다. 그런 외식의 대표 업체가 바로 요시노야다. 〈티파니에서 아침을〉 제목을 차용해 '요시노야에서 정식을'이 아니라 '요시노야에서 아침을'

먹어보기로 한다.

요시노야에서 아침을 먹게 된다면 단연코 낫토 정식이어야 한다. 낫토 정식이야말로 요시노야 아침 메뉴의 주인공이니까. "옳소! 옳소!" 하며 다들 동의하리라고 본다.

상쾌한 5월, 봄바람 살랑대는 5월의 어느 날 요시노야로 향했다. 시간은 아침 8시 반. 하늘은 더없이 푸르다. 뺨에 닿는 훈풍도 기분 좋다. 낫토 먹기 참 좋은 날씨다. 오늘의 아침 식사를 기분 좋게 치러내고 싶다는 마음이 절로 든다.

요시노야 특유의 ㄷ자 모양 카운터에 앉는다. 명랑한 목소리로 낫토 정식을 주문한다. 1분도 채 지나지 않아 낫토 정식이 도착한다. 겨우 370엔짜리 정식인데도 음식이 여섯 개나 된다. 낫토, 날계란, 조미김, 된장국, 장아찌, 밥. 하나당 겨우 62엔꼴이다.

젓가락통에서 젓가락을 꺼낸다. 요시노야는 다른 식당과는 달리 젓가락을 뉘어서 보관하는 납작한 통을 쓴다. 자, 어디 한번 먹어볼까. 자세를 잡고 젓가락을 들다가 퍼뜩 정신이 들었다. 낫토 정식을 먹기 전에 반드시 해야만 하는 여러 일들이 갑자기 떠올랐기 때문이다.

① 낫토 섞기
② 날계란 깨기 및 풀기
③ 김 봉지 찢기 및 꺼내기

풍성한
6종 세트
'낫토 정식'

사전에 해둬야 하는 일 때문에
← 곤혹스러워하고 있는 청년

밥 →

된장국

조미김 →

장아찌

날계란

낫토

다른 메뉴였다면, 그러니까 카레라이스였다면 필요 없을 과정이다. 음식이 도착하자마자 먹기만 하면 된다. 그러나 낫토 정식은 그렇지 않다. 게다가 고민스러운 게 하나 더 있다. 해야 할 일들의 순서다. 어쩌다 보니 ①번 ②번 ③번 순서대로 썼지만 ②번 ③번 ①번 순서일 수도 있고 ③번 ①번 ②번 순서일 수도 있다. 그리 깊게 고민한 건 아니었어도 순간적으로 망설였다. 결국은 ①번 ②번 ③번 순서로 진행하기로 했다.

낫토를 섞으려면 일단 낫토 포장부터 열어야 한다. 낫토는 스티로폼 용기에 들어 있다. 뚜껑이 꽤나 강력하게 밀착되어 있기 때문에 억지로 열려고 하면 스티로폼 용기가 찢어질 수도 있다. 꽤 성가신 과정을 거쳐 뚜껑을 열었더니 다음 난관이 기다리고 있다. 쪼끄만 봉지에 담긴 맛간장과 겨자다. 나 같은 노안은 어쩌라는 건지. 뜯는 곳을 찾느라 그 조그만 봉지를 가로로 봤다가 세로로 봤다가, 겨우 뜯긴 했는데 이번엔 또 새어 나온 간장이 손가락에 묻어서 그걸 티슈로 닦느라 우왕좌왕….

겨자가 든
작은 봉지
이제 진짜
힘든 난관이다.

노인에게
낫토에 든
소스 봉지는
심각한
골칫덩이다.

전국의 모든 낫토 회사에 고한다. 맛간장과 겨자 포장은 정말 문제다. 이 문제를 개선하기 위해 노력이라도 해봤는지 묻고 싶다. 낫토 회사는 낫토 포장 때문에 고생하는 전 국민의 목소리에 귀를 기울여야 한다. 모처럼 기분 좋게 아침 외식을 즐길까 하는데 말이다. 초장부터 이런 식이라니, 그 뒤가 어찌 될지 뻔하지 않겠는가.

이렇게 생각한 순간, 이번에는 조미김 쪽에서 문제가 발생한다. 납작한 1인용 조미김을 뜯어서 김을 꺼내야 하는데 세로로 잘못 찢으면 봉지 안의 김까지 같이 찢어지고 만다. 그 김을 달래가며, 눈치를 살펴가며 겨우

조미김
포장에도
이런저런
문제가
있다.

조미김

겨우 봉지에서 꺼내는 데 성공했다.

전국의 김 회사에 고한다. 어휴, 됐다. 이하 동문이다.

식사가 도착하고 이미 2분이 지났다. 그 시간 동안 사전 업무에만 몰두했다. 김 문제를 해결하는 것으로 드디어 모든 사전 업무가 끝났다. 그런데 갑자기 이런 생각이 들었다. 그때그때 필요할 때마다 해도 됐던 일 아닐까? 김을 먹어야겠다는 생각이 들었을 때 김 봉지를 집어 들어도 됐던 게 아닐까? 낫토를 먹어야겠다는 생각이 들었을 때 낫토 용기를 뜯어도 됐던 게 아닐까? 처음부터 모든 걸 미리 준비해 두지 않아도 됐던 게 아니었을까?

쓴웃음과 함께 식사를 시작한다. 첫술은 낫토와 함께 먹는다. 그리고 깨닫는다. 그래, 미리 준비해 둔 게 정답이었다. 이렇게 먹고 싶을 때 곧바로 먹을 수 있으니까. 만약 미리 준비해 두지 않았더라면 지금 이 시점에 낫토를 집어 들었을 테고, 뚜껑과 격투를 벌였을 테고, 저 쪼끄만 봉지 두 개와 사투를 벌여야 했을 거다.

그래, 해두길 잘했다.

그래, 긍정적으로 생각하자.

지금부터 다시, 이 아침 식사를 기분 좋은 방향으로 가져가 보자. 아무튼 바깥은 낫토 먹기 딱 좋은 날씨다. 낫토 먹기 좋은 날 이렇게 낫토를 만나 좋은 시간을 보내고 있다는 것만으로도 감사한 일이다. 그렇게 생각하기로 하자.

집에서 만드는 보급형 가라스미

이번 회는 '요리 교실'풍의 글이 되겠습니다. 이 '되겠습니다'는 "이쪽에 놔드린 게 나폴리탄 스파게티가 되겠습니다"라는 레스토랑 직원의 '되겠습니다'와 같은 '되겠습니다'가 되겠습니다. 요리 잡지에서는 셰프나 요리 연구가가 '000 만드는 법'을 가르쳐주지만 이번 회에서는 제가 그 역할을 맡게 되겠습니다. 이번에 만들어볼 요리는 '간단 가라스미(소금에 절인 숭어알을 말린 음식)'입니다.

가라스미는 일본 미식계의 황제라고 불리는 식재료입니다. 가라스미 이야기가 나오면 가격이 비싸다는 말부터 튀어나옵니다. 그 말을 들은 사람은 두려움에 떨며 "가격이 얼마 정도길래요?"라고 물어봅니다. 명란젓 크기 하나에 8,000엔이라는 대답을 들은 그 사람은 "그러니까…" 하며 규동으로 환산해 보고, 가라스미 하나가 규동 스물일곱 그릇과 맞먹는다는 사실을 깨닫는 순간 불같이 화를 내게 됩니다. 그 고급 식자재가 바로 가

사이사이에 무를 끼워서 먹는다.

242

라스미입니다.

이 사실에 화가 난 사람이라면 가라스미 만드는 법을 배울 필요가 없다고 생각하실 겁니다. 당연합니다. 그래도 진정하고 잠시만 기다려주세요. 지금부터 이 요리 교실에서 가르쳐드릴 가라스미는 개당 200엔으로 만들 수 있으니까요. 게다가 깜짝 놀랄 정도로 맛있습니다. 개당 8,000엔짜리 가라스미보다 개당 200엔짜리 가라스미가 훨씬 더 맛있다고 하는 사람도 있습니다. 물론 그 사람이 저라는 게 문제이긴 하지만, 맥주와도 어울리고 사케와도 어울리고 밥반찬으로도 잘 어울리는 가라스미입니다.

이번에 만들어볼 개당 200엔짜리 가라스미는 스시집을 운영하는 제 친한 친구에게 배운 요리입니다. 즉 프로도 보증하는 맛이 되겠습니다. 진짜 가라스미는 숭어알로 만듭니다만, 이번에는 근처 아무 곳에서나 구할 수 있는 대구알젓으로 만들 겁니다. 아무래도 개당 200엔짜리 가라스미이다 보니 '가난한 자를 위한 가라스미'라는 별칭으로 불리기도 합니다. 사람에 따라서는 '보급형 가라스미'라 부르기도 합니다. 이번 요리 교실에서는 보급형 가라스미라 칭하기로 하겠습니다.

진짜 가라스미를 만들려면 엄청나게 손이 많이 갑니다. 우선 숭어 알집을 일주일 동안 소금물에 절여둡니다. 잘 절여진 숭어 알집을 꺼냈

다면 두 시간 정도 물에 담가 소금기를 빼야 합니다. 그런 다음 사케에 일주일 정도 다시 담가두어야 합니다. 그리고 또 일주일 동안 모양을 잡아가며 햇볕에 말려야 합니다. 그래야 완성입니다. 재료 자체가 비싼 데다가 시간과 수고까지 들여야 합니다. 그래서 비쌀 수밖에 없고 황제가 될 수밖에 없겠지만, 우리의 보급형 가라스미는 그런 수고를 들일 필요가 전혀 없습니다. 대구알젓을 사 와서 말리기만 하면 끝이니까요. 대구알젓은 이미 소금의 맛이 잘 배어 있는 식재료입니다. 따로 소금에 절일 필요도 없고 물에 담가 소금기를 빼는 수고를 들일 필요가 없습니다. 말리기 이전의 절차가 이미 완료되어 있는 상태인 것이지요.

그럼 이제부터 본격적인 요리 교실을 시작해 보도록 하겠습니다.

재료(1인분): 대구알젓 한 줄(A)

조미료: 없음

조리 용품: 없음

밑 작업: 없음

재료에 '대구알젓 한 줄(A)'이라고 쓴 까닭이 뭐냐고요? 거 왜, 요리 교실에 가면 '재료 A에 소금과 후추를 가볍게 뿌리고 그것을 B와 잘 섞어서 불 위에 올리고'라는 레시피가 나오잖아요? 그걸 따라 해보고 싶었을 뿐 다른 뜻은 없었습니다.

그런데 이쯤에서 갑작스런 고백을 할까 합니다. 보급형 가라스미에 별다른 수고는 들어가지 않지만 시간은 약간 걸립니다. 일주일이 걸립니다. 시간이 걸린다는 사실을 지금까지 숨긴 이유가 뭐냐고요? 그 사실이 알려지면 요리 교실 수강생이 줄어들 것 같았습니다. 그게 두려웠기 때문이지 다른 뜻은 없었습니다. 그래도 그렇게 힘든 일은 아닙니다. 일주일 동안 하는 일이라 해봤자 가끔씩 뒤집어 주는 일뿐이니까요. 하루에 두세 번 뒤집어 주기만 하면 되니까 그렇게 수고스러운 일은 아니잖아요? 실은 서너 번 뒤집어 주는 게 더 좋지만 그 사실을 알면 수강생이 줄어들까 싶은 걱정에 두세 번이라고 했을 뿐, 다른 뜻은 없습니다.

아 참, 제일 중요한 걸 빼먹고 안 썼네요. 숭어 알집은 햇볕에 말려서 만들지만 우리 대구알젓은 그늘에서 말리는 게 좋습니다. 한번 햇볕에 말려봤더니 딱지 같은 게 몇 개 생기더군요. 그 부분이 약간 딱딱하게 마르면서 식감이 별로 좋지는 않았습니다.

그늘에서 말릴 때는 바람을 통하게 해주는 게 제일 중요합니다. 그러니 접시 말고 채반을 쓰는 게 좋습니다. 요리 교실 첫 부분에 '조리 용품: 없음'이라고 써둔 건 뭐냐고 하실 분도 있을 겁니다. 결국 채반이 필요한 것 아니냐고 항의하실 분도 있을 거라고 생각합니다. 이 부분도 수강생 숫자에 대한 걱정 때문이었다는 점에서 양해해 주신다면 감사하겠습니다.

물론 일주일이 걸린다는 사실에 변화는 없지만, 그 스시집 친구가 이렇게 말하더군요.

"뭐라고? 굳이 그늘에서 안 말려도 돼. 그냥 냉장고 안에 일주일 동안 넣어두기만 해도 꽤 잘 말라. 그냥 생각날 때마다 위아래를 뒤집어 주기만 하면 된다고."

그렇다고 합니다. (친구의 멘트에서 수강생 숫자 회복!)

말리기 시작하고 사나흘 됐을 때 조금 떼서 먹어보세요. 그게 또 진짜 맛있습니다. 그냥 대구알젓 말린 맛이지만, 촉촉한 게 얼마나 맛있는지 모릅니다. 아 참, 가끔 손가락으로 눌러가며 평평하게 모양을 잡아주는 것도 중요합니다. 완성된 보급형 가라스미는 소금 간도 딱 좋고 시오카라(일본식 발효 젓갈. 해산물 창자 안에 젓갈 주재료와 소금, 쌀누룩을 넣고 한 달 정도 발효시켜 먹는다) 같은 쿰쿰한 냄새도 약간 납니다. 그야말로 가라스미를 능가하는 맛!

대구알젓으로 가라스미가 가능하다면 명란젓으로도 가능하지 않을까? 아마 다들 그렇게 생각하시고 계실 텐데, 물론 가능합니다. 짭짤한 명란젓 가라스미도 끝내주게 맛있으니까요.

한번은 이렇게 꼭 먹어보고 싶었다!

더 이상 미련은 없다!

↑
가라스미
통째로 먹기

246

멈출 수 없는 맛, 미즈타키

미즈타키(맑은 국물의 닭고기전골. 맹물 혹은 다시마 육수에 닭과 여러 채소를 넣고 끓여 먹는 단순한 요리)는 언급되는 일이 별로 없는 전골 요리다. 같은 전골 요리라도 스키야키나 어묵전골이라면 상황은 달라진다. 그에 대해 사람들은 많은 말들을 한다.

스키야키라면 '일단 여분의 지방을 떼어낸 뒤 고기를 냄비에 넣고, 그런 다음 미리 준비해 둔 간장 육수를 부어야 한다'거나 '아니, 그게 아니라 고기에 먼저 설탕을 뿌리고 나서 간장 육수를 붓는 게 좋다'거나 '고기와 실곤약을 넣을 때는 서로 최대한 거리를 두고 넣어야 한다' 등등 이래저래 시끄러운 의견들이 많다. 그러다 보니 당연히 '나베부교(여럿이 모여 전골을 먹을 때 나서서 그 식사 과정을 이끄는 사람. 재료 투입 순서, 먹는 타이밍 등에 까다롭게 구는 사람을 비꼬는 뉘앙스로도 쓰인다)' 역할을 하는 사람이 등장하게 된다.

어묵전골도 마찬가지다. '일단은 무를 먼저 먹으며 그 가게가 추구하는 맛의 경향성을 살피는 게 좋다'거나 '감자는 바스러질 정도로 푹 익힌 게 맛있다'거나 '아니, 그게 아니라 너무 푹 익히지 않는 게 좋다'거나 누구든 뭔가 한마디 정도는 어묵전골에 대해 할 말이 있다. 그런데 미즈타키는 다르다. 미즈타키에 대해 뭐든 한마디 해보라고 하면 여러분은 무슨 말을 할까? 여기서 한번 의견을 들려주길 바란다.

"…"

이것 보라. 아무 말 없을 줄 알았다. 나베 부교조차도 미즈타키를 앞에 두고는 아무 말도 하지 않는다. 할 말이 없기 때문에 입을 닫고 있다. 입을 닫고 있는 나베 부교라니, 다른 전골 요리에서는 들어본 적도 없다.

침묵하는
나베 부교

미즈타키가 사람들의 관심을 별로 끌지 않는 요리여서 그렇다는 사람도 있을 것이다. 미즈타키를 두고 마이너한 경향의 전골이냐고 묻는다면 꼭 그렇지만도 않다. 마트의 고기 코너에 가보라. '미즈타키용'이라는 딱지가 붙은 닭고기 절단육이 잔뜩 진열되어 있다. 아주 자주는 아닐지라도 집에서도 종종 해 먹는 음식이고 말이다.

이런 미즈타키에 대해 지금부터 많은 것들을 이야기해 보려 한다. 사람들은 별말 하지 않지만 내게 미즈타키란 말할 거리가 많은 전골 요리다.

자, 무슨 이야기부터 해볼까. '미즈타키는 뜨겁다.' 일단 이 측면에서부터 이야기를 시작해 보자. "무슨 그런 당연한 소리를 하느냐"고 목청을 드높인 사람이 있을 텐데, 그런 사람은 나중에 후회하게 될지도 모른다.

미즈타키란 과연 어떤 요리일까. 일단은 기본부터 짚어두자. 요리책에 따르면 미즈타키(水炊き)는 글자 그대로 '물(水)'에 '익혀(炊き)' 먹는 요리다. 끓는 물에 적당히 토막 낸 닭고기를 넣고 다 익으면 폰즈(유자, 레몬, 청귤 등 상큼한 계열의 과즙을 넣어 만든 간장 소스)에 찍어서 먹는 요리다. 실로 단순 그 자체다. 그것 말고는 다른 전골 요리와 똑같다. 배추나 버섯, 쑥갓 등 전골에 자주 쓰는 채소를 넣어서 익혀 먹으면 된다. 요리책에 따르면 '그냥 맹물 말고 닭뼈 육수로 끓이면 더 맛있다'고 한다. 맹물이든 육수든 별다른 맛내기 양념이 들어가지는 않으며, 간 맞추기나 맛의 핵심은 폰즈 소스가 맡고 있다. 스키야키나 어묵전골은 육수 제작에 비법 같은 것도 많고 육수 그 자체에 상당한 공을 들인다. 그에 비해 미즈타키는 별다른 비법 같은 것도 없고 폰즈 소스에 모든 걸 맡겨버린다. 이처럼 미즈타키는 단순하고 별것 없는 요리다. 그런데도 마트에 전용 고기가 진열될 만큼 사람들에게 꾸준한 인기를 얻고 있다. 그 비결은 뭘까.

미즈타키에 양배추를 넣어도 맛있다.

아

《하가쿠레》(1718년경 편찬된 무사의 법도에 관한 책. 당대 최고의 무사로 칭송받던 야마모토 쓰네토모의 구술을 정리한 내용이다)에 "무사도란 죽음을 마다하지 않는다"는 문장이 있다. 그 문장에 빗대어 나는 이렇게 쓰고 싶다. '미즈타키는 고기 덩이의 크기를 마다(두려워)하지 않는다.' 거기에 또 이런 말도 덧붙이고 싶다. '그리고 미즈타키는 고기 덩이의 뜨거움도 마다(두려워)하지 않는다.'

펄펄 끓는 냄비에서 닭고기 조각을 집어 올려보자. 어떤가. 꽤 묵직할 것이다. 스키야키나 샤부샤부의 얄팍한 고기와는 그 무게가 완전히 다를 것이다. 그리고 뜨거운 국물에 완전히 젖어 있을 것이다. 그렇다. 미즈타키의 고기는 반드시 그 크기여야만 하고, 뜨거워야만 하고, 뜨거운 물에 흠뻑 젖어 있어야만 하고, 그 열기에 완전히 익은 보들보들한 껍질에 덮여 있어야만 한다. 그런 닭고기를 입에 가져갔을 때 내 입술과 이가 그 큰 크기와 열기를 예감해야만 한다. 그리고 그 예감이란 조금 겁이 날 정도의 예감이어야만 한다. 조금 겁이 난 채로 덥석 고기 덩이를 물면 이가 쑥 하고 들어가야 하고, 오물오물 씹기 시작하면 '아, 이 고기는 가슴살이 아니라 다릿살이었나 보다. 그래서 이렇게 탄력이 좋고 입 속에 육즙이 넘치는 거였어'라며 기뻐할 수 있어야만 한다.

뼈에서 고기가 쏙 빠지는 순간도 제법 느낌이 좋다.

지금까지 언급한 이 모든 '해야만 한다'는 닭고기의 크기에 관련된 것이다. 만약 고기 크기가 지금의 절반 정도였다면 이렇게나 많은 '해야만 한다'가 탄생하지 못했을 것이다. 그리고 이런 각각의 '해야만 한다'가 미즈타키가 지닌 하나하나의 매력이라는 사실을 독자 여러분들도 이해할 수 있을 것이다.

이렇게 미즈타키의 진실은 밝혀졌다. 고기 크기에 그 비밀이 있었다. 그렇다면 일등 공신은 누구일까? 닭고기를 그 크기로 절단해 준 사람이 바로 일등 공신이다. 미즈타키의 매력은 그 사람이 만들어낸 공적인 것이다.

요 몇 년 사이 닭고기 맛은 점점 더 좋아지고 있다. 토종과 개량종 등 다양한 종류의 닭이 시장에 나오고 있으며, 제각각 맛이 다 다르면서 제각각 다 맛있다. 닭고기가 맛있으니 미즈타키도 맛있을 수밖에 없다.

라멘 가게에서는 닭뼈를 고아 육수를 만들기도 한다. 여기에 힌트를 얻어 시판 라멘 육수를 사다가 미즈타키 국물에 섞어 '라멘 육수 미즈타키'를 만들어본 적이 있다. 폰즈 소스에 찍지 않고 먹어봤더니 이야, 세상에, 어찌나 맛있던지! 도무지 젓가락을 멈출 수 없는 맛이었다.

향수편

그리운 것들,
이상한 것들 다 모여라

그리운 옛날식 다방

'타바스코의 시대'라는 것이 있었다. 예전에 그런 시대가 있었다. '웨이퍼(웨하스)의 시대'라는 것도 있었다. 예전에 그런 시대가 분명히 있었다. '파마산 치즈의 시대'라는 것도 있었다. 가늘고 긴 통에 들어 있던 치즈를 톡톡 뿌려 먹던 시대였다. 이 세 개의 '시대'를 하나로 묶을 수 있는 공통분모가 있다. 바로 다방이다. 지금의 커피점 같은 그런 다방 말고, 1950년대 중반부터 1970년대 중반쯤의 그런 다방 말이다.

그때는 그야말로 다방의 전성시대였다. 특히 대학가 주변에 정말 많았고 그 성격도 다양했다. 클래식 음악을 감상하는 '클래식 다방', 재즈 음악을 감상하는 '재즈 다방', 다방 손님 모두가 합창을 하는 '합창 다방', 가벼운 음식도 파는 '경양식 다방'. 이런 다른 속셈 말고 커피만으로 승부하는 다방도 있었다. 그런 다방은 '순수 다방'이라는 이름을 내걸었다.

후추통처럼 뚜껑을 빙글 돌려서 구멍을 맞춰 쓴다.

웨이퍼　타바스코

경양식 다방에 없어서는 안 될 것들이 타바스코, 웨이퍼, 파마산 치즈였다. 스파게티, 카레라이스, 필래프가 경양식 다방의 주력 메뉴였다. 그때는 경양식 다방에서 스파게티를 시켜 타바스코를 뿌려 먹는 것을 세련된 것이라 여겼다. 타바스코를 뿌리지 않는 녀석을 촌놈으로 보는 시대였다. '시골에는 타바스코가 없다. 도쿄에는 타바스코가 있다'는 도식으로 봐도 무방한 시대였다. '시골 촌놈은 타바스코를 모른다'는 것이 그 시대의 전반적인 분위기였다. 이런 이야기는 다케다 데쓰야(가수이자 배우) 씨에게 들려달라고 하면 생생하게 되살아날 텐데 말이다. 대부분 이런 에피소드들이다.

"어라? 케첩이 왜 이렇게 잘 안 나오지?' 하다가 잔뜩 쏟아버린 적이 있었어요. 너무 매워서 먹을 수 없을 정도였지만 그때는 돈도 없었고 아까웠기 때문에 참고 먹었습니다."

"친구와 같이 경양식 다방에 갔어요. 타바스코를 잔뜩 뿌렸더니 '그거 엄청 매운 거'라고 친구가 그러더군요. 매운 거 좋아한다고 큰소리 치고는 울면서 먹었죠, 뭐."

나도 처음에는 '스파게티에 타바스코'라는 걸 모르는 촌놈이었다. 그러나 알고 난 뒤로는 시골에서 막 상경한 친구를 다방에 데려가고는 했다. 익숙한 듯 타바스코를 뿌린 다음 "뭐여? 그게?" 하며 눈을 동그랗게 뜨는 친구의 모습을 보고 의기양양하던 그런 사람이 바로 나였다.

스파게티에 반드시 뿌려야 하는 게 하나 더 있었다. 그게 바로 파마산 치즈다. '스파게티에는 타바스코와 파마산 치즈.' 이것이 당시의 불문율이었다. 스파게티를 주문한 손님이라면 다들 똑같은 행동을 했다. 누구 하나 이 불문율을 깨지 않았다. 다들 똑같은 모습으로 스파게티를 먹고 있는 광경을 상상해 보길 바란다. 도대체 뭐였을까, 그 불문율은.

그 이후 경양식 다방에 피자가 등장했다. 스파게티와 약간의 시차를 두고 등장한 피자에도 타바스코를 뿌리는 것이 불문율이 되었다. 그러나 이 불문율도 점점 사그라들었고, 지금은 피자에 타바스코를 뿌리는 사람도 많이 줄어들었다. 이 사람, 저 사람에게 구애를 하다가 결국은 미움을 받게 된 사람 같이 어딘가 딱한 구석도 있다. 그러나 여전히 타바스코 팬은 세상에 꽤 많은 모양이다. 어떤 마트에 가건 진열대에서 타바스코를 발견할 수 있으니 말이다. 심지어는 초록색 타바스코도 있다. 이런 타바스코는 어떤 사람들이 사서, 어떤 음식에 뿌려 먹는 걸까?

역시나 같은 시대, 또 하나의 불문율이 있었다. 다방에서 아이스크림을 주문하면 웨이퍼라는 것이 늘 함께 나왔다. 웨이퍼도 그 당시에는 '뭐여? 그게?'의 대상이었다. 웨이퍼는 '내 다방 출입의 역사' 중반부부터 등장했고, 처음 웨이퍼를 봤을 때 친구와 둘이서 다케다 데쓰야 씨 같은 상태가 됐다. 어떻게 먹으라는 건지 당최 가늠도 되지 않았다.

"뭐여? 이걸로 아이스크림을 퍼 먹으라는 것이여?"

"아닐걸? 그랬다간 부서질걸? 요기 위에다가 아이스크림을 올려
먹으라는 거 아녀?"

"맞네. 맞네. 그런가 보네."

이런 대화가 오간 뒤 숟갈로 아이스크림을 떠서 웨이퍼 위에 올려
먹었다. 그리고 이 '올려 먹는 시대'가 꽤 오래 지속됐다. 그러다가 웨
이퍼의 용도가 '아이스크림으로 차가워진 입을 잠시 쉬게 해주기 위
해 중간중간 조금씩 먹는 것'으로 바뀌었으나 웨이퍼의 불문율 역시
시대의 흐름과 함께 차츰 사라져 갔다. 이런 불문율은 누가 처음 만
들었을까? 어떻게 정착해 갔으며, 어떤 이유로 사라져 간 걸까? 생각
해 보면 신기한 일이다.

요즘엔 이런 옛날식 다방이 별로 없다. 바로 10년 전까지만 해도
옛날식 다방이 거리 여기저기 즐비했다. 점심 식사를 마친 회사원들
은 반드시라고 해도 좋을 정도로 다방에 들른 다음 회사로 복귀했다.
지금은 280엔짜리 규동이 극구 찬양받는 험겨운 시
대다. 아마 지금 옛날식 다방이 있다고 해도 거기에
들를 만한 여유가 있는 사람을 별로 없을 것이다.

옛날식 다방에는 설탕통이 반드시 있었다. 이성
과 함께 다방에 가면, 아직 별로 친하지 않은 사이여
도 "설탕은 몇 숟갈?" 하고 물어봐 주고 "세 숟갈" 하

"몇 숟갈?" 하고
묻게 되는 설탕통

고 대답해 주던 시대였다. 뜨거운 커피 잔에 설탕 세 숟갈을 퐁당퐁
당 넣어주던, 그때가 그립다.

된장국 속 미역의 역할

아무런 기대 없이 먹게 되는 된장국. 여기에도 나름의 정취라는 게 있다. 여기에서 말하는 기대란 '혹시나 좋은 멸치를 쓰지 않았을까' 하는 기대 '혹시나 건더기에 신경을 쓰지 않았을까' 하는 기대를 말한다. 거기 있으니까 그냥 자연스레 손이 가는 된장국. 어디서나 볼 수 있는 평범한 된장국. 예를 들면 동네 식당의 백반 같은 데 딸려 나오는 된장국이나 민박집 같은 곳에서 주는 된장국을 말한다.

이런 곳을 경영하는 사장님들은 자신의 된장국에 대한 기대치가 너무 높아도 곤란해한다. 손님 쪽도 마찬가지다. 기대 같은 건 하지 않는다는 쌍방의 암묵적인 동의하에 성립되는 된장국이기는 하나, 그렇다고 완전히 날림으로 만드는 된장국은 아니다. 된장국으로서 밟아야 할 과정은 일단 다 밟고 있기 때문이다. 어찌 됐건 육수도 뽑는다. 일번다시(다시마, 멸치, 가다랑어포 등을 넣고 처음 뽑은 진한 육수), 이번다시(일번다시를 뽑고 난 재료로 끓여낸 두 번째 육수) 같은 복잡한 과정은 제외하더라도, 일단 육수 정도는 착실하게 뽑고 있기 때문이다.

일반적인 식사에서는 제일 먼저 된장국으로 입을 한 번 축이고 식사를 시작한다. 그러나 햄버그스테이크 정식 같은 데에 딸려 나오는 된장국은 그렇지가 않다. 된장국은 일단 뒤로 돌리고, 햄버그스테이크 끄트머리 부분을 잘라, 밥과 함께 먼저 먹는다. 그러고 난 뒤 된장국 그릇을 본다. 된장국 표면에 건더기다운 것이라고는 하나도 떠 있지 않다는 것을 발견한다. 된장국에 별 기대를 하고 있지 않음에도, 대부분은 이 시점에 불안해진다. '설마…'라고 생각한다. '건더기가 아예 없나?' 하고 의심한다.

서둘러 젓가락으로 된장국을 휘저어 본다. 그러면 아래쪽에 가라앉아 있던 미역 한 조각이 나른한 모양새로 천천히 떠오른다. 팔랑팔랑. 작은 조각이어도 있어주기만 한다면 그걸로 족하다. 원래부터 기대하지 않았던 된장국이므로 많은 양의 미역이 와아아~ 하고 떠오른다면 그것도 곤란하다. 휘저어 주길 기다렸다는 식으로 힘차게 떠올라 준다면 그게 더 곤란하다. 귀찮은 듯, 느릿느릿 떠올라 주길 바란다. 얼마 전까지는 떠올라 있었으나 지금은 은퇴했다는 식. 아래쪽에, 별다른 의욕 없이, 가만히 가라앉아 있는, 그런 상황이면 족하다.

먼 옛날 내가 초등학생이었을 무렵, 학교를 파하고 현관에 들어서면 "다녀왔습니다!"라고 인사부터 했다. 그러면 늘 "어서 와!" 하는 엄마의 목소리가 들려온다. 그런데 가끔 그 소리가 들려오지 않을 때가 있다. 그러면 갑자기 불안해진다. 된장국 그릇에서 건더기가 보이지 않을 때 느끼는 불안과 비슷하다. 서둘러 신을 벗고 들어가 장지문을 열어보면 바느질에 열중하고 있던 엄마가 고개를 들고 "어서 오렴!" 하고 맞이해 준다. 그러면 안심한다. 된장국 그릇 바닥에 가라앉아 있는 미역이 그때의 엄마 같은 느낌이라고나 할까.

젓가락으로 된장국을 휘휘 젓는다. 미역이 천천히 떠오른다. 팔랑팔랑 자그만 조각이지만 있어주기만 하면 그걸로 됐다. 그런 까닭인지라 '기대하지 않는 된장국'의 건더기는 미역이어야만 한다. 천천히 떠오른다는 조건을 만족시키기 위해서는 미역이 아니면 안 되기 때문이다. 두껍고 좋은 미역보다는 얇고 팔랑팔랑한 싸구려 미역이 떠오를 때의 정취나 분위기가 더 좋다.

만약에 건더기가 두부라면 어떨까? '멋진 떠오름'은 기대할 수 없을 것이다. 유부도 그렇고 감자도 마찬가지다. 만약 토란이라면 떠오르는 것에 반항하는 느낌마저 들 것 같다. 같은 미역이더라도 유명한 미역, 예를 들어 '활성탄을 뿌려 말린 고급 미역'이라거나 '나루토(돗토리현의 해안 도시. 이 지역의 미역을 최고로 친다)의 거친 파도에서 자란 미역'이라거나 '두툼한 미역'이라고 하는 것들은 휘저었을 때 아마 중후하게 떠오를 것이다. 그런 미역보다는 지방의 이름도 없는 미역, 슈퍼 선반에

아무렇게나 진열되어 있는 미역일수록 더 멋진 분위기로 된장국 그릇에 떠올라 준다.

햄버그스테이크 정식을 먹다가 문득, 아무 기대 없이 자연스레 손이 가는 된장국. 지난달 주간지를 뒤적이며 또다시 후루룩 먹게 되는 된장국. 먹으면서 '맛있네'도 아니고 '맛없네'도 아니고 그냥 아무렇지도 않게 자연스레 식도를 통과해 가는 된장국. 지금 내 식도를 통과 중인 된장국에 미역이 있었던 것 같기도 하고 없었던 것 같기도 하고, 그 미역에서 제대로 된 미역 맛이 난 것 같기도 하고 아닌 것도 같은, 그런 미역이어야만 하는 것이다.

밥을 먹기 시작해 다 먹을 때까지 아무 일도 일어나지 않는 식사. 특별한 풍파도 일지 않고, 별일 없이 평온하게 끝이 나는 식사. 식사를 마친 뒤 '좋았다'거나 '싫었다'거나 하는 감개도 일어나지 않는 식사. 이쑤시개를 조용히 사용한 뒤 이미 식어버린 차를 후루룩 마시고, 누구에게랄 것도 없는 작은 목소리로 "잘 먹었습니다" 하고 인사한 뒤 자리에서 일어나는 식사. 그런 식사를 좋다고 생각하는 내가, 나는 되고 싶다.

(일본에서 미역은 탈모 방지에 효과가 있다고 알려져 있다.)

원조 김 도시락

오랜만에 김 도시락을 먹었다. 이야, 정말 맛있었다. 게다가 냄새도 좋았다. 뚜껑을 열자마자 퍼지던, 간장에 밴 김 냄새. 뭔가 애틋하고 그리운 느낌이 들었다. 그 옛날, 중고등학생 때 자주 먹던 바로 그 김 도시락 말이다.

김 도시락을 '먹었다'고 할 때엔 어쩐지 '쿳타(食った)'라는 단어를 쓰게 된다. '타벳타(食べった)'라는 단어를 써서는 김 도시락을 먹는 느낌이 나지 않기 때문이다(뜻은 같으나 '타벳타'가 좀 더 일반적인 표현. 그에 비해 '쿳타'에는 살짝 거친 느낌이 들어가 있다).

자고로 김 도시락이란 도시락에 밥을 담고 김으로 덮은 다음 그 위에 간장을 뿌린 도시락이다. 요즘 편의점 같은 데서 김 도시락이라 칭하며 팔고 있는 도시락에는 김 위에 어묵튀김이나 연어구

세상에나 단무지도, 우메보시도, 다른 반찬도 하나 없는데 저 큰 김 도시락을 전부 다 먹었지 뭐예요.

오물오물

부끄럽네요.

이 같은 게 올라가 있다. 그런 건 '원조' 김 도시락이 아니다. 그런 김 도시락은 도무지 용납할 수가 없다. "가짜는 저리 비키시지." 이렇게 말하고 싶다.

요즘에는 김으로만 만든 김 도시락을 파는 곳이 없기 때문에 내가 만드는 수밖에 없다. 어떤 방송에서 누가 한 말인지는 잊었지만, 프로그램 도중에 김 도시락에 대한 이야기가 나왔다. 그 이야기를 들으니 급격하고도 맹렬하게 김 도시락이 그리워졌다. 김 도시락이 먹고 싶어졌다. "이렇게 된 이상 먹어줘야겠어!" 하며 콧김이 거칠어졌다. "완전 장난 아닌, 제대로 된 김 도시락을 만들어보겠어!" 말투가 다소 거칠어진 까닭은 청춘의 뜨거운 피가 몸속에서 되살아났기 때문이다.

평소에 우리는 김을 어떻게 먹을까? 료칸 조식 같은 데서 김이 나오면 간장에 찍어 밥과 먹는다. 그런 면에서는 김 도시락도 마찬가지다. 김에 간장을 곁들여 먹는 밥이기 때문이다. 그러나 둘 사이에 결정적인 차이가 딱 하나 존재한다. 그게 뭘까? 바로 시간이다. 시간의 경과다.

학창 시절에 먹던 김 도시락을 생각해 보자. 김 도시락은 아침에 만들어지고, 학교로 가져가 정오에 먹게 된다. 그러나 료칸에서는 김을 간장에 찍어서 바로 먹는다. 아침 7시 무렵 만든 김 도시락을 정오에 먹는다고 하면 그 사이에 다섯 시간이 경과한 셈이다. 바로 이 다섯 시간 동안 간장이 김과 밥에 깊게 배어들게 된다. 다섯 시간 동안 간장이 깊게 밴 김 도시락이라니. 아아, 빨리 먹어보고 싶다.

이왕 만들 거라면 '완전 제대로 된 원조 김 도시락'을 만들고 싶었다. 그러면 일단 도시락통부터 구해야 한다. 그때는 다들 양은 재질의 도시락을 이용했으므로, 역사적인 고증에 의거해 양은으로 된 것을 사야겠다고 마음먹었다. 그런 생각으로 나가봤으나 지금은 플라스틱 재질의 도시락통뿐이다. 겨우 양은 재질로 된 도시락통 하나를 발견했으나 이것도 뚜껑은 플라스틱이다. 이렇듯 '완전 제대로 된' 것을 지향하다 보면 난관이 하나둘 앞을 가로막기도 한다. 게다가 '정오에 먹는다'와 '다섯 시간 후에 먹는다'는 조건을 지키기 위해서는 아침 7시에 도시락을 만들어야 한다. 김 도시락을 위해 일부러 아침 7시에 일어나야 하는 것이다.

아침 7시에 일어났다. 김과 밥과 간장을 준비한다. 밥은 전자레인지에 2분만 돌리면 되는 즉석밥으로 해결했다. 즉석밥을 돌려 도시락통에 담는다. 도시락통이 꽤나 큼직해서 즉석밥이 두 개 반 정도 들어간다. 뜨거운 밥을 도시락에 담고 주걱으로 네 모퉁이까지 빈틈없이 고르게 펴 담는다. 이 별것 아닌 행동이 의외로 재밌다.

2단으로 만들 생각이기 때문에 일단은 도시락의 절반만큼만 밥을 채운다. 그리고 도시락통보다 살짝 더 크게 자른 김을 밥 위에 덮는다. 김은 시간이 지날수록 수축하기 때문에 젓가락을 이용해 김의 네 변을 틈새에 밀어 넣는다. 수축을 최대한 방지하기 위해서다. 이 별것 아닌 행동 역시 꽤나 재밌다.

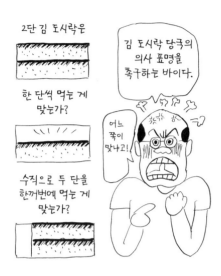

그 위에 간장을 두른다. 그냥 두르다가는 두세 곳에 집중적으로 쏟아질 수 있기 때문에 주걱에 먼저 따라 도시락 전 구역에 균등하게 두른다. 이 별것 아닌 행동은, 너무 별것 아닌 행동이어서 그런지 딱히 재밌거나 하지는 않다.

그 위에 밥을 또 한 단 올리고, 김을 덮고, 간장을 두른다. 그리고 뚜껑을 덮는다. 역사적인 고증에 의거해 신문지로 도시락통을 싼다. 그리고 작업실 책상 한쪽에 올려둔다. 중학생 때는 이 도시락을 가방에 넣어 전차를 타고 이동했으므로 이대로 가만히 책상 위에 올려둘 수만은 없다. 일을 하다가 가끔 도시락을 흔들어준다. 이제나저제나, 점심시간이 애타게 기다려진다.

정오. 정각에 맞춰 도시락을 가져온다. 드디어 도시락 뚜껑을 열수 있는 시간이다. 보통 도시락 뚜껑을 열 때는 '과연 오늘은 어떤 도시락일까?' 이렇게 생각하기 마련이지만, 내가 만든 것이므로 도시락에 무엇이 들었는지 전부 알고 있다. 그럼에도 도시락 뚜껑을 연다는건 즐거운 일이다.

뚜껑을 연다. 내가 만든 그대로다. 만약 달라졌다면 그것도 무서울테지만. 여기도 김, 저기도 김, 도시락의 전 구역이 김으로 덮여 있다. 진하게 퍼져 오르는 김의 냄새, 간장의 냄새, 간장이 배어 든 밥의 냄새.

음, 어디 한 입. 간장과 습기에 흐물흐물해진 김과 맨밥이 정말 잘어울린다. 유부초밥은 방금 만든 것보다 좀 뒀다 먹는 것이 더 맛있다고들 하는데 김 도시락도 그렇다. 맞다. 그러고 보니, 김과 맨밥에 간장이 잘 배어들어서 그런지 '즈케(일종의 생선회 간장 절임. 다시마, 간장, 맛술 등으로 심심하게 만든 간장 양념에 생선회를 담가뒀다가 맛이 들면 꺼내서 먹는다)' 같은 느낌도 난다.

한 입 먹고, 두 입 먹고 "자, 이쯤 해서 슬슬" 하며 신문을 펼친다. 역사적인 고증에 의거해, 도시락을 쌌던 신문을 부스럭부스럭 펼쳐 읽기 시작한다.

김 도시락 포장은 신문지가 아니면 안 된다.

고구마 두 개 도시락

도시락 대신에 고구마 두 개를 싸 갔다는 이야기를 자주 듣는다. '소개 (전쟁에 의한 피해를 최소화하기 위해 도시의 주민과 산업 시설을 시골로 이동, 분산시키는 일)'라는 단어와 함께 자주 듣게 되는 이야기다.

일본도 과거 식량난을 겪었다. 전쟁이 끝난 뒤에도 마찬가지였다. 쌀이 부족한 나머지, 고구마 두 개를 신문지에 싸서 도시락으로 들고 가던 시대였다. 이런 말을 해도 지금의 아이들은 믿지 않겠지만 말이다.

아까부터 계속 남 일처럼 쓰고 있지만 나 역시도 '고구마 두 개'를 싸 다니던 소년이었다. 그러나 그 시절에는 도시락통에 밥을 싸 오는 아이보다 도시락으로 고구마 두 개를 싸 오는 아이가 더 많았기 때문에 그리 창피한 일은 아니었다.

연말연시와 설날 연휴에 대단한 진수성찬까지는 아닐지라도 평소보다 호사스러운 음식을 며칠 연속으로 먹으면서 보냈다. 그러던 중 문득 고구마 두 개를 싸 다니던 나날이 떠올랐다. '매일 이렇게 사치스럽게 먹어도 될까?' 이런 마음이 어딘가에 있었던 탓인지도 모른다.

그 무렵의 나는 어떤 마음으로 고구마를 먹었던 걸까? 지금으로서는 전혀 기억도 나지 않는다. 그때부터 수십 년이 지난 지금 '고구마 두 개뿐인 식사'를 한다면 어떤 기분이 들까? 과연 어떤 식으로 식사 과정이 진행될까? 아니 그보다, 고구마 두 개를 제대로 다 먹을 수나 있을까?

궁금하면 해보면 된다. 그래, 체험해 보기로 하자. 일단 JR 니시오기쿠보역으로 간다. 역 근처 큰길가에 제법 그럴듯한 도리이(신사 입구에 세워두는 기둥문)가 있다. 그런데 어찌 된 영문인지 있어야 할 신사는 없고, 신사가 서 있어야 할 자리에(물론 신사 대신은 아니겠지만) 채소 가게가 서 있다(서 있다는 표현이 어떨지는 모르겠지만). 아무튼 그 채소 가게는 일 년 내내 찐 고구마와 찐 감자를 판다. 그러니 무조건 그 가게로 가면 된다.

채소 가게 도착. 그런데 가게에 사람이 없다. "주십시오~" 하고 사람을 부른다. 그렇게 부르면서 문득 이런 생각이 든다. 방금 너무나도 자연스레 '주십시오'라고 사람을 불렀지만, 평소대로였다면 '죄송합니다' 하고 사람을 불렀을 거다. 지금은 뭐든 '죄송합니다'로 통하는 시대다. 그러나 예전에는 달랐다. 가게에 뭔가를 사러 갔다면 '주십시오' 하고 사람을 불렀다. 아이라면 '주세요' 하고 주인을 불렀다. '주십시오'라는 말이 자연스레 나올 수 있었던 건, 예전 생각을 하며 고구마를 사러 갔기 때문일지도 모르겠다. 고구마는 개당 무조건 100엔이다.

절반으로 잘라둔 큼직한 고구마 하나, 길고 가느다란 통짜 고구마, 이렇게 두 개를 샀다.

집에 돌아와 식탁 위에 고구마를 나란히 놓는다. 우선은 신문지로 고구마를 싼다. 분위기를 내기 위해서다. 그럼 이제 먹어볼까.

가늘고 긴 놈을 골라 한입 크게 베어 문다. 우물우물. 오, 생각보다 훨씬 더 달다. 우물우물. 예상보다 훨씬 더 찐득하고 촉촉하다. 맞다. 그럴 수밖에 없는 게, 이 고구마는 군고구마가 아니라 찐 고구마다. 군고구마는 달군 돌로 굽기 때문에 수분이 날아가지만 찐 고구마는 수분을 머금고 촉촉하게 익는다.

그 당시 우리는 이런 고구마를 두 개씩 점심으로 먹었다. 아마도 무척 차가웠을 것이다. 차디찬 교실에서 차가운 고구마를 손에 쥐고, 우걱우걱 열심히 먹어댔을 것이다.

고구마를 먹다가 새삼 깨닫게 된 사실인데, 고구마를 먹는 동안 조미료의 필요성이 조금도 느껴지지 않는다. 한 개하고도 절반까지 먹다가 '아, 그러고 보니' 하고 그 사실을 깨달을 정도로, 소금이나 설탕이 전혀 생각나지 않는다. 감자였다면 한 입 먹자마자 '아, 그러고 보니' 하며 소금을 찾았을 거다. 토란도 마찬가지다.

아무튼 고구마 말고는 아무것도 없는 식사이기 때문에 묵묵히 우걱우걱 씹을 뿐이다. 어쩐지 평소보다 천천히 씹고 있는 내 모습을 깨닫는다. 게다가 그 속도가 점점 더 느려진다. 조금씩 무념무상의 상태에 진입한다. 점토 같은 식감의 고구마는 전 구역의 질감이 동일하다. 씹는 위치에 따라 식감이 달라질 일도 없다. 먹는 동안 마음도 점점 평온해진다. 변화가 없기 때문이다. 바뀌는 것 하나 없는, 씹어도 씹어도 별다른 변화가 없는 것을 무념무상으로 오로지 씹을 뿐이다. 씹는 좌선(坐禪)이다. 고구마 좌선이라는 게 있어도 좋을 것 같다. 어릴 때는 배가 고팠을 테니 허겁지겁 급하게 먹었을 것이다. 그런데 지금은 선의 경지에 이르게 되었으니, 새삼 시대의 변화와 내 나이에 대해 깊이 생각해 보게 된다.

찐 고구마는 그 모양도 소박하다. 아무런 꾸밈이 없다. 땅에서 파낸 그대로의 모습이다. 그런 부분도 마음에 든다. 그러고 보니 이런 추

고구마 좌선 실천 중

억도 떠오른다. 이 역시 내가 아이였을 때의 일인데, 미군이 주둔해 있던 시기였던지라 영어 회화가 유행했다. 영어 회화를 일본어식으로 바꿔서 외우면 좋다는 그런 것이 유행했었다. 예를 들어 '지금 몇 시입니까?'가 영어로 '왓 타임 이즈 잇 나우(일본식으로 발음하면 '홧토 타이무 이즈 인 나')'이기 때문에 발음상의 유사점에 착안해 '홋타 이모 이지인나(掘った芋いじんな, 캐낸 고구마 주무르지 말라는 뜻)'로 외우라고 가르치고는 했다.

그나저나 '캐낸 고구마 주무르지 말라'라….

본래의 모습을 꾸미려 들지 말라는 뜻이니, 이 말 자체로 그냥 명언이구나.

땅에서 캔 고구마

그 모습 그대로 먹는다.

때로는 한국식, 때로는 일본식

예전에 내가 소년이었을 때, 집에서 종종 지라시즈시(밥을 쥐어서 만드는 일반적인 초밥과 달리 그릇에 밥을 담고 각종 해산물을 올려 먹는 덮밥 스타일의 초밥)를 만들었다. 여기서 말하는 지라시즈시란 밑간한 밥에 여러 가지 생선회를 가지런히 올리는 방식이 아니고, 히나마쓰리(매년 3월 3일, 여자아이들의 무병장수와 행복을 비는 일본의 전통 축제)나 오히간(매년 춘분과 추분 무렵, 조상의 은덕을 기리는 행사) 때 가정에서 만드는 스타일의 지라시즈시다.

오늘은 지라시즈시다. 이렇게 정해지면 가족 모두가 들떴다. 박고지, 표고버섯, 당근, 죽순, 고야도후(얼리고 저온 숙성한 다음 말린 두부) 조리는 냄새, 연근 초절임 냄새, 단촛물로 밑간한 밥 냄새, 초생강 냄새, 그리고 김 냄새….

지라시즈시를 추억하다 보면 어쩐 일인지 다시마부터 등장한다. 요즘 나오는 약간 두툼한 다시마 말고 팔랑팔랑 종잇장 같은 다시마. 지금도 그런 다시마를 발견하면 기분이 좋아지면서 살짝 흥분된다. 다시마 성애자라고나 할까. 세상에 그런 사람이 있는지는 모르겠지만.

아이들이 식탁을 둘러싼 가운데, 방금 완성된 밥이 뜨거운 김을 뿜으며 나무통 속으로 우르르 쏟아진다. 식초를 넣고 주걱으로 섞는다. 식초 냄새가 순식간에 퍼진다. 부채를 꼭 쥐고, 이제나저제나 대기 중이던 부채 팀에게 시작 사인이 떨어진다. 부채 팀은 떨리는 사명감과 함께 열심히 부채질을 한다. 그 부채는 형제들 사이의 쟁탈전 끝에 승리한 자만이 가질 수 있는 부채다. 차례차례 갖가지 재료가 투입된다. 뜨거운 김은 더 맹렬히 피어오르고, 부채질하는 손의 사명감도 한층 더 불타오른다.

이렇듯 격동의 시대를 끝낸 지라시즈시 위에 젖은 다시마가 덮인다. 그러고는 고요히 식사 시간이 시작되길 기다린다. 지라시즈시의 다시마는 무대에서의 커튼 역할을 한다. 모두들 마른침을 삼키며 바라보는 가운데 짠! 하고 다시마를 걷어낸다.

연근이 있어야 풍경이 좋아진다.

어느 사이엔가 지라시즈시 위에는 노란 달걀지단이 폭신하게 올라가 있다. 분홍빛 생선살 소보로(찐 생선살을 으깨어 말린 식품)도 흩뿌려져 있다. 초록빛 완두콩도 여기저기 자리 잡았다. 초생강의 붉은빛이 산뜻하고, 김의 검은빛은 점점이 빛나며 연근 초절임은 모인 듯 흩어져 있다. 오, 이 풍경은 무엇이란 말인가. 구름인가 안개인가 파스텔인가. 음력 3월, 완연한 봄의 기운이 지라시즈시 위에 걸려 있구나.

생전의 요도가와 나가하루(영화평론가. NHK〈일요영화극장〉을 진행했다. '다음 회를 기대해 주세요. 사요나라, 사요나라, 사요나라'라는 유행어와 함께 전국적으로 친숙해진 인물) 선생에게 보여줬다면 "오, 아름다워! 사요나라, 사요나라" 하며 발걸음을 돌렸을 것 같은 풍경이다. 이렇듯 지라시즈시에는 어딘지 모르게 여성적인 아름다움이 있다. 갓츠 이시마츠(WBC 라이트급 세계 챔피언이자 방송인) 씨에게 보여줬다면 "그게 뭐 어쨌다고!" 하며 버럭 소리를 지르며 돌아섰을 것 같다. 이렇듯 지라시즈시에는 어딘지 모르게 남자와는 어울리지 않는 아름다움이 있다.

갓츠 씨가 이렇게
지라시즈시를 먹는다면?
과연 어울릴까?

정말
맛있네요.

'여성적'이라고 느끼게 하는 데에는 달걀지단이 하는 역할이 크다. 노랗고 달콤하고 폭신하고 화사하다. 거기에 생선살 소보로의 분홍빛이 더해져 있다. 동그라미만으로 디자인된 연근 초절임은 여성용 기모노 천의 도안을 연상시킨다. 흡사 봄의 꽃밭이다. 요도가와 선생이 다시 돌아와서는 "오, 멋져요! 사요나라, 사요나라" 하고 발걸음을 돌릴 게 틀림없다. 갓츠 씨는 음… 뭐라고 하든 상관없지 뭐.

표고조림, 고야도후조림, 죽순조림 같은 것들은 평소에 제대로 된 반찬으로 먹는 음식들이다. 즉 따로 먹는 반찬들이다. 그러나 지라시즈시에서는 그것들이 전부 작은 조각으로 들어가 있기 때문에 한꺼번에 뒤섞여 입 속에 들어온다. 그 외에 우엉이나 곤약조림 같은 것들을 지라시즈시에 넣기도 하므로 때로는 한꺼번에 다섯 가지 반찬이 입 속에 들어오기도 한다. 평상시 '흰밥 대 반찬'을 기본으로 하는 일본인에게는 흔치 않은 방식이다. 그래서 지라시즈시를 두고, 섞기 좋아하는 한식 스타일이라고 말하기도 한다. 한 입 먹으면 다섯 종류의 재료가 한데 섞여 지금의 이 맛이 어떤 재료의 맛인지 확인할 수가 없다. 그런데 그 맛이 또 맛있다. 그 지점이 또 재밌다.

그러면서도 평소의 '흰밥 대 반찬'의 습성을 버리지는 못한다. 어떻게든 확인하려고 한다. '음… 지금의 식감과 맛은 분명히 표고버섯이다.' 이렇게 확인이 되면 그게 또 즐겁다. '처음에는 연근, 거기에 죽순이 끼어들었군.' 이렇게 생각하며 빙긋 웃게 되는 것이다.

자기 접시에 지라시즈시를 담는 순간에도 '개별'의 개념을 완전히 버리지 못한다. '가키피(간장 맛 쌀과자와 땅콩이 함께 들어 있는 일본 과자)의 개념'을 도입하고 만다. 과자와 땅콩의 조합을 달리해 가며 가키피를 먹을 때처럼 '이번에는 죽순 두 조각에 고야도후 한 조각으로 먹어볼까?'라는 식으로 선별하기 때문이다. '이번에는 표고버섯이 밀집된 포인트를 공략하자'며 물고기 떼와 낚시 포인트의 개념을 도입할 때도 있다.

내 생각에 지라시즈시를 먹을 때는 때로는 한국식, 때로는 일본식, 이렇게 두 가지 방식으로 임하는 게 좋겠다 싶다. 조금 전의 한 입이 확인 방식(일본식)이었다면, 이번 한 입은 조화의 맛을 중시하는 방식(한국식)으로 가자고 말이다. 이렇게 하지 않으면 확인에 확인을 거듭하느라 모처럼 지라시즈시를 먹는데 괜히 피곤해질 것 같기 때문이다.

지라시즈시는 '달콤한 밥'이다. 생선살 소보로가 달고 달걀지단이 달다. 보통이라면 "뭐? 밥이 달다고?" 하며 꺼리기 마련이지만 지라시즈시에 한해서만은 달달한 그 밥이 맛있다. 사무치도록 맛있다.

고기 망치와 스테이크

예전에는 스테이크 고기를 굽기 전에 반드시 두드렸는데, 독자 여러분도 기억하는지 모르겠다. 고기 망치라고 하는 전용 도구가 있었고 그걸로 구석구석 두드린 다음에야 고기를 구웠다. 고기 망치는 어설픈 주방 용품 같은 게 아니라 목수가 쓰는 쇠망치같이 생긴, 제대로 된 도구였다. 전체가 다 금속으로 되어 있었기 때문에 무게도 꽤 묵직했다. 그런 도구로 쇠고기 전체를 구석구석 팡팡 두드린 다음 구워 먹는 것이 당시의 스테이크였다.

여기서 말하는 '고기 팡팡'의 시대라 함은 쇼와 30년대(1950년대 중후반), 그러니까 영화 〈올웨이즈, 3번가의 석양〉(1950년대 중후반, 도쿄에서 살아가는 소시민들의 삶을 소재로 만든 휴먼 드라마) 무렵의 시대라고 할 수 있겠다. 아무튼 '쇠망치로 소고기를 팡팡 두드리는 모습'을 머릿속에 그려봐 주길 바란다. 나중에 그 장면이 이 글의 포인트가 되어 줄 것이니까.

그 당시는 메뉴가 스테이크라면 일단 고기부터 두드렸다. 아무튼 두드려놓고, 거기서부터 요리를 시작했다. TV의 요리 프로, 신문, 잡지의 요리 기사, 요리책 레시피 할 것 없이 전부 다 그랬다. "고기 망치가 없으시면 맥주병으로 두드려도 좋아요"라는 멘트와 함께 무조건 두드리게 만들었다. 왜 두드렸을까? 고기가 질겼기 때문이다.

그때는 누가 고기라고 하면 그냥 '아, 고기구나' 했다. 약간 과장해 보자면 소고기, 돼지고기, 닭고기도 그다지 구별하지 않았다. 소고기라고 하면 말 그대로 그냥 소고기였다. 사태니 목심이니 안심이니 등심이니 이런 것에 대해 말하는 사람이 한 명도 없었다. 물론 마쓰자카규(마쓰자카 지역에서 비육되는 소로, 마블링이 풍부한 고기는 최고급으로 꼽힌다)다, 요네자와규(요네자와 지역에서 비육되는 흑우)다, 이런 말을 하는 사람도 없었다. 그런데 참 이상하다. 그때도 등심이나 안심 같은 부위는 있었을 텐데 말이다. 그런 부위들은 전부 어디로 사라졌던 걸까? 아무튼 당시에는 안심이나 등심 같은 부위는 전부 다 사라지고 보통 사람들이 먹는 소고기는 죄다 질겼다. 그때 우리가 먹던 소고기는 과연 어떤 부위였을까? 요리법을 가르쳐주던 사람들은 그 부위가 어느 부위인지 알고 가르쳐줬던 걸까? 여하튼 그때는 부위에 대한 언급 같은 건 일절 없었다. "오늘의 재료는 소고기입니다. 이 소고기를 이렇게 두드려서…"라는 멘트로 방송이 시작됐으니까.

그런데 지금은 어떤가? TV의 맛집 탐방 프로에 스테이크가 나온다. 젊은 여성 방송인이 나이프로 고기를 스윽 썰어 입에 넣으며 감탄한다. "정말 부드럽네요. 입 안에서 살살 녹아요!"

지금은 이런 고기의 시대다. 그런데 말이다, 만약에 말인데, 1950년대의 그 고기 망치로 이런 고기를 두드린다면? 굽기 전에 구석구석 팡팡 두드린다면? '고기 망치가 없다면 맥주병도 좋다'며 아무튼 두드려댄다면 어떻게 될까? 주방 일대에 고기 조각이 튈 테고, 결국에는 아무것도 남지 않게 될 테지만, 나는 모르는 일이다.

여기서 갑자기 '샬랴핀 스테이크' 이야기로 화제가 넘어간다. 샬랴핀 스테이크라는 것이 세상에 있고, 도쿄 임페리얼 호텔에서 실제로 팔고 있다는 사실을 알게 된 때는 쇼와 40년대(1960년대 중반), 그러니까 내가 서른쯤 됐을 때의 일이다. 아마도 시시 분로쿠(소설가이자 연극 연출가)나 고지마 마사지로(소설가이자 수필가) 등 미식가라고 일컬어지는 문인들의 글을 통해서 알게 됐지 않았나 싶다.

샬랴핀 스테이크의 '샬랴핀'은 러시아 오페라 가수의 이름이다.

1937년, 공연 차 일본에 온 그는 마침 치통을 앓고 있었다. 때문에 자신이 묵고 있던 임페리얼 호텔의 총괄 셰프에게 부드러운 스테이크가 먹고 싶다는 요청을 했다. 소고기를 부드럽게 만들기 위해 양파(양파에는 단백질 분해 효소가 많이 함유되어 있다)를 써야겠다고 생각한 총괄 셰프는 양파를 갈아 소고기를 담가둔 다음, 잘게 다진 양파를 고기에 올려 소테(얇은 팬에 버터를 녹여 고온에서 단시간에 조리하는 방식) 스타일로 만들었는데, 그 요리를 샬랴핀이 대단히 마음에 들어 했고, 그 이후 샬랴핀 스테이크라는 이름으로 임페리얼 호텔의 명물 메뉴가 됐다는 이야기다. 이 이야기를 들은 후, 어찌 된 일인지 이 샬랴핀 스테이크라는 것이 내 머릿속에 남았다. 요즘 들어 쇼와 시대를 그리워하는 사회 분위기가 조성되고 있는데 '쇼와 시대의 스테이크' '스테

표도르 샬랴핀은 꽤 유명한 사람이다. 백과사전에 나올 만큼 유명한 사람이다.

이것이 샬랴핀 스테이크다!

이크의 신화'라는 키워드로 샬랴핀 스테이크가 머릿속에 남게 됐는지도 모르겠다.

이 일화를 통해 독자 여러분들은 어떤 사실을 알게 되셨는지? 일단은 당시의 스테이크가 질겼다는 사실을 알 수 있다. 치통이 생겼다면 먹기 곤란할 정도였다는 것을 알 수 있다. 그러나 치통이라고 해도 부드러운 고기라면 먹을 수 있을 정도의 치통이므로, 그 당시의 스테이크는 가벼운 치통으로도 먹을 수 없을 만큼 질겼다는 사실도 알 수 있다. 이쯤 되니 정말 궁금해진다. 쇼와의 스테이크는 정말 어느 정도로 질겼던 걸까? 그 당시 일단 두드리고 나서 스테이크로 구웠던 까닭은 고기가 질겼기 때문이라고 이미 말한 바 있으나, 과연 어떤 고기였을까? 어떤 부위였을까?

지금은 고기를 두드리지 않는다. 입 속에 넣자마자 녹아버릴 정도이기 때문에 두드릴 필요가 없다. 지금도 임페리얼 호텔에서는 샬랴핀 스테이크를 판매하고 있다. 샬랴핀 스테이크 조리법을 위키피디아에서 찾아보면 다음과 같이 나온다.

소고기(설도, 등심, 안심 등 스테이크용 고기라면 뭐든 좋다)를 두드려서 펴고, 힘줄을 정리한다.

거봐, 여기도 두드리고 있다. 등심인데도 두드리고 있다. 결과야 뻔하지만 나는 모르는 일이다.

특별 대담 후편

백반집은
풍류입니다

쇼지 사다오 + 오타 가즈히코

2018년 여름, 도쿄의 이자카야에서

다시 이어지는 두 사람의 이야기.

덮밥계의 챔피언은 누구인가.

맥주 안주와 밥반찬의 '경계선'은 어디인가.

그리고 혼밥이 아니면 체험할 수 없는 '풍류'란 무엇인가.

자, 스마트폰을 버리고 백반집에 가자!

고등어 된장 조림을 맛볼 수 있는 백반집은 고급스러운 세계입니다

오타 작업실에서 혼자 일하시는 걸로 알고 있습니다. 그렇다는 말은, 식
사 때도 혼자 나가신다는 거죠?

쇼지 그렇습니다. 근처에 사는 누군가에게 전화를 걸어 "점심, 어때? 시
간 돼?" 하고 물어볼 생각을 하는 것만으로도 '됐다. 그만두자' 싶

어집니다. 그러므로 밥은 원래부터가 혼밥이었고, 밥 먹기로는 백반집이 제일 좋습니다. 지금, 이 나이가 돼서도 제일 편한 곳은 백반집이에요. 백반집에 여럿이 가는 경우는 거의 없잖습니까? 대체로 혼자 오는 손님이 많으니까요.

오타 그 고독감이 좋죠. 얼굴을 마주 보지 않도록 등을 대고 앉습니다. 어쩔 수 없이 합석을 하게 됐다면 대각선으로 않고요. 그 사람이 주문한 게 먼저 나와도 쳐다보거나 하지 않습니다.(웃음) 하물며 말을 건넨다거나, 그런 일은 당치도 않고요.

쇼지 그렇죠. 백반집에는 백반집만의 룰이 있어요. 백반집에서는 병맥주죠. 이것도 암묵적인 룰 중 하나입니다.

오타 가장 자주 드시는 메뉴는 뭔가요? 여전히 고등어 된장 조림 정식인가요?

쇼지 그렇죠. 아직까지도 고등어 된장 조림입니다.

오타 저는 전갱이튀김파입니다. 진짜 좋아하는 메뉴죠. 우스터소스 콸콸 끼얹어서.

쇼지 전갱이튀김도 좋죠. 저도 둘 중 하나입니다. 고등어 된장 조림 아니면 전갱이튀김.

오타 메뉴를 고민하는 일도 없어졌어요. 가끔 색다른 걸 먹어보자거나, 그럴 때도 있으십니까?

쇼지 거의 없어요. 점심으로 돈가스를 고르는 경우도 거의 없고요.

오타 점심으로 먹기에 돈가스는 다소 무거운 느낌도 있죠.

쇼지 그런데 요즘 백반집이 점점 줄어들고 있습니다.

오타 그런 것 같네요. JR 중앙선 부근에는 아직 많이 있으려나? 잘 모르겠네요.

쇼지 10년쯤 전에는, 작업실에서 걸어서 5분 거리에 백반집이 네 군데나 있었습니다. 이 동네가 비교적 백반집이 많던 지역이었죠.

오타 백반집에서 밥을 먹는 사람이 그만큼 많았다는 말인가요?

쇼지 그렇죠. 고독한 회사원들(웃음), 동료나 친구가 별로 없는 사람들, 약간의 그늘이 느껴지는 그런 성격의 소유자들.

오타 주로 만화 주간지나 TV를 보며 밥을 먹죠.

쇼지 백반집 사장님의 기본 자세는 '그리 열심히 하지 않는다'입니다. 된장국도 전날 대충 끓여둔 그런 것이죠. 여자 사장님은 홀에서 TV 드라마를 보고, 남자 사장님은 주방에서 경마 신문을 읽고, 그러는 김에 요리까지 만들어주는 느낌이라고나 할까요. 그런 분위기 자체를 맛보는 곳이 바로 백반집입니다. 대체로 백반집들은 1세대에서 끝이 납니다. 이번에 폐업한 요 근처 백반집도 마찬가지였어요. 사장님은 나이가 들어가는데 가게를 이을 사람이 없는 거지요. 대를 이으려고 드는 백반집 아들이 거의 없으니까요.

오타 지금 말씀하신 부분은, 맛이라거나 미식의 세계에서는 논할 수 없는, 전혀 다른 세계라는 생각이 듭니다. 어떤 면에서는 대단히 고급한 세계일 수 있다는 생각도 들어요.

쇼지 고급…까지는 아니지만요.(웃음)

오타 그런 정서를 맛볼 수 있는 의식. 그런 의식이 있다는 것 자체가 저로서는 고급한 세계라고 느껴집니다. 물론 맛이 없다면 안 되겠지만 "맛도, 품격도 그저 그렇네" 하고 무조건 경시하는 사람이 오히려 더 시시하게 느껴진다고 할까요. 백반집은 기본적으로 밥과 반찬, 된장국, 그리고….

쇼지 오신코도 필수죠. 근데 그것도 뭐 그리 대단한 오신코는 아니에요. 그 근방에서 대충 사다 놓은 평범한 오신코입니다. 나라즈케(오이나 생강 같은 채소를 소금에 절인 뒤 술지게미에 넣어 발효시킨 일본식 장아찌) 같은 고급스런 것은 절대 갖다 놓지 않죠.(웃음)

오타 그런 게 풍류 아닐까요? 사는 방식에서 말이죠. 풍류라는 것은 무너져 내린 천장을 한탄하지 않고, 그 사이로 보이는 달을 즐기는 것이잖습니까? 백반집의 정서도 대단히 풍류와 가까운 지점이 있고, 그것을 이해하지 못하면 안 되죠. 문화인이라면.

쇼지 백반집은 오후 2시 무렵에 가면 분위기가 제일 좋습니다.

오타 쇼지 씨가 쓴 그 명문, 참 좋았습니다. "오후 2시, 이 시간에 낫토를 휘젓고 있는 사람은 나뿐이지 않을까." 이 얼마나 실존적인 정서인가 하고 말이죠.(웃음)

쇼지 백반집에서 낫토를 휘젓고 있는 오후 2시. 느슨하게 해이해져 있는 시간이죠. 주방의 사장님도 그런 모습이고요.

오타 그건 어떤 걸까요? 매이고 싶지 않다는 바람 같은 걸까요? 영락해 가는 것들에 대한 애정일까요?

쇼지 너그러워지는 것 아닐까요. 진정한 느슨함. 마시고 싶으면 맥주도
마시고요.

오타 명언이 나왔네요. 너그러움이라. 맛이야 좋은 것이 최고이지만, 백
반집에는 그걸 뛰어넘는 무언가가 있다는 느낌이 듭니다.

다카쿠라 겐에게는 뭐니 뭐니 해도
돈가스덮밥이 잘 어울린다

쇼지 젊은 여자 손님이 백반을 먹으러 혼자 오는 경우는 없잖아요. 중년
이상이야 있지만.

오타 그렇죠. 젊은 여자 혼자 백반집에서 밥을 먹는다면, 야마다 요지
(〈남자는 괴로워〉 시리즈가 대표작인 영화감독) 영화의 한 장면을 보는
것 같지 않을까요?

쇼지 영화 이야기를 하시니까 〈행복한 노란 손수건〉의 한 장면이 떠오
르네요. 감옥에서 막 출소한 다카쿠라 겐(영화 〈철도원〉의 주인공으
로 서민적이고 묵직한 역할을 자주 맡는 영화배우)이 동네 식당에 들어
가 "맥주하고 라멘, 그리고 돈가스덮밥"이라고 주문하잖아요? 그
때는 무조건 병맥주여야만 합니다. 겐 씨가 생맥주를 마셔선 안 되
죠.(웃음) 그리고 뭐니 뭐니 해도 돈가스덮밥. 다카쿠라 겐에게는
돈가스덮밥이 잘 어울립니다.

오타 "생맥주하고 덴동"이라고 주문했다면 가벼운 느낌이 들었을 테니까요.

쇼지 그 메뉴로는 감옥에서 출소한 느낌이 들지 않죠. 그 차이는 뭘까요? 돈가스덮밥이 지니고 있는 묵직한 느낌, 혹은 생활감 때문일까요?

오타 아무래도 돈가스덮밥이 덮밥계의 제왕이기 때문일 겁니다. 가장 파워풀하고, 스태미나도 있고, 먹으면 먹은 것 같은 만족감도 들고. 젊은 시절의 시이나 마코토(SF 소설부터 여행 에세이, 사진집, 단편영화에 이르기까지 다양한 장르에서 왕성한 작품 활동을 하고 있는 작가. 젊은 시절에는 격투기에 심취했고, 스스로 자신의 청년기를 '불한당 시절'이라 칭할 만큼 불같은 청년 시절을 보냈다) 같다고나 할까요.

쇼지 역시 돈가스덮밥은 젊음과 활력이군요. 돈가스덮밥은 와구와구 게걸스럽게 먹죠. 하지만 덴동은 와구와구 먹는 음식이 아니잖아요.

오타 덴동을 그렇게 먹으면 품위 없어 보이니까요.

쇼지 덴푸라 소바는 어떻습니까? 존재가 애매해요. 뭘 주장하고 싶은지 잘 모르겠다고나 할까요.

오타 그래도 저는 '서서 먹는 소바집'에 가면 튀김 토핑이 올라간 소바를 시킵니다.

쇼지 가키아게 소바(둥글넓적한 튀김인 가키아게가 올라가는 따뜻한 메밀국수. 가키아게는 주재료보다 반죽 양이 많기 때문에 과자 같은 식감을 준다) 말이군요. 쑥갓튀김 같은 게 올라간.

오타 소바계의 왕도죠. 먼저 젓가락으로 국물에 쑥 담그고 "조금만 기다려" 하고 말합니다. 좀 통통하게 불린 다음에 먹죠.(웃음)

쇼지 그럴 때는 반드시 가키아게여야 합니다. 얄팍한 튀김옷을 입힌 새우튀김이라면 재미가 없어요. 튀김옷에 공간이 많아서 국물이 잘 스며드는 가키아게여야 하는 거죠.

오타 서서 먹는 소바집도 무조건 혼자 가는 가게잖아요?

쇼지 무조건 혼자죠. 가끔 둘이서 오는 사람도 있지만, 가게 안에 들어서자마자 말이 없어집니다. 가게를 나서고 나서야 다시 수다를 떨죠. 서서 먹는 소바집은 그런 장소입니다. 가게 안에서 이야기하는 사람을 본 적이 없어요.

오타 굉장한 세계이지 않나요? 이야기를 중간에 끊고, 먹는 일에만 전념한다는 자기 회귀.

쇼지 글쎄요, 본인에게 전념한다거나 그런 심오함까지는 없지만요.(웃음)

오타 대부분, 시간이 없기 때문에 서서 먹는 소바집에 갑니다. 식권을 건네고 물을 따르고 젓가락을 쪼갤 때쯤 되면 주문한 음식이 나오기 때문에 떠들 시간이 없죠.

쇼지 그 전에 소바로 할 건지 우동으로 할 건지는 이야기해야 합니다. 소바나 우동이나 식권은 똑같기 때문이죠. 그게 유일한 '발성'입니다. 그 외에는 목소리를 낼 일이 없어요.

오타 저는 평소에 작업실에서 밥을 해 먹습니다. 그런데 취재 같은 걸로 여행을 가면 점심은 무조건 주카 식당(라멘과 덮밥 종류를 파는 대중

식당. 라멘에 들어가는 면이 중국식 면이기 때문에 라멘을 '주카 소바'라고도 한다)입니다. 동네의 오래된 주카 식당이 최고죠. 주카 메뉴는 하나만 시켜도 식사로 충분하고, 양도 딱 좋아요. 게다가 제가 살짝 당뇨기가 있어서 흰밥은 먹지 않으려 하고 있어요. 그런 면에서 적당한 메뉴도 많고요.

쇼지 예전에는 주카라고 하면 라멘하고 덮밥이었습니다. 그런데 요즘에는 주카라는 이름을 내걸고 하는, 제대로 된 중국 음식점이 많기 때문에 뭐가 뭔지 복잡해졌어요. 주카라고 해도 단번에 메뉴를 고르기가 어려워졌습니다. 예전에는 다른 동네 식당과 별 차이가 없었는데요.

오타 '동네 주카(한자리에서 오랫동안 장사하고 있는 내공 있는 주카 식당)'라는 말을 누가 먼저 시작했는지는 모르겠으나, 꽤 좋은 네이밍이라고 생각합니다. 동네 주카에 가면 주로 마파두부를 시키는데, 어지간하면 꽝이 없어요. 가게마다의 개성도 잘 드러나고요.

쇼지 마파두부에 맥주는 어떻습니까? 어울릴까요? 어째 좀 간당간당하네요.

오타 예리하시군요. 저도 마파두부에 맥주는 간당간당하다는 생각입니다. 숟가락으로 떠서 입에 가져가야 하잖아요? 그 동작과 술을 마시는 행위는 어울리지 않는다는 느낌입니다. 숟가락이 등장하면 식사가 되어버리기 때문이죠.

쇼지 오, 그렇군요. 렌게(국물을 먹을 때 쓰는 오목하고 깊은 중국식 숟가락)

가 등장하는 순간 식사가 되어버리는 느낌이네요. 거기에 술이 더해진다? 뭔가 좀 이상해지죠. 분위기를 망가뜨린다고나 할까요.

오타 뭔가 위화감이 있어요. 교양이 없는 느낌이라고 할까요.

쇼지 딤섬은 어떻습니까?

오타 딤섬 같은 건 좋지요.

쇼지 딤섬은 젓가락이죠.

오타 게다가 한 접시에 여섯 개씩 나온다는 것도 술안주로서 좋죠.

쇼지 돼지 간 부추 볶음은 어떻습니까?

오타 훌륭한 것이 있었네요. 그건 무조건 통과.(웃음)

쇼지 맥주에도 어울리죠.

오타 잘 어울리죠. 기름을 두른 간이 번들번들 빛나고 있는 걸 보면, 육식동물의 본능 같은 게 끓어오릅니다.(웃음) 요즘 점심으로 부추 계란 볶음을 자주 만들어 먹어요. 부추를 참기름에 볶다가 계란물을 끼얹고 고추기름을 뿌리면 금세 완성. 그걸 먹으면 에너지가 솟아오르죠.

쇼지 동네 주카 체인점 중에 '히다카야(日高屋)'라고 있어요. 그 가게의 탕면도 맛있습니다. 채소가 듬뿍 들어 있어요. 요즘 히다카야 메뉴가 정말 다양해졌어요. 백반집 스타일의 정식 메뉴도 많고요.

오타 그렇군요. 가본 적이 없네요. 술 메뉴도 있나요?

쇼지 있습니다. 혼술인을 위한 자리도 있고, 절반 정도는 이자카야 느낌도 납니다. 가볍게 들러 한잔하고 가는 사람들이 엄청 많죠. 추천

하는 가게입니다.

오타 혼자 오는 손님도 많은가요?

쇼지 네, 의외로 혼자 오는 여성분들도 많아요. 중년 넘은 여성분들. 음식도 다 적당히 맛있고요. 규동집은 어떻게 보십니까?

'맞은편 사람과 눈이 마주친다'
시선의 교착은 까다로운 문제다

오타 규동집도 여기저기 참 많죠.

쇼지 세 개의 체인점이 있어요. 마쓰야(松屋), 요시노야(吉野家), 스키야(すき家). 그중에서 지금은 스키야가 점포 수가 제일 많고요.

오타 잘 알고 계시네요. 규동집도 자주 가십니까?

쇼지 네, 자주 갑니다. 그런데 카운터 자리가 ㄷ 자 모양이라 건너편 사람과 가끔 눈이 마주치고는 하죠.

오타 그때 교환된 눈빛은 유대감의 눈빛인가요?

쇼지 그럴 리가요. 적의 비슷한 요상한 느낌이죠. '왜 쳐다봐?' 그런 식의 눈빛.(웃음)

오타 서로의 치부를 보고 말았다는 느낌?

쇼지 그렇죠. '들켰네'라는 느낌.(웃음) 그렇기 때문에 규동집에서는 가능한 시선을 피하려고 합니다. 적의라고 하기엔 과하지만, 누군가에게 들키고 말았다는 느낌 같은 게 있죠.

오타 '너도 요시노야 같은 데서 점심밥 때우고 있구나.' 뭐 이런 거군요.

쇼지 맞아요. 복잡합니다. 식당에서 누군가와 눈이 마주친다는 것은요.

오타 시선의 교착은 까다로운 문제죠.

쇼지 그렇죠. 스시집 같은 곳도 마찬가지입니다. 상당히 비싼 스시집에 갔어요. L자 모양 카운터에 앉았는데, 대각선 쪽 손님과 눈이 딱 마주칩니다. 그런데 저쪽은 여자랑 같이 왔어요.

오타 이쪽은 혼자일 테고. 그때의 심경은 어떻습니까?

쇼지 이런저런 기분이 뒤섞여 설명하기 쉽지 않죠. 일단 여자와 함께 왔다는 게 괘씸하잖아요.(웃음) 나 혼자 괘씸하게 쳐다보는 거죠. 아무튼 복잡한 감정입니다.

오타 1인분에 1만 5,000엔이라면, 두 명이면 최소 3만 엔 이상…. 저로서는 진짜 큰마음을 먹고 간 걸 텐데 그런 모습을 본다면 별로 재미는 없을 것 같네요.(웃음) 고급 스시집에 가본 적이 없는지라 상상만으로 하는 말이지만요.

쇼지 질투 같은 게 있겠죠.

오타 저쪽은 이렇게 생각할 수도 있겠네요. '뭐야, 혼자야? 불쌍한 놈이네….'

쇼지 분한데요.(웃음)

오타 자기만 생각하는 개인주의자라고 생각할 수도 있을 테고요. 아무튼 저는 코스 요리로 나오는 집은 절대로 가지 않아요. 내가 선택할 수 없다는 게 싫습니다. 그 가게 주인이 생각한 순서대로 나오는 데다가, 그중에는 먹고 싶지 않은 것도 있어요. 주체성이 없다는 것, 주도권이 상대방에게 있다는 게 참을 수가 없어요.

쇼지 가만히 생각해 보니 정말 맞는 말이네요. 가게 멋대로군요. 손님 취향 같은 건 무시하고.

오타 게다가 아직 다 먹지 않았는데도 다음 음식이 나와버리고는 하죠.

쇼지 다짜고짜 갖고 들어오니까요.

오타 술을 마시고 있으면 '도대체 언제까지 마실 작정이오?'라는 얼굴을 하고 처다봅니다. 그래서 코스 가게엔 절대 가지 않아요. 마지막에 나오는 아이스크림도 전혀 쓸데없는 메뉴고요.

쇼지 고급 튀김 가게도 다들 코스잖아요? 처음부터 뭔가의 튀김이 나오고, 그다음에도 뭔가의 튀김이 나옵니다. 그러고는 또 뭔가의 튀김이 나오죠. 튀김을 먹으러 가긴 했지만 '더 이상 튀김은 됐소' 이런 느낌이 들게 만들죠.

오타 정말 동감입니다. 그래서 저는 그런 가게에 가지 않습니다만 튀김이 잔뜩 올라간 덴동은 정말 좋아합니다. 덮밥의 제왕이 돈가스덮밥이라면 덮밥의 최고봉은 덴동이죠.

쇼지 덴동은 왜 그렇게 모두에게 기쁨을 줄까요?

오타 학교 식당에서 파는 500엔짜리 덴동도, 일류 가게에서 파는 3,500엔짜리 덴동도, 그 사이에 있는 것들도 전부 맛있어요. 덴동은 정말 대단한 음식입니다.

쇼지 이견이 없는, 덮밥계의 최고봉!

오타 부자 동네의 우아한 사모님들도 '돈가스덮밥은 사람들 앞에서 먹기 그렇지만, 덴동이라면 괜찮다'고들 하잖아요? 혼밥의 최고봉은 덴동, 아니면 장어구이 덮밥이라고 봅니다. 그런데 장어 쪽은 이제 너무 비싸져서 먹기가 쉽지 않아요. 그러니 저로서는 이래저래 덴동이 최고봉이죠.

쇼지 장어구이 덮밥은 처음부터 마지막까지 한결같이 맛이 똑같습니다. 전부 장어니까요. 하지만 덴동은 올라가는 튀김도 그렇고, 맛도 다양하잖아요? 새우도 있고 붕장어도 있고 거기에 튀김옷도 있고요. 소스가 스며든 밥도 있으니까요.

오타 덴동은 정말 훌륭한 메뉴입니다.

쇼지 마음이 편안해진다고 할까요. 긴장감이 없어요. 돈가스덮밥은 거물을 상대해야 한다는 마음의 준비가 필요하지만요.

오타 가부키 무대에 올라갈 배우가 분장실에서 배달을 시킨다면, 돈가스덮밥보다는 덴동이 훨씬 좋겠네요.

단칸방에 살 때부터
작업실과 집은 따로따로

오타 그런데 쇼지 씨는 지금도 매일 작업실에서 묵으신다고 들었습니다. 며칠에 한 번꼴로 집에 가시나요? 일주일에 하루 정도의 패턴인가요?

쇼지   일주일에 한두 번 정도 집에 갑니다.

오타   건강하시다는 증거네요. 누군가 옆에 붙어 도와주는 사람이 있어야 하고, 그렇지 못할 때 마음에 걸리는 부분이 있다면 불가능한 일이니까요.

쇼지   그런 면에서는 아직까지 괜찮습니다.

오타   저도 쇼지 씨의 영향을 받아, 집 근처에 작업실을 빌려 거기서 늘 일합니다. 그런데 이런 방식이 중고령의 독신 생활자, 저 같은 혼술인에게 제일가는 건강법이라는 생각이 들더군요.

쇼지   제가 제일 처음 빌린 작업실은 나카노에 있었습니다. '다카하시소'라는 이름의 허름한 다세대주택이었어요. 욕실 없는, 다다미 여섯 장짜리 단칸방(약 3평)에 월 1만 5,000엔을 내야 했습니다. 매달 낼 수 있을지 없을지 걱정스러운 금액이었지만 '까짓것, 해보자'는 생각에 무리해서 빌렸던 거지요. 그리고 그때부터 작업 공간과 생활 공간은 늘 따로따로입니다. 딱 제가 서른 살이 되던 해부터였죠.

오타   퇴직자들에게는 이런 문제가 있어요. 회사를 다닐 때는 낮에 집에 없어서 괜찮았지만, 퇴사 후 집에 있다 보면 아내에게 눈치가 보여요. '어딘가 좀 나갔다 오라'는 말을 들어도 갈 곳이 없습니다. 이자카야에 혼자 갈 용기는 없고, 그래서 자신만의 서재를 가지는 거죠. 그렇다고 해도 집 안의 서재는 안 될 말이고요.

쇼지 절대로 안 되죠.

오타 저는 매일 밤 10시쯤 집에 들어가는데, 작업실을 별도로 두고 있는 것이 대단히 중요하다는 생각이 듭니다.

쇼지 작업실 별도는 기본입니다. 누구였던가요? 어떤 소설가가 쓴 글에서 읽은 내용인데, 밥을 먹고 '잘 먹었습니다'라고 말한 뒤 옆방으로 가서 소설을 쓰기 시작한다고 하더군요. 저로서는 있을 수 없는 일입니다. 말도 안 되는 일이죠.

오타 저도 마찬가지입니다.

쇼지 일할 때는 다른 사람이 된단 말이죠. 밥을 먹는 나와는 다른 사람이 되어서 일을 합니다. '작품이 완성되면 2층에서 내려가, 배우자에게 보여준다'는 작가도 있었잖습니까? 그것도 저로서는 생각할 수 없는 일입니다.

오타 동감입니다. 무슨 의미가 있는 걸까요? 내가 하는 일을 배우자에게 이해받으려 한다거나, 그런 생각은 해본 적도 없어요.

쇼지 어떤 심리에서일까요?

오타 자신이 없는 게 아닐까요? 배우자에게 자기 작품의 제목을 정하게 한다는 건.

쇼지 그렇겠군요. 맞아요. 동의가 필요한 걸지도 모르겠네요. '그 정도의 사람이구나' 같은 생각을 할 수밖에 없는 부분이 있구나 싶습니다.

규칙적인 작품을 피하기 위해
불규칙적인 생활을 추구한다

오타 쇼지 씨의 일상은 어떤 느낌입니까? 규칙적인 생활을 해야 하므로, 일찍 자고 일찍 일어나고 이런 식인가요?

쇼지 아뇨, 제 경우에는 규칙적인 생활이 별로 도움이 되지 않을 거라고 생각해요. 생활이 흐트러져 있을수록 좋은 작업이 가능하다는 생각이 듭니다. 몇 시에 일어나서, 몇 시에 밥을 먹고, 몇 시에 뭘 하고 이런 식으로 따라버리면 작품이 엉망이 되어버리지 않을까 싶어요.

오타 왜 그렇게 생각하십니까?

쇼지 잘은 모르겠지만…(웃음)

오타 '아이디어란 책상에 앉아 있다고 솟아나는 게 아니다.' 뭐 이런 건가요?

쇼지 아뇨, 꼭 그래서는 아니고, 규칙적인 생활을 하면 규칙적인 작품이 되어버릴 것 같다는 느낌이 듭니다. 자유롭게 흐트러져 있는 게 좋지 않을까, 이런 생각을 늘 갖고 있어요.

오타 불규칙적인 생활이 더 어렵지 않나요? 나이를 먹을수록 규칙적인 쪽이 더 편하잖아요.

쇼지 맞습니다. 불규칙적인 게 더 어렵죠. 힘들어요. 하지만 최대한 불규칙적인 방향으로 모든 걸 바라보고 있어요. 일부러.

오타 구체적인 예를 들어주신다면요.

쇼지 비근한 예로, 자는 시간과 일어나는 시간을 정해두지 않습니다. 어떤 날은 새벽 3시까지 깨어 있기도 하고, 어떤 날은 일찌감치 자버리기도 하고, 어떤 날은 또 새벽 5시에 일어나기도 합니다.

오타 어쩐지 무뢰파(전후 일본 문학의 한 사조. 기존의 질서와 주류 문학에 대한 비판에서 탄생한 문학사조로, 무정부주의, 허무주의, 자유주의를 표방한다. 무뢰파를 대표하는 작가로는《인간실격》을 쓴 다자이 오사무가 있다)가 떠오르네요.

쇼지 이 타이밍에 그 소리가 나올 줄 알았습니다. 근데 이런 데 쓰기엔 너무 멋진 말이라…(웃음)

오타 상당히 의외네요. 미시마 유키오(일본을 대표하는 소설가)는 은행원처럼 소설을 쓰고 싶다고 했습니다. 아침 9시부터 시작해 저녁까지 글을 쓰고 '좋아. 오늘은 여기까지' 하며 작업을 마쳤죠. 철저히 규칙적으로 생활했습니다. 그렇게 생활했기 때문에 작품의 수준도 유지할 수 있었다고 생각했거든요. 쇼지 씨도 본인 작품을 위해 생활 방식 면에서 고심하셨다는 거군요.

쇼지 일하는 걸 좋아합니다. 작품이 제일 우선순위죠. 작품을 생활의 본체로 삼고 있습니다. 그러다 보니 이렇게 됐다고 할 수 있어요.

오타 작품을 위해 그런 방식을 택하게 됐다는 말씀이시군요.

쇼지 그렇습니다. 작품을 위해서죠. 저녁형 인간이니 아침형 인간이니 하는 것과도 다릅니다. 어찌 됐건 오늘은 그 전날과 다른 생활을 하고 싶은 거죠.

오타 대단하시네요. 저로서는 도저히 불가능한 일입니다. 일정한 틀 안에 들어가 있는 게 더 편하니까요.

쇼지 편하긴 편하죠. 하지만 생활에 변화를 주다 보면 의식이 유독 또렷해질 때가 있습니다. 새벽 4시쯤 눈이 떠지거나 했을 때, 보통 때와는 달리 모든 게 확실하고 선명해지는 순간이 있죠. 그런 순간을 좋아합니다.

오타 자기 일을 대하는 방식이 여전히 젊으십니다.

쇼지 좋아서 갖게 된 직업이니까요. 일하는 건 늘 즐겁습니다.

오타 장기 연재를 여러 개 하고 계시죠?

쇼지 그렇습니다. 일단 《주간 아사히》의 〈저것도 먹고 싶다, 이것도 먹고 싶다〉가 올해로 31년째인가 그럴 거예요. 《주간 문춘》의 〈단마 군〉이 올해 8월로 50년, 《주간 현대》의 〈샐러리맨 전과(專科)〉도 비슷한 시기에 시작했으니 얼추 50년.

오타 50년이라니 정말 대단합니다!

쇼지 월간 문학지 《오루 요미모노》에 연재 중인 〈남자의 분별학〉은 《만화독본》시절부터 시작한 연재였으니, 그것도 아마 50년은 됐지 싶네요.

오타 굉장합니다. 이 정도면 기네스북 수준 아닐까요?

쇼지 그런가요? 그런 쪽으로는 별로 신경을 안 써서. 아무튼 주간지 연재를 시작하면, 그쪽의 젊은 직원이 저를 담당하게 됩니다. 입사한

지 몇 년 안 되는 신입들이죠. 그런데 50년이나 그러다 보니 대부분 정년퇴직하고 회사에 남아 있는 사람이 없어요.(웃음) 벌써 몇 명이나 퇴임하는 걸 지켜봤죠. 죽은 사람도 있고요.

오타 쇼지 씨의 작품에는 특이한 점이 있습니다. 30년, 50년 장기 연재를 하고 계신데도 주인공의 가족이 전혀 등장하지 않아요. 식사나 술자리 장면에 동료나 상사는 나오는데 말이죠.

쇼지 아무래도 저자가 무뢰파라서 그런 거겠죠.(웃음) 고독이 좋습니다. 밥을 먹는 것도, 혼자가 최고입니다.

오타 가즈히코(太田和彦)

1946년 베이징 출생. 나가노현 거주. 작가. 도쿄교육대학 졸업 후 시세이도 광고제작부에서 디자이너로 일했다. 퇴사 후 1989년에 아마존 디자인을 설립했다. 2000년부터 2007년까지 도호쿠 예술공과대학에서 학생들을 가르쳤다.

디자이너라는 본업과 더불어, 맛있는 술과 안주를 찾아 일본 방방곡곡을 돌며 이자카야와 여행에 관한 글도 집필하는 '이자카야의 달인'이다. 주요 저작으로 《일본 이자카야 방랑기/입지 편, 질풍 편, 망향 편》《이자카야 도락》《일본의 이자카야─지역과 지역성》등이 있다.

구성: 이치키 도시오(一木俊雄)

잘 먹었습니다.

혼밥 자작 감행

초판 1쇄 발행일 2019년 11월 25일
초판 2쇄 발행일 2023년 4월 28일

지은이 쇼지 사다오
옮긴이 정영희

발행인 윤호권
사업총괄 정유한

디자인 김지연 **마케팅** 윤아림
발행처 ㈜시공사 **주소** 서울시 성동구 상원1길 22, 6-8층(우편번호 04779)
대표전화 02-3486-6877 **팩스(주문)** 02-585-1755
홈페이지 www.sigongsa.com / www.sigongjunior.com

이 책의 출판권은 (주)시공사에 있습니다. 저작권법에 의해
한국 내에서 보호받는 저작물이므로 무단 전재와 무단 복제를 금합니다.

ISBN 978-89-527-3890-5 03830

*시공사는 시공간을 넘는 무한한 콘텐츠 세상을 만듭니다.
*시공사는 더 나은 내일을 함께 만들 여러분의 소중한 의견을 기다립니다.
*잘못 만들어진 책은 구입하신 곳에서 바꾸어드립니다.